KB218456

나태주 산문집

꽃을 던지다

나태주 산문집

꽃을 던지다

초판 1쇄 발행일 · 2008년 6월 17일
초판 2쇄 발행일 · 2008년 7월 15일

지은이 | 나태주
펴낸이 | 노정자
펴낸곳 | 도서출판 고요아침
편집장 | 김창일
편 집 | 정예은 송지훈 정동열

출판 등록 2002년 8월 1일 제 1-3094호
120-814 서울시 서대문구 북가좌동 328-2 동화빌라 101호
전화 | 302-3194~5, 3144
팩스 | 302-3198
e-mail : goyoachim@hanmail.net

ISBN 978-89-6039-161-1(03810)

*책 가격은 뒤표지에 표시되어 있습니다.

나태주 산문집

꽃을 던지다

고요아침

◆책머리에

아침기도와 저녁기도 사이

병원에 있는 동안, 병상에 누워 있는 동안, 나는 스스로 싸우는 사람이라고 생각을 했다. 우선 나 자신과 내 몸과의 싸움이었다. 물론 그 대상은 구체적으로 질병이었다. 그 다음은 내 영혼과도 싸우고 있다고 생각했다. 내 영혼이 내 맘대로 말을 들어주지 않았던 것이다. 말하자면 내 영혼과 내가 타협 같은 것을 끝없이 하고 있었다. 더 나아가 나는 신과도 싸우고 있다고 생각했다. 맞서서 핏대를 올리거나 주먹질하는 그런 싸움이 아니라 떼를 쓰고 매달리고 통사정하는 그런 류의 싸움 말이다.

이제 퇴원하고 집에서 지내면서 여러 날을 넘기고 있다. 이것만으로도 기쁜 일이 아닐 수 없겠다. 날마다 새로 태어난 어린아이 마음으로 살아가고 있다. 무엇이든 새롭고 기쁘게, 감사하게 받아들이며 산다는 게 요즘 나의 생활신조다. 하루하루가 너무 빠르게 지나간다. 아침에 일어나 기도하고, 얼마 되지 않아 또다시 저녁기도를 드릴 시간이 찾아오곤 한다. 그래도 나는 그 남은 시간도 잘 살게 해 주십시오, 기도한다.

아, 우리네 일생은 참으로 이렇게 아침기도와 저녁기도 사이, 어슬어슬 황혼이 내려앉는 시간처럼 빠르구나. 이래저래 부질없고 허무한 인생이란 거 하나 알기 위해서 우리는 이렇게 나이를 먹은 사람이 되었는지 모를 일이다. 병원 생활에 대한 글은 2007년이 가기 전에 병원 생활의 느낌이 몸 안에서 빠져나가기 전에 쓰려고 서둘렀다. 이 책이 나름대로 나에게 특별한 의미를 지닌 삶의 흔적이 되기를 희망한다.

이 책은 무엇보다도 내 자신을 위해서 만들어진 책이다. 2주일 동안 한숨도 자지 못하고 105일 동안 음식을 먹지 못하고 견딘 날들에 대한 기념물이다. 또한 이 책은 내가 앓고 있는 동안, 그야말로 물심양면으로 도와주시고 기도해주신 눈물겨운 이웃들에게 드리는 하나의 감사의 표시요, 또 보고서이기도 하다. 물론 끝까지 읽어주실 줄 믿는다.

2008년 새봄에

나 태 주

차 례

1 오직 이 한 사람

2 벙어리장갑

3 왜 살려주셨나

1
오직 이 한 사람

나는 오늘 무엇이 기쁜가

나는 오늘 무엇이 기쁜가? 무엇보다도 먼저 살아 있는 사람인 것이 기쁘다. 우선 물을 마실 수 있는 사람인 것이 기쁘고 음식을 먹을 수 있어서 기쁘다. 외국에 나가 태극기를 만나면 반가워지듯이 문득 대한민국 사람인 것이 기쁘고 한국말로 시를 쓰는 사람인 것이 새삼스럽게 기쁘다. 고개를 들어 하늘을 바라볼 수 있고, 새소리에 귀를 기울일 수 있고, 생각이 내키면 새로 산 자전거를 비벼 타고 우체국 사서함으로 우편물을 찾으러 갈 수 있어서 기쁘다. 가끔은 디피점으로 페이퍼 사진을 뽑으러 가고, 씨디 가게에 들러 새로 나온 씨디 한 장을 사올 수 있어서 기쁘다. 끼니때가 되어 잔치국수집을 찾아 잔치국수 한 그릇을 사 먹는다든가, 오는 길에 은행이나 문구점에 들르기도 하고, 파리바게뜨에 들러 내가 좋아하는 소보르빵이나 슈크림빵, 몽둥이빵을 사 가지고 집으로 돌아올 수 있어서 기쁘다.

아, 내가 찾아가는 우리 집, 우리 집이 있어서 얼마나 다행이랴. 내 집에 식탁이 있다는 사실, 내가 앉아서 글을 쓰거나 책을 읽는 앉은뱅이 책상이나 컴퓨터가 있다는 사실, 오디오세트와 책들이 있다는 사실이 그럴 수 없이 기쁘고 고맙다. 더하여 연둣빛 녹차를 만들어 마실 수 있는 다기세트가 있어서 좋다. 지인知人들이 사준 아직 개봉하지 않은 몇 통의 녹차는 나를 얼마나 부자의 마음이게 하는가! 아파트 거실에 앉아 있으면 커다란 유리창문으로 앞산이 그대로 보이고, 그 위로 열린 하늘이 또 고스란히 내 집 마당처럼 건너다보인다. 비 오는 날, 비 내리는 것이 보기 좋고 바람 부는 날은 바람 부는 것이 보기 좋다. 눈이 내리는 풍치는 더 말할 것이 있으랴. 식탁에 앉을 때 나는 바깥쪽을 바라보고 앉고 아내는 유리창을 등지고 앉는다. 음식을 먹으면서도 나는 아내의 얼굴을 마주하며 바깥 풍경에 눈길을 줄 수도 있다. 아내 등뒤로 보이는 풍경은 그대로 아름다운 그림이다. 그것도 사계절 언제나 살아서 움직이고 변하는 그림인 것이다.

생각하면 무엇 하나 기쁘지 않은 게 없다. 나무 한 그루, 풀꽃 한 송이 내 앞에 있고 산이나 강과 마주함도 기쁨이다. 뿐더러 나는 얼마나 많은 사람들에 에워싸여 살고 있는가. 내가 이름을 외우고 있는 수많은 사람들, 그들 한 사람 한 사람이 나에게는 기쁨의 씨앗이다. 그들이 보내주는 전화나 문자 메시지, 이메일이 기쁨이고 더러 보내주는 육필 편지는 더욱 큰 기쁨이다. 이 세상에 얼마나 많은 사람들이 나를 사랑해주고 있는가. 그것을 생각하면 주르르 눈물이 흐른다. 맹자 말씀대로 부모님 아직도 생존해 계시고 흩어져 살고 있지만 형제들 무탈함이 어찌 아니 기쁘랴. 오랜 세월 함께 부대끼며 사느라 늙어버린 아내는 나에게 얼마나 든든한 삶의 동지인가. 더하여 우리 아이들, 아들아이와 딸아이가 있다는 건 또 얼마나 커다란 마음의 위안이며 축복이겠는가.

6개월 간 죽음의 터널을 지나오면서 얼마나 많은 사람들이 나를 위해 마음 졸이며 눈물 뿌려 기도를 해주었던가. 한 두 사람이 아니었다. 아주 많은 사람들이 마음을 모아 하나님께 통사정하듯 기도를 해주었다. 그야말로 기도의 강물이었다. 그래서 다시 살아난 것이다. 하나님도 그 많은 사람들의 기도를 외면하실 수만은 없어 그 기도 마지못해 들어 응답해주신 것이다. 나에게 잠시 지상에서의 휴가를 주신 것이다. 이 어찌 기쁜 일이 아니겠는가. 이렇게 세상에 나를 사랑하는 사람들이 많았었구나. 그건 확실한 인생의 중간 결산이었다. 자기가 타인으로부터 진정 사랑 받고 있는 사람이라는 것을 확인할 때보다 더 인간이 행복하고 기쁜 시간은 없다. 그것도 아무런 사심이 없고 계산속이 없는 사랑일 때 더욱 그러하다.

내일을 기대한다

흔히 우리는 특별한 것, 커다란 것, 새로운 것에만 의미를 두면서 살기 쉽다. 그래서 익숙한 것, 조그만 것, 낡은 것에는 아예 눈길조차 주려고 하지 않는다. 그러다 보니 사는 일이 시들하고 무미건조해진다. 재미가 없어진다. 당연한 일이다. 날마다 반복되는 하루하루가 무슨 재미가 있겠는가. 보는 것, 만나는 것, 들리는 것마다 익숙한 것들이고 반복되는 것들일 것이다. 따분하다. 사는 일이 지루하다. 이렇게 되면 자기 자신이 불행하다는 생각을 하게 될 것이고 더 나아간다면 비관론자, 우울증 환자가 되고 말 것이다.

이쯤에서 자기 인생을, 자기 생활을 일단 정지시켜 놓고 돌아다 볼 필요가 있다. 다시 한번 점검해볼 필요가 있다. 정말로 나의 인생이, 나의 생활이 무의미하고 재미없는 것인가. 다른 사람의 그것하고도 비교해볼 일이기도 하지만 상호비교는 크게 도움이 되지 못할 수도 있겠다. 자기 빈곤감을 가져오겠기에 그러하다. 가장 좋은 길은 사물의 절대성을 깨닫는 일이다. 이 세상에 있는 어떠한 물건이나 어떠한 일도 똑같은 것이나 비슷한 것은 하나도 없다. 그 무엇도 다른 것들이다. 유일무이한 것들이다. 어제 내가 맞이한 아침과 오늘 찾아온 아침은 전혀 다른 아침이다. 한 사람을 어제 만나고 오늘 다시 만난다 할지라도 오늘 만나는 사람은 어제 만난 사람과 전혀 다른 사람인 것이다.

그리하여 일상생활 속에서의 새로움과 신기함을 발견할 수 있어야 한다. 반짝임을 회복해야 한다. 세상이 낡고 재미없다고 느껴졌다면 그 자신이 오로지 낡고 재미없는 인간이라서 그렇다. 내부 풍경을 과감히 바꾸어야 한다. 생각을 바꾸고 의도를 고치고 세상을 바라보는 시선을 달리 가져야 한다. 그리하여 일상의 행복을 발견해야만 한다. 일상의 행복. 이보다 더 좋은 행복은 없다. 일상의 행복은 의외로 우리가 무시하고 넘긴 사소한 것, 낡은 것, 익숙한 것들 속에 숨어 있기 마련이다. 되풀이되는 것들 가운데서 느껴지는 편안함도 일상의 행복 가운데 하나이리라. 하루하루의 시간 시간 맞닥뜨리는 일들이 얼마나 다행스런 것들이 많은가. 소중하고 고마운 것들이 많은가. 그걸 찾아내야만 한다.

요즘은 겨울에도 황사가 몰려오고 있다. 숨이 막혀 못 살겠다고 불평할 수도 있겠다. 그러나 가끔은 활짝 개여 산뜻하게 씻긴 깊고도 높은 겨울하늘을 보여주기도 한다. 며칠 동안 우울하게 보낸 마음이 있다면 그 하늘에 던져 말갛게 세탁해내야 할 일이다. 청명한 하늘에 감사하고, 그런 하늘을 만날 수 있게 된 행운을 다행스럽게 여겨야 한다. 날마다 아침을 주시고 새 숨결을 주시어 잠에서 깨워주신 신이 얼마나 감사한가! 기도로 하루를 열고 기도로 하루를 닫을 수 있다면 그의 삶이 얼마나 성결한 것이 될 것이겠는가. 오늘이 궂은 날이었다면 내일을 기대해보자. 내일은 무언가 좋은 일이 일어나겠지. 까치발을 디뎌 보자. 이것이 희망이다. 나는 날마다 내일을 기대하며 산다. 내일을 꿈꾸며 산다. 비록 내가 꿈꾼 내일이 허탕일지라도 나는 날마다 내일을 꿈꾸고 내일을 기대한다.

수녀님과의 대화

오후 시간 내내 집에서 머물며 글을 쓰고 있는데 핸드폰 전화가 울렸다. 양 벨라뎃다 수녀였다. 언제 들어보아도 해맑은 가을 하늘이거나 얼음 호수에 잠긴 하얀 구름 같은 목소리다. 포로소롬하다 그럴까. 열은 블루라 그럴까. 여보세요, 첫인사 하나로도 대뜸 알아들을 수 있는 음성이다.

양 수녀와는 1980년대 중반부터 알고 지내던 사이이다. 수녀가 되기 전에 대전의 한 병원에서 근무했었는데 그때부터 내 시의 일급 독자로 자리하고 있던 지기다. 본명은 양강미. 수녀가 되기 전의 세례명은 세실리아. 사람을 닮아 이쁜 이름. 한동안 연락이 뜸했었다. 더구나 내가 앓고 있는 동안 연락할 길이 없었다. 전화번호마저도 내가 가지고 있는 건 옛 주소의 그것이었다. 아침나절 묵은 수첩을 뒤적거리다가 문득 양 수녀 생각이 떠올라 옛날의 번호로 전화를 걸었었다. 전화를 받은 수녀가 이쪽의 전화번호와 이름을 알려주면 양 수녀에게 연락하여 전화하도록 해준다기에 기다리고 있던 참이었다.

"수녀님, 참 오랜만이에요."
"선생님도 그래, 그동안 어떻게 지내셨어요?"
"나요? 나 그동안 죽을 뻔했지요."

그리고 나는 간략하게 그동안 내게 있었던 일에 대해 설명해 주었다. 갑자기 병을 얻어 병원에 갔던 일. 여러 차례 사형선고를 받았던 일. 6개월 간 어렵게 병원 생활을 마치고 드디어 퇴원하게 된 일 등등. 의사나 간호사 같은 인간의 지식과 능력, 의료기계, 시설, 약품이 아무리 좋다 하더라도 그건 99퍼센트까지밖에 도달할 수 없는 일이고 끝내 그 나머지 1퍼센트는 신의 영역이라는 것. 그 1퍼센트를 신이 나에게 허락해주어서 병원을 탈출할 수 있었다는 것. 믿을 수 없는 일 같지만 내 몸을 통해서 신이 기적을 보여주셨다는 사실.

양 수녀는 감탄사를 연발하며 듣다가 호흡을 가다듬으며 나직한 음성으로 내게 물었다.

"그래, 선생님은 요즘 어떻게 지내시나요?"

"지난 8월 말에 학교를 그만두었으니까 이제는 집에서 줄창 놀며 지내고 있습니다."

"그런데 생활은 어떠세요?"

"날마다 날마다 감사하고 기쁘지요. 무엇 하나 감사하지 않고 기쁘지 않은 게 없어요. 오늘 또 이렇게 수녀님과 통화가 되었으니 이 또한 커다란 감사요 기쁨입니다. 신생新生은 어린아이들 것이니까 나로선 중생重生을 하게 된 셈이지요."

"아, 선생님. 축복입니다, 축복. 이제 저도 비로소 선생님을 한 사람 친구로 다시 얻은 듯 싶네요."

"언제는 친구가 아니었나요?"

"웬 걸요. 그 전에 전화를 주셨을 때는 전화가 끝날 때마다 기분이 찜찜했어요. 그래, 선생님 전화를 받는 일이 때로는 부담스럽기도 했어요.

"그랬던가요?"

"선생님 전화 목소리가 완전히 달라졌어요. 그 전에는 다른 사람 마음을 들여다보는 듯한 음성이었는데 지금은 아주 맑고 환한 목소리라서 좋군요."

"하긴 모든 걸 버렸습니다. 이제 내가 무얼 더 바라겠어요. 다 놓아버렸더니 새로운 것, 좋은 것, 향기로운 것으로 가득 채워주시는 것 같아요."

나는 잠시 수녀와 같이 오랫동안 영혼의 일에 몰두하고 기도를 많이 한 사람은 전화로 목소리만 듣고서도 그 사람의 속내를 꿰뚫어보는 능력이 있는 게 아닌가 생각해보았다.

"이제 선생님을 위해서 기도를 많이 해야 되겠군요."

"아니, 그럼 그 전엔 기도를 안 해주셨나요?"

"그 전에도 하긴 했지요. 그치만 이제부터는 힘을 실어서 해야겠다는 것이지요."

"수녀님, 고맙습니다."

"선생님에게 그동안 큰 변화가 있으셨군요. 그러고 보면 병을 얻고 병원에서 오랫동안 앓았던 것은 잘한 일이기도 하군요. 선생님, 병을 앓은 것을 축하합니다, 이렇게 말하긴 좀 그렇고, 그동안 수고 많이 하셨습니다, 라고 말해야 되겠군요."

"하하, 수녀님. 여하튼 고맙습니다. 이렇게 다시 연락된 것이 참 기쁩니다. 다음에 다시 연락드리도록 하겠습니다."

전화를 끊고 나서 나는 오랫동안 기분이 상쾌하고 좋았다. 핸드폰 전화기에서 아지 못할 향내 같은 것이 풍기는 듯한 느낌이었다.

마음을 읽어주는 사람

서울 나들이가 잦다. 연말이어서 이런저런 행사가 있어서도 그렇지만 일 년 가까이 만나지 못한 사람들을 만나러 가기 위해서다. 어제도 어떤 송년모임에 참석하기 위해 서울에 갔었다. 목적지 가까운 지하철역에서 내려 개찰구를 통과해 출구를 찾아 마악 가려던 참이었다.

"나 선생님!"

누군가 뒤에서 부르는 소리가 있어 돌아다보았다. 윤효 시인이었다. 전혀 예상치 못한 장소에서 이렇게 아는 사람을 만나는 건 신기한 일이고 귀하고 재미난 일이다. 그도 내가 참석하기로 한 송년모임에 가는 길이라 했다.

윤효 시인과 나는 지난 주말에도 이렇게 의외의 장소와 시간에 맞닥뜨린 일이 있다. 인천에서 시인들 몇이서 봉고차로 계룡산 쪽으로 내려온다는 전갈을 받고 인사차 나갔었다. 헌데, 거기 윤효 시인이 와 있지 않는가. 그는 서울에 살고 있지만 인천 시인들과도 친분이 있어 더불어 내려왔다는 것이었다.

이렇게 성향이 같고 사는 스타일이 비슷한 사람들끼리는 자주 만나게 되어 있다. 그것도 예상치 못한 장소와 시간에 말이다. 산 속에도 토끼가 다니는 길이 있고 고라니나 노루, 너구리가 다니는 길이 따로 있다 하지 않는가. 그래서 종류가 비슷한 산짐승들끼리는 같은 길목을 다니게 되어 있고 자주 만나게 되어 있다고 한다. 결국 윤효 시인과 나도 산짐승들이 그러하듯 같은 부류의 인간이라 할 것이다. 그러니 자주 마주치는 것이다.

내가 윤효 시인을 만난 건 그리 오래 전의 일이 아니다. 길게 잡아야 5년을 넘겼을까 말까. 그러나 그 어떤 사람보다도 그와는 가까운 느낌이고 아주 오래 사귄 느낌이 든다. 어딘가 꽁꽁 숨었다가 내 앞에 나타난 사람인 것만 같다.

그는 만날 때마다 반가운 얼굴, 환한 얼굴이고 그럴 수없이 살뜰하게 다른 사람을 보살펴주고 걱정해준다. 무엇보다 그의 장점은 사람의 마음을 잘 읽어주는 사람이라는 것이다. 사람 마음은 보이지 않는 그 무엇이다. 그 보이지 않는 마음을 아주 잘 들여다 볼 줄 아는 능력은 대단한 것이다.

그의 옆에 있으면 나조차 마음이 맑아지는 느낌이다. 투명한 유리 그릇처럼 되곤 한다. 이런 사람을 지기知己란 이름으로 부를 수 있을 것이다. 나를 알아주는 사람. 나보다 더 나를 생각해주고 걱정해주는 사람. 이런 지기를 갖는다는 건 행복한 일이다. 고마운 일이다.

나에게는 윤효 시인말고도 몇 사람의 새로운 지기가 더 있다. 모두가 나보다 나이가 적고 비교적 사귄 기간이 얼마 되지 않는 사람들인데 나하고는 현실적인 연결고리가 전혀 없는 인물들이다. 굳이 찾는다면 시를 좋아하는 마음이라고나 할까. 그런 의미에서 나는 사람 복이 많은 사람이다. 아름답고 맑은 마음을 지닌 사람들을 여럿 알고 있어 날마다 행복한 사람이다.

어제 저녁에도 늦은 시각, 모임이 끝나자 윤효 시인은 자기 집에 묵고 가라고 한사코 나를 붙잡았다. 그러나 나는 그의 손길을 뿌리치고 공주행 마지막 고속버스를 탔다. 혼자서 어둔 밤길을 돌아오는 마음이지만 내내 따뜻하고 환했다. 내 마음속에 윤효 시인이 들어와 밝은 등불이 되어 주고 있었기 때문이었을 것이다.

주어야 할 것이 아주 많이
남아 있을 것만 같은 사람

헤어질 때 더욱 이 편에서만
받아 가지고 가는 것 같아
자주 뒤를 돌아보게 하는 사람

문득 흙탕물 휩쓸고 간 강물
제자리 지켜 서 있는 돌기둥.

— 나태주, 「윤효 시인」 전문

감사

어제 늦은 오후에 또 병원을 다녀왔다. 이번엔 정형외과다. 왼쪽 팔꿈치에 탁구공 크기만 한 물집이 잡혀서였다. 이유를 모르겠다. 어디에다가 호되게 부딪쳤는지, 안 그러면 책상에 팔을 오래 고이고 있어서 그런 건지. 며칠 전 서울아산병원에 정기 검진을 받으러 가서 담당 의사에게 보였을 때 별스럽지 않은 것 같으니 시골로 내려가 동네 병원을 찾아가보라 해서 그렇게 한 것이다.

기다리고 있는 환자가 제법 많았다. 다른 때 같으면 기다리는 시간이 지루하다고 안절부절못하며 부시럭거렸을 텐데 진득하게 앉아서 기다렸다. 한참 만에 내 차례가 와 진찰실 안으로 들어갔다. 의사가 대뜸 알아보아 주었다. 의사의 아들이 초등학교 시절 우리 집 딸아이와 책상을 이웃해 쓰던 단짝친구였음으로다. 그 뒤로도 발목에 통풍 기운이 있어 여러 차례 찾아가 신세를 졌으니 알아보는 것은 당연한 일이겠지 싶다.

의사는 근황을 물었다. 치료를 받으며 그 동안에 있었던 일들을 잠시 이야기 나누었다. 나는 요즈음 감사하고 고맙지 않은 것이 하나도 없다는 말을 했다. 의사는 치료하던 손길을 멈추고 잠시 내 눈을 똑바로 들여다보며 그 '감사'란 말에 주목하며 말했다.

"그렇습니다. 사람이 늘 감사하는 마음을 가지면 병에도 걸리지 않습니다. 건강한 사람이 됩니다. 사람이 불평불만하고 어둔 생각을 많이 해서 건강도 해치고 병에 걸리기도 하는 것입니다."

의사는 간단하게 치료를 하고 팔꿈치에 붕대를 감아주면서 책상에 앉아서 글을 쓸 때도 팔꿈치를 세우지 않도록 하고 될수록 아끼라고 일러주었다. 진찰실을 나오면서 나는 의사와 간호사에게 각각 '감사합니다' 하고 웃으며 인사를 했다. 짐작했던 것보다 간단하게 치료가 되었고 또 대단한 병이 아니라서 얼마나 다행스럽고 감사한 일인가. 내 몸의 병을 고쳐주었으니 그 의사와 간호사가 또 얼마나 감사한 사람들이겠는가.

자전거를 타고 어둔 밤길을 돌아오면서 나는 감사에 대해서 다시금 생각해보았다. 교회에서도 기도할 때 회개와 감사를 기도의 첫머리에 넣으라고 가르친다. 회개가 첫머리에 오는 건 알겠는데 감사가 첫머리인 건 잘 알지 못했던 바이다. 그러나 이제는 알 만하겠다. 이미 내가 받은 것이 많지 않은가. (무엇을 어떻게 받았느냐 물으면 곤란한 일이다. 그건 각자의 몫이니까.) 받은 것이 있으니 감사한 일이다. 그것을 깨달았으니 그 또한 감사한 일이다. 감사는 신을 위해서 하는 것이 아니다. 자기 자신을 위해서 하는 것이다. 감사는 또 형식이나 예의가 아니다. 그것은 인간에게 꼭 필요한 것이고 마음의 한 양식과 같은 것이다.

치료를 받아서 그런지 자전거 핸들을 잡은 손이 한결 부드럽고 편안해졌다. 오늘 하루 이렇게 고요하게 나의 하루, 날이 저물어가는 것이 얼마나 감사한 일인가. 거리엔 어둠이 깔리고 집집마다 창문에 불빛이 켜지고 있었다. 이 또한 얼마나 감사한 일인가.

기 쁨

인간의 감정 가운데 기쁨만큼 좋은 감정도 드물 것이다. 기쁨은 우리의 마음을 평화롭게 만들어주고 부드럽게 만들어준다. 긍정적인 사람이게 해준다. 그리하여 주위 사람들과 잘 어울려 살도록 한다. 기쁨은 즐거움과 비슷한 감정이지만 약간은 다른 무늬를 가지고 있다. 다분히 즐거움이 눈에 보이는 것이요 물질적인 것이고 육체적인 것이라면, 기쁨은 눈에 보이지 않는 것이요 영혼적인 것이기까지 하다.

빛깔로 친대도 기쁨은 환하고 따스한 빛깔이겠다. 알록달록 어여쁜 빛깔일 것이다. 모양으로 바꾸어보아도 기쁨은 모난 것이 아니라 둥글고 부드러운 것이겠다. 우리들 인간은 슬프거나 괴로운 감정보다는 기쁘고 즐겁고 행복한 감정을 추구하는 존재이다. 아니다. 세상에 존재하는 모든 목숨 가진 것들은 기쁨을 원한다. 그건 동물만 그런 것이 아니라 식물들도 그럴 것이고 어쩌면 무생물까지도 그럴지 모르는 일이겠다.

진정한 기쁨은 자기가 알지 못했던 것을 알게 되었을 때, 무언가 깨달아 알게 되었을 때 온다. 유레카eureka. 아, 그렇구나! 몰랐던 것을 아는 것이 유레카이다. 이 유레카가 바로 진정한 기쁨의 원천이다. 내 마음속에 있었으나 오랫동안 몰랐던 것이 환하게 불을 켜고 다가오는 순간, 그것이 진정한 기쁨의 순간이다. 줄탁동시啐啄同時. 알 껍질 안에서 병아리가 지줄거리고 밖에서 어미 닭이 쪼아주는 것도 기쁨일 것이다. 뿐이랴. 도달하기 어려운 인생의 목표에 기어코 도달하고 말았을 때 그 성취가 또한 기쁨이 될 것이다.

나의 경우는 어떠한가. 오래 전부터 읽고 싶었던 한 권의 좋은 책을 끝까지 읽었을 때. 모처럼 마음에 드는 시 한 편을 썼을 때. 좋은 음악을 들었을 때. 새로운 그림책을 구입해서 보았을 때. 낯선 고장을 여행하여 처음 보는 아름다운 풍광 앞에 마주했을 때. 보고 싶은 사람을 마음속으로 지그시 그리워할 때. 그리고 싶은 그림을 뜻대로 그렸을 때. 교회에 가서 목사님의 설교를 들으며 눈물 글썽일 때. 딸아이가 밝은 음성으로 전화를 걸어 근황을 알려왔을 때……. 기쁨이라 해서 어디에 따로 항목이 정해진 것은 없다. 우수마발牛溲馬勃, 그러니까 쇠오줌이나 말똥같이 하찮고 천하기까지 한 것일지라도 사람에 따라서는 귀한 것일 수 있고 기쁨의 원천이 될 수도 있는 것이리라.

오늘도 일요일, 나는 아내와 함께 교회에 다녀왔다. 예배를 마치고 교회 식당에서 잔치국수를 한 그릇 반이나 먹고 교회 버스를 타고 집으로 돌아왔다. 돌아오는 자동차 안에서 아내가 오늘은 날씨가 썩 좋으니 산에 한번 가자고 말했다. 급한 일거리가 있긴 했지만 나도 선뜻 그러자고 동의를 했다. 집에 돌아오는 대로 운동복으로 갈아입고 등산화를 챙겨 신고 집을 나섰다. 마을 앞산을 오르기 위해서다. 한 시간이면 충분히 다녀올 수 있는 거리다.

"여보, 이렇게 겨울날의 일요일, 해 밝은 오후의 한 시간, 마을 앞산을 오르는 것도 하나의 좋은 기쁨이 아니겠소?"

대답은 하지 않았지만 아내 또한 같은 생각이었겠지 싶다. 모처럼 아내의 얼굴이 환하고도 편안해 보였던 것이다.

사랑

사랑에 대해서 말할 때 사람들은 좀더 고상한 정신적 가치들과 연결시켜 설명하고 싶어 한다. 희생이라든가 봉사, 선행이라든가 연민과 같은 덕목들이 그것들이겠다. 그러나 사랑은 보다 우리네 삶과 가까운 것이고 흔한 것이고 낮은 것이고 친근한 것이고 큰 것이 아니라 지극히 사소한 것이다. 다만 사랑은 우리에게 필요한 것이다. 그야말로 사랑은 공기와 같은 것이고 밥과 같은 것이다. 생수와 같은 것이다. 그래서 사랑은 우리 마음의 옷이 되어주기도 하고 집이 되어주기도 한다.

흔히, 사람들은 사랑은 주는 것이라고 말하고 싶어 한다. 허나, 이 대목에서도 내 생각은 다르다. 사랑은 어디까지나 받는 것이 기본이다. 어찌 주는 사랑이 행복할 수 있고 만족할 수 있겠는가. 인간은 무엇인가를 받을 때 기쁘고 행복해진다. 이는 마치 물동이에 물을 채워야만 넘치는 이치와 같다. 채운 물도 없이 넘치는 물동이는 없는 것이다.

인간뿐이 아니다. 모든 생명체는 동물이나 식물에 이르기까지 다른 생명체로부터 사랑받기를 소망한다. 사랑받기를 원하지 않는 생명체는 이 세상 어디에도 없다. 그러므로 우리는 다른 생명체를 사랑해야 한다. 쉴 새 없이 끊임없이 사랑해야 한다. 아낌없이 사랑을 주어야 한다. 사랑을 받아본 사람만이 사랑을 줄 수 있다는 사랑의 등식이 이쯤에서 열리게 된다. 어디까지나 사랑은 일방통행이 아니다. 그것은 대화요 시이소 게임이요 어울림이다.

사랑 가운데서도 가장 귀한 사랑은 어린 시절 부형으로부터 받는 사랑이다. 동네 아이들한테 따돌림 당하고 울먹이며 집으로 돌아왔을 때, 땅거미 지는 마당가에서 냉갈내 나는 부엌에서 행주치마에 물 묻은 손을 닦으며 맞아주시던 외할머니의 손길보다 더 포근하고 부드러운 사랑이 어디 있으랴. 나에게 사랑은 외할머니 행주치마에서 묻어나던 비린내보다 결코 더한 것이 아니다. 다 자란 뒤에도 외할머니는 나더러 '아이기'라고 불러주셨다. 가을날 어쩌다 찾아가면 어김없이 물렁감을 마련해 두었다 꺼내주시곤 했다.

다시 한번 사랑은 오로지 받는 것이다. 아니다. 무조건 주는 것이다. 하지만 나는 나의 어린것들에게 외할머니가 나에게 그랬던 것처럼 그러지를 못했다. 외할머니한테 배운 대로보다는 아버지가 보여준 대로 흉내를 내다 그렇게 되었다. 그것이 오늘에 이르러 나를 한없이 부끄럽고 후회스럽게 만들어준다.

오직 이 한 사람

아주 오래 전에 만난 사람 가운데 하나다. 내 나이 30대 중반이었고 그녀의 나이 20대 초반이었을 것이다. 나는 공주교대부국(현재 이름은 공주교육대학교 부설초등학교) 교사였고 그녀는 우리 학급으로 교육실습을 나온 교육대학 학생 가운데 한 사람이었다. 고향이 인천이라 그랬다. 공주에서 대학 공부를 마친 뒤 경기도로 선생님 발령을 받아 오늘날 교직생활을 하고 있는 사람이다. 내가 공주교대부국에 근무하는 6년 동안 아주 많은 대학생들이 우리 학급을 다녀갔지만 나를 기억해주거나 소식을 전해오는 사람은 아무도 없었다. 오직 이 한 사람만 정다운 편지를 끊임없이 보내왔고 가끔은 선물도 보내왔고 뜬금없이 공주로 나를 찾아오곤 했다.

그렇게 하기를 어느새 26년. 결코 짧은 세월이 아니다. 아주 특별한 인연이다. 이제는 자기 바깥 되는 사람하고도 찾아준다. 바깥 되는 사람 또한 이 사람을 닮아 유순하고 선량하고 속내가 깊어 보이는 사람이다. 오래 두고 보아도 변함이 없을 사람이다. 이번에 병을 앓고 있는 동안에도 여러 차례 병원으로 찾아와 나를 위로해주고 돌아갔다.

"선생님, 건강하시어야 되어요. 그리고 오래 사시어야만 해요. 그건 선생님이나 선생님 가족들을 위해서도 그렇지만 저를 위해서도 그러셔야 해요. 이런 말씀은 저희 엄마한테 드리는 말씀이고 또 선생님에게 드리는 말씀이어요. 선생님과 저의 엄마가 오래 사시는 게 저에겐 기쁨이고 행복이기 때문에 그래요."

허 이런, 세상에 이보다 더 크고 엄청난 축복의 말씀이 어디 더 있을까. 나한테 이보다 더 귀한 사람이 있을까. 내가 건강하게 오래 사는 일이 자기의 삶의 기쁨이고 행복이란다! 내가 알고 있는 세상의 모든 사람들이 한결같이 나를 잊는다 해도 오직 이 한 사람의 기억만으로 나는 가득하고 충만하다. 오직 이 한 사람의 염려와 축복만으로도 나는 가득 차고 넘치는 것이다.

아래에 옮기는 것은 최근에 보내온 그녀의 편지글이다.

선생님!

선생님을 그냥 보내는 줄 알았습니다.

울음 섞인 사모님 전화를 받고 수업도 잊은 채 무슨 일인가…… 한참을 앉아 있었습니다.

옆 반 선배 교실에 가서 이를 어쩌냐고……, 아이들이 있는 것도 잊은 채 울었습니다. 애들 아빠한테 전화하며 울먹였고 인천에 계신 친정엄마한테 전화하며 또……, 그렇게 하루를 보냈습니다.

선생님은 제가 찾아가면 항상 그 자리에 계실 분이라는 생각을 지워 본 적이 없었는데……, 그게 아니었습니다.

다음날 따님에게 전화를 했는데 경황이 없는 듯 전화가 끊겼습니다.

참으로 답답함이 이어졌습니다.

그 다음날은 전화할 수 없었고 또 다음날도 걱정으로 하루를 접었습니다.

그러다 보니 걱정이 이제는 두려움으로 변해 전화를 걸 용기가 나지 않았습니다.

선생님이 잘못 되셨다는 이야기를 들을 것만 같아서 전화를 할 수 없었습니다.

그러다가 조바심이 생겨 선생님 학교로 전화를 했더니 어떤 선생님인지 모르겠으나 선생님이 좋아지셨다는 말을 해주는 겁니다.

정말 꿈만 같았어요.

'선생님이 기적과도 같이 회복 중이시라니… 선생님 정말 잘 이겨내셨어요. 선생님 정말 사랑합니다. 장하십니다.' 하며 그 자리에서 뜨거운 마음으로 감사드렸습니다.

너무 기뻤습니다.

욕심 없이 사신 선생님을 하늘이 도우셨구나 하는 생각뿐이었어요.

선생님.

앞으로 건강에 더욱 신경 좀 쓰세요.

선생님 사랑하는 사람들 깜짝 놀라게 하지 말고요.

정말 제 머리 백발이 될 때까지 옆에 계셔 주셔야 합니다.

매일같이 선생님을 생각하다가 이제야 선생님을 뵈러왔어요.

이렇게 선생님을 다시 뵐 수 있게 되어 정말 가슴 벅찹니다.

봄날……, 새싹과 함께 목련이 활짝 피고 개나리도 피고 있어요.

선생님께 봄날의 따뜻한 기운을 안겨드리고 싶어요.

선생님…….

살아줘서 고맙습니다

최근, 아는 사람들을 만나면 어김없이 나에게 들려주는 인사말이 있다. '살아줘서 고맙습니다.' 전혀 의외의 인사말이다. 인사말을 들을 때마다 나는 내심 놀라곤 한다. 내가 병이 나 주위 사람들에게 걱정을 끼쳤고 신세를 졌고 염려하는 마음을 줬으니 이쪽에서 고맙고 미안하다고 해야 할 일인데 거꾸로 된 인사가 되고 말았다.

마치 나를 만나면 그렇게 하기로 약속이라도 한 듯 사람들의 인사말은 일사불란하다. 남녀노소를 가리지 않고 지역의 원근遠近을 가리지 않는다. 나를 알고 있는 사람이라면 어김없이 그렇게 한다. 팔순을 넘기신 부모님을 비롯하여 형제자매들, 가족이나 친지들은 물론이고 같은 아파트 주민들, 교회 식구들, 과거 같은 학교에서 근무했던 동료들, 문인들, 심지어는 아주 오래 전에 내가 아이를 담임했던 학부형들이나 알음알음 내 이름을 기억하고 있는 사람들까지도 두 손을 모아 인사를 건넨다.

왜 내가 죽지 않고 살아 있는 것이 고마운 일이겠는가? 그만큼 그들이 나를 생각해주고 사랑해주었다는 한 증거가 될 것이다. 그들 마음속에 내가 밉지 않은 사람으로 자리잡아서 그러했을 것이다. 아직은 그들에게 내가 필요한 사람이었다면 더더욱 그러했을 것이다. 참으로 고맙고 감사한 일이다.

그런 인사말을 전해들을 때 나는 박하사탕을 입에 문 듯 가슴이 환해지기도 하고 양파를 씹은 듯 알싸해지기도 한다. 살아 있음이 이렇게 좋은 것이었구나. 새삼스런 깨달음에 이르기도 한다. 살아 있음의 감사. 이보다 더 크고 좋은 감사가 어디 있겠는가. 윤효 같은 시인은 나처럼 해피엔딩으로만 끝날 수 있다면 한번 그렇게 드라마틱하게 앓아보는 것도 좋을 거라는 말을 농담조로 들려주기도 한다.

어떤 문학 모임, 상을 주고받는 자리에서였다. 모두들 상을 받는 사람에게 축하의 말을 건네고 부럽다는 말을 했다. 좌중의 한 사람이 나에게 말을 했다.

"나 선생! 나 선생은 다른 사람들 상을 받는 걸 부러워해서는 안 됩니다. 올해 가장 좋은 상을 받지 않았습니까? 생명대상!"

그렇다, 생명대상! 이보다 더 좋은 상이 어디 있겠는가.

언제까지 사람들이 나를 만나면 그렇게 인사를 해 줄지 모른다. '살아줘서 고맙습니다.' 이건 한동안 내 삶의 등대이다. 나에게 살아갈 힘을 줄 것이고 나의 앞길을 안내해줄 것이다. 이런 데서도 나는 글 쓰는 한 사람으로서 언어의 숨은 힘을 실감하곤 한다. 얼마 전에 서울의 윤효 시인이 퇴원을 축하하는 시 한 편을 보내준 일이 있기에 아래에 옮겨 적어본다.

당신 앓아 누우신 봄날엔 몰랐어요.
제 빛깔에 취해 있었어요.
제 향기에 취해 있었어요.
봄날 다 가고 여름 다 가고 바야흐로 가을인데
당신이 죽는다는 거예요.
살 수 없다는 거예요.
캄캄했어요.
당신이 다 받아 주었잖아요.
담쑥담쑥 다 안아 주었잖아요.
눈앞이 캄캄했어요.

당신, 죽는 줄 알았어요.
당신, 살아줘서 고마워요.
당신, 가을이 오기 전에 살아줘서 고마워요.

—윤효, 「생환生還—나무의 입을 빌려 나태주 시인께」 전문

링컨 바지

그녀와 나는 친구다. 남녀 사이에 친구가 가능한 일이냐, 그럴 테지만 그래도 그녀와 나는 친구다. 20대 이래 그래왔다. 그녀와는 못 하는 이야기가 별로 없다. 스스럼없다. 어떤 이야기든지 하고 또 어떤 이야기든지 통한다. 아마도 그건 나만 그런 게 아니라 그녀도 마찬가지일 것이다. 그러기에 그녀는 나의 친구이고 남녀 사이에 친구가 가능하게 되는 것이다.

우리는 혜화동 부근의 한 조강한 음식점에서 만났다. 밥을 먹기 위해서였지만 더 많이는 밀린 이야기를 하고 싶어서였다. 수년째 한 번도 만나 길게 이야기 나눈 적이 없었다. 이야기는 자연스럽게 살아온 이야기, 인생 이야기, 자녀들 이야기로 모아지고 있었다. 그녀는 딸만 셋이다. 세 딸이 모두 출가를 했는데, 둘은 현재 미국에서 살고 있고 막내까지 미국으로 건너갈 준비를 하고 있다 했다. 그러다간 그녀 자신도 말년엔 자식들 따라 미국으로 가서 살아야 하지 않을까 싶은 생각이 들었다.

나는 이번에 호되게 앓은 이야기, 죽음의 나라 문턱까지 다녀온 이야기를 듬성듬성 늘어놓았다. 그러면서 아이들에게, 특히 아들아이에게 잘못한 일들이 많아서 죽을 수 없었고, 또 아들아이가 사흘 밤낮을 애타게 불러줘서 도저히 죽을 수 없었다는 말을 했다. 그녀는 내가 하는 이야기가 아무래도 이해가 되지 않는다는 듯 희미한 눈빛으로 나를 건너다보아 주었다. 임사체험臨死體驗. 그야말로 죽음의 나라 바로 앞까지 갔다가 돌아온 내 경험담 앞에서 우리는 한동안 머뭇거렸다.

그 다음 이야기는 아이들 키우던 시절로 돌아갔고 나는 아이들 어렸을 때 먹을 것이며 입을 것들을 제대로 챙겨주지 못한 일이 이제와 걸린다는 말을 했다. 구체적으로 과외 공부 한 번 제대로 시켜주지 못하고 아이들이 그리도 먹고 싶어 하던 켄터키 치킨이며 과일 같은 것을 사주지 못한 일, 모질게 함부로 대한 일, 학부형들로부터 헌

옷가지를 얻어다 입힌 일들에 대해서 이야기했다.

그러자 그녀가 링컨 바지 이야기를 꺼냈다. 그녀도 자기 아이들을 기를 때 헌 옷을 많이 입혔다는 것이다. 더욱이 막내에게는 언니들이 입다가 물린 옷만 줄창 입혔다고 한다. 그래서 막내는 거의 새 옷을 입은 적이 없을 정도였고, 바지 종류가 가장 많이 그랬다는 것이다. 막내에게 언니들이 입던 바지를 입힐 때는 낡은 바지에 볼펜으로 별표를 그려준 다음, '링컨 바지'라고 이름을 지어주고 입으라 했다고 한다.

링컨 바지, 재미있는 이름이다. 그건 어디에 따로 나와 있는 이름이 아니다. 그녀가 지어낸 이름이라고 했다. 우리가 아는 바대로 어린 시절의 링컨은 매우 가난한 집안의 아이였다. 그러므로 낡은 바지를 입으며 자랐을 것이라는 것이 그녀의 짐작이었으리라. 그녀는 글 쓰는 사람이고 오랫동안 교직생활을 했던 사람이다. 과연 자기다운 발상이요 육아법이었다는 생각이다.

그렇다면 우리 집 아이들도 링컨 바지를 많이 입으며 자란 셈이다. 젊은 시절 나는 가난이란 것은 다만 불편한 것일 뿐이지 결코 부끄러운 것이 아니라는 믿음으로 살았다. 그래서 궁색한 삶도 견뎌낼 수 있었고 지나칠 만큼 당당할 수 있었고 남의 눈치도 보지 않고 살아갈 수 있었다. 그러나 내가 그 부분에서 간과한 것이 있다. 그것은 나 혼자서만 생각할 때 그런 것이지 아이들에겐 결코 그렇지 않다는 사실이었다. 그렇다. 아이들은 의식 있는 어른도 아니고 무엇보다도 내가 아니다. 그들은 독립된 개체 인간이요 그러므로 나에게는 타인으로서의 존재가 아니던가.

자신의 궁핍을 가리기 위해서 아이들에게까지 자신의 생활방식을 강요하다니! 새 옷을 사서 입힐 수 있었지만 의도적으로 헌 옷을 내려 입힌 그녀의 아이들에겐 충분히 헌 바지가 링컨 바지일 수 있었을 것이다. 그러나 우리 집 아이들은 부모가 새 옷을 사서 입힐 수 없었기 때문에 헌 바지는 헌 바지일 따름, 링컨 바지일 수는 없었을 것이다. 지금 와서도 참 미안스러운 일이고 아이들한테 뻔뻔스러웠구나 싶은 생각이다. 나름대로 잘 해냈다고 자부하는 일조차 지나고 나면 이렇게 잘못한 일들이 많고 후회스런 일들이 많다. 이래도 후회스럽고 저래도 잘한 일이 못되는 인생. 인생이란 건 어차피 어쩔 수 없는 그 무엇이 아닌가 싶다.

쇠고기 두 근

해마다 나는 두 차례 특별한 고기를 산다. 설날과 추석이 오기 며칠 전. 많은 고기도 아니다. 겨우 쇠고기 두 근. 정육점 주인에게 보다 연하고 부드러운 고기, 국거리로 쓰일 고기를 달라고 부탁하기도 한다. 고기를 사 가지고 찾아가는 집은 한 선배 교장 선생님의 아파트. 초인종을 눌러 주인을 불러낸 뒤 살그머니 고기를 드리고 돌아오곤 한다. 그렇게 기분이 좋고 홀가분할 수가 없다. 보잘것없는 물건이지만 조그만 성의로 알고 받아 주십시오,라는 말을 덧붙이기도 한다.

언제부터 그랬을까. 아마도 교장이 되고부터였을 것이다. 교장이 되기 전까지만 해도 나는 명절이 되면 모시고 있던 교장 선생님을 위해 고기를 사곤 했다. 그때도 역시 쇠고기 두 근. 정작 내가 교장이 되고 보니 고기를 사 가지고 찾아갈 만한 윗사람이 없었다. 명절 때가 되어 누군가를 찾아가기도 하고 고기 같은 걸 주고받는 것도 좋은 풍속이고 인간스러운 일인데 그럴 수가 없다는 사실이 섭섭했다. 누군가 고기를 사 가지고 찾아가는 사람이 있었으면 좋겠다는 생각이 들었다.

선배 한 분이 쉽게 떠올랐다. 사범학교 4년 선배가 되는 분인데 평교사 시절 같은 학교에서 근무하기도 했고 옆 학교 교장으로 같이 지내기도 한 분이다. 공주로 이사 온 뒤 아이들 문제, 교직 성장의 문제, 가정 문제 등 여러 가지 힘겨운 일이 생기면 서슴없이 찾아가 의논을 드리고, 많은 조언을 받던 선배다. 말하자면 학교나 직장의 선배에 이어 인생의 선배가 되었던 분이다. 이 분이 대단한 식견을 가지고 있어 그런 게 아니다. 언제나 온건하고 합리적이고 좀 더 장기적인 충고가 나에게 많은 도움이 되었던 것이다.

따지고 보면 해마다 이렇게 두 차례 음력 명절에 고기를 사는 건 딱히 그 선배만을 위해서 그러는 건 아니다. 많이는 나 스스로를 위해서 그러는 것이다. 이것도 이기적인 일이라면 이기적인 일이 될 것이다. 명절이 되어도 명절 선물을 가져다 드릴 윗사람이 한 분도 없다는 것은 얼마나 썰렁하고 서글프기까지 한 일이겠는가. 나는 명절을 당하여 선배에게 고기를 사다가 드림으로 나 자신 커다란 위안을 받는다. 아, 올해도 이렇게 두 차례 명절이 나에게 찾아 왔고 나는 또 내가 좋아하는 분에게 명절 선물을 할 수 있었구나. 그것은 나에게 한 해를 무사히 잘 살았노라는 따뜻한 마음의 한 이정표를 만들어준다.

이렇게 명절을 보내고 2, 3일 지나면 그 선배는 꼭 우리 내외를 당신 집으로 부르거나 음식점으로 나오라 해서 음식 대접을 해준다. 말하자면 답례인 셈이다. 지난 3월 병원에 들어가기 전에도 설날을 보내고 며칠 뒤 저녁 식사를 함께하기도 했었다. 그런데 병원에 들어가 6개월을 지내고 퇴원하여 추석 명절을 다시 맞이하게 되었다. 추석을 맞으며 나는 무엇보다도 그 선배에게 쇠고기 두 근을 거르지 않고 사다드릴 수 있어서 기뻤다. 아직 다리가 실하지 못하여 내딛는 걸음이 휘뚱거렸지만 마음만은 상쾌하고 좋았다.

선배도 내가 사들고 간 고기 꾸러미를 받으며 얼굴 가득 환한 미소를 지어 보였다.

"무엇보다도 이렇게 나 교장이 명절 때, 우리 집에 다시 올 수 있어서 기쁜 일입니다."

선배는 한참 후배인 나한테도 꼬박꼬박 경어를 쓴다. 앞으로 나는 그 선배에게 몇 번이나 더 명절을 맞아 쇠고기 두 근을 사 가지고 갈 수 있을 것인가? 가능한 한 여러 차례 그러고 싶다. 그러나 이런 소망 자체도 하나의 과욕인지 모르겠다.

져줄 줄 아는 사람

우리네 삶은 어차피 하나의 게임과 같은 것이다. 올라가고 내려가고, 이기는 편이 있는가 하면 지는 편이 있게 되어 있다. 기왕이면 올라가는 인생, 이기는 인생이기를 소망할 것이다. 그러나 매양 그럴 수 없다는 데에 우리의 고민이 따른다. 열악한 환경에 처했을 때 인간은 조그만 승부욕에 더욱 집착하게 되어 있다. 이겨야 한다. 져서는 안 된다. 그렇게 스스로를 닦달하게 된다.

나의 경우도 마찬가지. 무엇 하나 남보다 우월한 게 없었다. 어린 시절엔 인간적 노력보다는 타고난 조건이 더 중요하게 작용한다. 신체적 조건, 부모의 직업, 가정 경제, 고향, 가문 등. 정말로 내세울 거란 하나도 없었다. 머리 하나 명석하다는 것이 어려서부터 어른들이 거는 기대였다. 이런 경우 사람은 편벽지게 되어 있다. 어딘가로 내밀려 오직 한 길이란 생각에 붙잡힐 수밖에 없게 되어 있다. 그야말로 죽기 아니면 살기, 외통수가 되는 것이다. 절대로 져서는 안 되는 일이었다. 오로지 이겨야 했다. 이기는 것만이 살아남는 길이었다.

이런 사람치고 성격이 모질지 않는 사람이 없다. 그가 유순한 인간으로 보인다면 그건 겉치레만 그럴 뿐 내면은 더욱 강퍅하게 마련이다. 어려서부터 지는 방법을 배우지 못했다. 누구나 인간은 어린 시절 어른들로부터 지는 방법을 배울 필요가 있다. 그러므로 어른들은 어린 세대들에게 너그러울수록 좋다. 그러나 나의 경우는 그러지를 못했다. 이기라는 말만 들으며 자랐다. 양보는 미덕이 아니요 수치였고 패배였다. 그래서 칭찬도 받았고 나름대로 성취감도 있었다. 또래들과 어울려 운동경기라도 즐겼다면 지는 방법을 배웠을지도 모른다. 그러나 운동하고는 애당초 거리가 멀어 스스로 배우는 기회마저 갖지를 못했다. 오기만이 가득 찬 인간이 되고 말았다.

어른이 되어 아이들을 낳아 키우면서도 양보하는 방법, 때로는 질 수도 있다는 걸 가르치지 못했다. 아예 그러려 하지 않았다. 나의 모범은 이기는 것이었고 오로지 앞으로 나아가는 일이었던 것이다. 입에 발린 말이 잘하라는 말이었고 남들한테 뒤져서는 안 된다고, 이기라고만 요구했다. 꼬마전사였다. 우리 아이들은 어려서부터 부모를 대신해서 세상에 나가 싸우는 싸움꾼이었다. 저의 엄마도 아침마다 문밖으로 아이들을 내보내면서 잘 하고 오라고 등을 밀었고 저녁이면 오늘도 잘하고 왔느냐 아이들을 맞았다. 나는 지금도 내 자신이 어린 시절, 질 줄 모르는 아이였던 것을 부끄럽게 생각한다. 더구나 나의 아이들에게 양보하는 인간, 져줄 줄 아는 사람의 본을 보이지 못한 것을 후회스럽게 생각한다. 날마다 최선을 다하며 산다는 것은 얼마나 피곤한 일이고 지긋지긋한 일이겠는가. 오늘도 최선을 다하자, 뭐 그런 게 내가 아이들에게 요구한 가훈 비슷한 것이었으니까 말이다.

딸아이한테보다 아들아이한테 지는 것을 가르치고 본을 보여주지 못한 게 참으로 안타깝다. 너무나 경직되게 사는 모습만 아이에게 보여주었고 또 바라지 않았나 싶다. 질 줄 아는 것도 하나의 마음의 능력이다. 마음의 넓이, 유연함, 너그러움이 있어야 가능한 일이다. 빡빡하게 사는 인생, 앞서는 인생, 승리하는 인생도 좋다. 그러나 때로는 슬그머니 져주는 인생도 부드럽고 여유 있어서 충분히 아름다울 수 있는 인생이다. 기회가 허락된다면 이제라도 아들아이에게 져주고 싶다. 양보하며 살고 싶다. 한 번이 아니라 여러 차례 그렇게 하고 싶다. 그래서 내일날, 아들아이가 저의 아이를 낳아서 기를 때 질 줄도 알고 양보할 줄도 아는 인간의 본을 보여주기를 희망한다.

작은 음악회

지난 월요일, 그날은 특별한 날. 2007년 12월 3일. 대전KBS방송국 공개홀에서 내 시와 노래를 가지고 작은 음악회를 열었다. 실은 그것은 6월 1일, 정년퇴임기념으로 하기로 계획되었던 행사였다. 그러나 병원에 묶인 몸이다 보니 마음만 애달팠을 뿐 실행에 옮길 수 없었던 일이었다. 포기해야 할 일들이 많았지만 음악회를 포기하는 마음은 많이 안타까웠던 게 사실이다.

병원에서 풀려 나와서도 음악회를 정말 열 수 있을지 자신감이 없었다. 나에겐 벌써 여러 가지 면으로 여건이 제약되어 있었고 많은 능력들이 소진된 뒤였으니까. 가족들도 나의 음악회에 관해서 회의적인 반응이었다. 오히려 그런 일을 또 꾸며 바쁜 사람들 오라 가라 한다면서 하지 않기를 바라고 있었다. 그러나 대전KBS방송국의 김애란 피디의 생각은 달랐다. 음악회를 하지 못할 까닭이 무어냐는 것이었다. 그것도 올해가 가기 전에 꼭 해야 한다며 열성을 보였다.

오로지 김애란 피디 혼자서 모든 일을 떠맡아 주선하고 준비한 일이었다. 작곡의 문제, 악보집 출간, 연주자 섭외와 결정, 장소 마련, 심지어 리셉션 문제까지 한 묶음으로 해결해 주었다. 모든 예산은 방송국에서 부담하는 걸로 일괄 처리되었다. 내가 한 일로는 자료 제공과 청중 동원 정도의 일이었다. 250장 정도 초청의 편지를 보냈을 것이다. 음악회 예정시간에 공개홀 좌석이 거의 메워지는 걸 보고 나의 편지가 이번에도 어김없이 효력을 발휘했구나 싶은 생각이 들었다.

나는 무대 앞자리에 마련된 의자에 앉아 사회를 보는 주혜연 아나운서와 이야기를 나누었다. 미리 질문이 주어졌고 답변 또한 준비되었으나 즉석에서 생각나는 대로 대화를 나누었다. 아, 살아서 이렇게 음악회를 다 갖게 되는구나, 생각하니 기쁘기도 하고 슬프기도 하고 복잡 미묘한 감회에 젖게 되었다. 내내 울먹였다고 말하는 것이 제일 적합한 표현이겠거니 싶다. 특히 30년도 훨씬 전에 쓴 「빈손의 노래」란 시를 마이크 앞으로 나가서 읽을 땐 울음이 목구멍까지 치밀어 오르는 걸 간신히 참아야만 했다.

애당초 아무것도
바라지 말았어야 했던 걸 모르고
너무 많은 걸 꿈꾸다가
너무 많은 걸 찾아다니다가
아무것도 찾지 못하고 만
이제 또 가을

20대의 심경이나 이렇게 나이를 먹어 60대 늙은이가 된 오늘의 심경이나 별반 다를 게 없었다. 그렇다면 나의 인생은 그동안 헛되이 산 것이 아니겠는가. 나중에 들으니 객석의 맨 앞자리에 앉아 있던 조원경 작곡가는 내가 그 시를 읽는 동안 자기도 내내 속으로 울고 있었다고 했다. 그러면서 이번에 내가 어떤 사람인가 하는 것을 알게 된 것이 기쁘다고, 음악회에 참석하기를 잘했다는 말을 해 주었다. 사람의 마음은 사람마다 다르기도 하지만 때로는 겹쳐지는 부분이 있구나 싶었다.

무엇보다 미루었던 약속을 지키게 되어 기뻤다. 보고 싶었던 정다운 얼굴들을 다시 볼 수 있어서 고마웠다. 부른 노래 열네 곡에다가 읽은 시 일곱 편. 그것은 꿈꾸듯 흘러간 한 시간 반이었다. 그렇게 음악회를 마치고 방송국 스카이라운지에 마련한 리셉션 장소로 자리를 옮겼다. 시간은 이미 9시를 넘기고 있었지만 아주 많은 참석자들이 자리를 뜨지 않고 화기애애한 분위기를 만들어주었다. 만나는 사람마다 좋았다고, 따뜻하고 밝고 아름다운 밤이었다고 입을 모았다.

리셉션 장소에서 또 가장 좋았던 것은 조효순 시인이 마련해준 티 타임이었다. 차의 종류도 다양했다. 매화차, 구절초꽃차, 연꽃차 등 평상시에 마시기 힘든 차였다. 약간 쌀쌀한 날씨였는데 투명한 조그만 유리잔에 따라 마시는 향기로운 꽃차 한 잔은 마음을 더욱 너그럽게 따습게 덥혀주기에 충분했다. 이 또한 조효순 시인이 나에게 했던 약속을 지킨 일이었다. 그러니까 지난 3월, 중환자실에서 신음하고 있을 때 면회를 온 자리에서 빨리 나아서 음악회를 하라고, 그렇게 되면 자기가 연잎차를 만들어 손님들을 대접해주겠다는 약속을 한 일이 있었다. 죽음을 앞에 두고 이루었던 약속을 다시 살아서 지킬 수 있게 되어 기쁘고 차를 준비해준 조효순 시인의 손길이 고마웠다.

모임이 끝난 뒤, 음악회에 게스트로 초청되었던 오세영 교수는 다시 서울로 올라가면서 나더러 이런 말씀을 들려주었다.

"나 교장을 사랑하는 사람들이 많은가 봅니다."

이 말 한 마디는 그 어떠한 찬사나 평가보다도 나에게 기쁨을 주었다. 꽃다발이 되었고 행복감이 되었다. 한동안 나는 작은 음악회를 기억하며 기쁜 마음으로 세상을 살아갈 것이다. 작은 음악회는 앞으로도 오래 내 마음의 화사한 등불로 남아 있게 될 것이다. 그것은 참으로 따뜻하고 밝고 아름답고 행복한 밤, 평생에 두 번 다시 만나기 힘든 좋은 밤이었다. 아래는 그 날 밤 음악회에 참석했다가 돌아가 송계헌 시인이 보내온 이메일이다. 아름다운 글이라 여기에 옮겨 기념하고자 한다.

선생님. 잘 귀가하셨는지요?

가실 때까지 지켜보지 못해 섭섭했습니다.

많은 방청객은 아니었지만 모두 다 선생님을 흠모하는 분들, 오셔서 사랑을 담뿍 담은 눈빛으로 지켜보고 시의 선율에 취한 아름다운 시간이었습니다.

생사 갈림길을 겪으신 후라서 더욱 값져 보였고, 인생의 무게와 연륜의 깊이를 더하는 귀한 시간을 만났습니다.

돈보다 명예보다 한 대의 풍금과 강줄기와 작은 풀꽃을 사랑하시는 선생님. 그 빛, 그 사랑 잃지 마시고 남은 생 청아하게 소슬하게 사시기 기원합니다.

다신 병상에 오래 눕는 일 없으실 거예요.

석 달 동안 코로 밥줄 꽂는 일 없을 거예요.

건강하게 세상 사람들 따뜻하게 맘 데워 주시며 사실 겁니다.

초대해 주셔서 감사드리고 돌아와 훈훈해진 가슴으로 좋은 꿈을 꾼 밤이었습니다.

안녕히 계세요.

2007. 12. 3 송계헌 드림

풀꽃그림을 보내며

— 병원 뜨락에서, 이해인 수녀님에게

병원 뜨락에 꽃들이 여간 많은 게 아닙니다. 꽃에 대해 별로 관심이 없던 사람들도 지나가다가 뜨락의 꽃들을 유심히 바라보는 것을 자주 봅니다. 꽃을 꺾거나 밟는 사람은 전혀 없습니다. 그만큼 사람은 병원에 오기만 하면 나약해지고 또 선량해지는 모양입니다.

꽃들이 제 때를 알아 순서대로 피고 지는 것을 봅니다. 참 신통하기도 한 일이지요. 얼마 전까지만 해도 화려하게 피어 있던 산수국, 물레나물, 내가 '꼬치꽃'이라 이름지어 부르던 리아트리스, 샤스타

2007. 7. 30

데이지(일명 마가렛) 같은 꽃들이 한물가고 쥐오줌풀꽃도 시들하고 지금은 비비추꽃들이 실한 꽃대를 힘차게 밀어 올리고 있고 꼬리풀꽃들이 한창입니다.

멀리 하늘 멀리 휠체어에 앉아 환의를 입은 채 꼬리풀꽃들을 그리고 있는 나의 모습이 보이시는지요? 꼬리풀꽃들은 연보랏빛입니다. 수줍은 암말꼬리 같은 꽃대를 하늘 속으로 밀어올리고 하늘의 속살을 간질이듯이 작은 바람에도 가들가들 떱니다. 그림을 그리고 있을 때 머리 위 높은 나뭇가지에서 매미들이 따르르 소리의 강물을 길게 길게 풀어놓습니다. 그러자 바람이 다시 와 꼬리풀꽃들을 흔들어줍니다.

그림 속에서 매미 소리가 들리시는지요? 그리고 꼬리풀꽃들을 가볍게 흔들고 지나가는 바람을 느끼시는지요? 가까이 물감이 없어 연필로만 그려서 보냅니다.

아내의 처녀시

나는 결코 가족들 가운데 나말고 다른 사람이 시를 쓰는 걸 원하지 않는다. 남들은 나더러 시를 술술 쓰는 사람, 시를 많이 쓰는 시인이라고 말들을 하지만 그렇다고 거기에 고통이 따르지 않는 건 아니다. 한 편을 쓰든지 열 편을 쓰든지 거기엔 나름대로 번민과 망설임이 있게 마련이다. 살을 엘 듯한 고통은 아니라 해도 어느 정도 아릿한 고통도 따른다. 시를 쓰기 전의 초조감을 보태고, 쓰고 난 뒤의 허탈감까지를 다시 더한다면 한 편의 시 쓰기가 주는 마음의 얼룩은 대단한 것이다. 왜 그런 형벌을 나만 당하면 되었지 가족에게 당하라 하겠는

가. 이유가 없는 일이다.

또 한 가지, 시를 쓰는 세월이 길어질수록 시를 쓰는 행위가 인간의 노력만으로 가능한 일이 아니라는 것을 알게 되기 때문이다. 기질적으로 타고난 바 그 무엇이 있어야만 된다는 것이다. 누군가 인간이 자기 능력 이상의 세계를 경험할 수 있는 분야로 섹스, 명정酩酊, 기도, 선禪, 무당, 그리고 시詩를 거론하는 것을 읽은 적이 있다. 과연 그럴까 싶기도 하지만 시란 것은 확실히 천부적 자질에다가 이성으로 통제되지 않는 혼돈의 깊은 곳을 숨기고 있는 것만은 확실하다.

우리 딸아이는 대학에서 국문학을 전공하여 학부과정을 거쳐 석사, 박사과정을 마친 아이다. 글 쓰는 일을 즐겨 중앙의 전통 있는 문학잡지에 문학평론가로 등단하기도 했다. 가끔은 주위 분들로부터 시 쓰기를 권유받기도 하는 모양이고 스스로 시인이 되어보았으면 싶은 욕구가 전혀 없는 것도 아닌 듯싶다. 허나, 나는 반대로 기회 있을 때마다 딸아이에게 시 쓰기의 어려움을 피력해주고 가능한 한 시인이 되는 꿈을 잠재워보라고 말하곤 한다. 아버지와 딸이니 기질이 많이 닮아 있을 것이다. 또 시는 한 가족의 추억의 창고를 헐어내는 일이기도 하다. 그러므로 딸아이와 나의 시 쓰기는 상당히 겹쳐지는 부분이 있을 것이다. 그러니 만큼 성공하기도 힘들 것이 아니겠는가 싶은 우려가 거기에 있는 것이다.

헌데 며칠 전에 아내가 시 한 편을 썼노라 나에게 보여주는 게 아닌가! 그건 내가 계룡산 갑사 쪽으로 사진을 찍으러 가던 날, 나의 뒷모습을 바라보면서 썼다는 글이다. 흔히 하는 말로 먹을 가까이 하면 먹물이 든다더니(근묵자흑近墨者黑), 그 말이 맞는 말인가 보다. 저녁 때 집에 돌아왔을 때 나에게 보여준 시가 제법 그럴듯하기에 행과 연을 가지런히 맞춰주고 내 홈페이지에 올려주기도 했다. 한 가족 가운데 시 쓰는 사람이 나오는 것을 그렇게 경계해왔지만 이렇게 엉뚱한 사람이 내 흉내를 내고 있었던 것이다. 이왕 아내가 시 쓰는 걸 시도해보았으므로 앞으로도 가끔은 시 쓰는 일을 계속해보라고 말해주고 싶다.

그러나 아무리 아내가 시 쓰는 일에 열심을 낸다 해도 시집을 낸다든지 그 시를 활자화시키는 데까지는 가지 못할 것이다. 그래서 나의 책에 나의 글과 함께 슬쩍 끼워줘 볼까 한다.

어디 갔느냐구요?
우리 남편은 아주 바쁜 사람이에요
시 주우러 갔어요

어디로 갔느냐구요?
잘 모르겠지만요
어제는 갑사 쪽

오늘은 논산 쪽이래나 봐요
꼬치꼬치 물으면 안돼요
그걸 나는 잘 알아요
배낭 메고 자전거 타고 신나게
뒤도 돌아보지 않고 갔어요

메고 간 배낭 가득 시를 담아
가지고 돌아올 거예요
그건 분명해요.

— 김성예, 「우리 남편」 전문, 2007. 12. 5

특별한 우편물

오늘 특별한 우편물 하나를 받았다. 미국 L.A에 사는 젊은 수필가 하정아 씨로부터 보내온 것이었다. 네모진 종이상자인데 부피가 제법 컸다. 상자를 열어 내용물을 확인하지 않아도 그 안에 무엇이 들어있는지 짐작이 가는 일이었다. 하정아 씨로부터 걸려온 국제전화 통화에서 그림도구를 보내겠노라는 이야기를 미리 들었기 때문이다.

얼마 전, 나는 하정아 씨에게 연필로 그린 나의 그림 몇 점과 책 한 권을 부쳐준 일이 있다. 그림은 병원생활 도중에 그린 풀꽃 그림들이고 책은 지난해 연말 방송국에서 가진 음악회 악보집이었다. 특히, 하정아 씨는 나의 연필 그림을 좋게 보아 전화를 했을 때에도 그 이야기를 길게 했었다. 그러면서 그림도구들을 부치고 싶은데 어떤 것을 부치는 것이 좋겠느냐 되풀이 물었다. 여기에도 그림도구들이 많으니 꼭 부쳐주고 싶으면 파스텔이나 한 갑 하고 그림연필이나 몇 자루 부쳐 달라 하기도 했었다.

얼핏 보기로도 종이상자 안에 들어있는 물건이 만만치 않았다. 조심스럽게 상자를 열었을 때 안에서 아주 많은 물건들이 쏟아져 나왔다. 마치 흥부네 집 박 덩이에서 나온 물건들 같았다. 24색 파스텔 한 갑. 36색 크레파스 한 갑. 24색 색연필 한 갑. 24색 드로잉 색연필 한 갑. 스케치용 흑색연필 12자루. 그리고 디자인용 지우개 4개. 또 연필 4자루. 연필깎이 하나. 모두가 전문가용으로 이건 좀 나에게 과하다 싶었다. 내 이럴 줄 알고 전화 통화에서 여러 번 부탁을 했건만 엄청난 물건들이 오고야 말았다. 번번이 이렇게 하정아 씨는 되로 받고 말로 갚곤 한다.

우리 나이 또래의 다른 이들도 그러하겠지만 내가 어려서 학교에 다닐 때는 학용품이 매우 귀했다. 그래서 아이들에겐 학용품이 가장 좋은 선물이 되었다. 6 25전쟁 이후 늦은 나이에 군대에 입대한 아버지가 휴가 나올 때 가져다준 미제 학용품을 선물로 받은 일이 몇 차례 있었다. 아마도 초등학교 5학년 때였지 싶다. 재일교포였던 큰아버지로부터 받은 일제 학용품은 너무나 눈부신 것들이었다. 그때 받은 학용품 가운데 플라스틱 필통은 비록 뚜껑이 없어졌지만 아직도 내가 간직하고 있는 초등학교 시절의 유일한 흔적이기도 하다.

학용품과 연결 지어 또 잊혀지지 않는 기억은 미국의 구호물자로 온 학용품에 관한 것이다. 미국 구호물자는 대개 먹을 것, 입을 것들이 대종이었지만 가운데는 드물게 학용품이나 장난감 종류도 있었다. 어느 날 담임선생님은 우리 반에도 구호물자로 온 학용품이 있으니 그걸 나누어준다고 했다. 그러나 물건이 한 종류가 아니고 크기도 달라 가위 바위 보를 해서 나누어준다고 했다. 나는 크레용을 가지고 싶었다. 12색짜리 크레용이었다. 우리 반 아이들은 두 명씩 불려나가 서로 등을 기대고 팔을 올리고 가위 바위 보를 했다. 끝까지 이겨 남은 아이가 가장 좋은 것을 가져갔다. 끝내 내게는 연필 한 자루도 차례가 오지 않았다. 그때 내 손에 들려진 것은 양철로 만들어진 매미 모양의 조그만 장난감 하나였다. 배꼽 부분을 누르면 매미소리 대신 딱, 딱, 소리가 났다. 그래도 나는 그 장난감을 오래 가지고 다니며 놀았다.

어른이 되고 나서 누군가로부터 학용품을 받아본 일은 없다. 오늘처럼 학용품을 기쁜 마음으로 받기는 처음이다. 마치 내가 다시 초등학생으로 돌아간 느낌이다. 멀리 미국에서 어여쁜 누나가 보내준 학용품을 한 아름 받아든 아이의 심정이다. 하정아 씨로부터 받은 그림

도구들은 바라보기만 해도 찬란할 정도다. 그러나 나는 이 물건들을 곧장 쓰지는 못할 것이다. 한동안 책상 위에 올려놓고 눈을 맞추거나 상자 속에 넣어둔 채로 낯을 익히는 기간을 가질 것이다. 물건에 대해서도 낯을 가리는 습관이 있음으로서다.

머잖아 한두 차례 비가 내리고 햇빛이 환해지면 꽃들이 피어나고 나무나 풀들이 컬러의 세상으로 돌아올 것이다. 그렇게 되면 하정아 씨가 보내준 그림도구들이 내 손에 잡히게 될 것이다. 이것이 또 나에게 새롭게 봄을 기다리게 하는 이유가 된다. 앞으로도 보다 많은 날들을 이 땅위에 살아있는 한 사람이고픈 열정을 준다. 참 고마운 일이다.

2
벙어리장갑

사이다 한 잔

공주에도 강북과 강남이 있다. 한강이 서울을 남북으로 갈라 강북과 강남을 만들었듯이 공주도 금강이 그 역할을 맡아 하고 있다. 그러나 공주의 강남과 강북은 서울의 그것과는 반대다. 강북이 신시가지가 있는 뉴 공주라면 강남은 구 시가지가 있는 올드 공주인 셈이다. 그렇기 때문에 공주는 강북이 밝은 지역이고 땅값 또한 비싼 지역이다. 그러나 나의 생활 근거지는 강남지역, 올드 공주 쪽이다.

올드 공주 지역을 거닐다 보면 그 중심 거리, 상가와 음식점이 어우러진 곳에 세차장이 하나 있음을 본다. 제법 넓은 공간을 차지하고 있는 세차장이지만 주변 거리와는 좀 어울리지 않는 듯한 느낌을 준다. 이 세차장에는 반백의 머리를 지닌 중늙은이 한 남자가 날마다 손으로 자동차 세차를 하는 걸 자주 볼 수 있다. 주인 되는 사람이다.

얼마 전까지만 해도 이 자리는 세차장이 아닌 음식점이 있던 장소다. 그 이름은 미원. 한 시절 공주에는 '원'자 이름이 들어가는 식당이 여럿 있었다. 이 미원을 비롯하여 방원, 남원, 국원과 같은 이름의 음식점들이다. 이 음식점들의 특징은 한결같이 온돌식 방안에서 방석을 깔고 앉아서 음식을 먹는 집이란 점이었다. 그래서 '방석집'이란 말로 불리기도 했다.

미원집은 청어요리와 일본말로 '스끼야끼'라 불리는 음식을 잘했다. 비교적 음식값이 서민적이고 음식 맛이 깔끔하여 양복쟁이 공주 사람들이 즐겨 찾는 음식점이었다. 나도 한 달이면 여러 차례 이 집에 들러 음식을 사먹곤 했다. 손님이 왔거나 모임이 있을 때의 일이다. 모임이 있을 경우 대개는 내가 젊은 축이었으므로 돈 계산을 맡기도 했다.

때로 음식값이 달리면 외상으로 달아두기도 했다. 그러다가 봉급 때가 되거나 모임의 경비가 마련되면 찾아가 외상값을 갚곤 했다. 때로는 시간이 없다는 핑계로 아내가 대신 음식값을 갚으러 가기도 했다. 자동차가 흔치 않던 시절이라 금학동 집에서 제민천을 따라 걸어야 했고 아이가 둘이었으므로 한 아이는 걸리고 한 아이는 등에 업고 다녀야만 했다. 값싼 스웨터에다가 통치마 차림. 구두도 마련이 없어 슬리퍼를 신고 다니던 아내였다.

얼마나 초라한 행색인가. 그렇게 미원집에 찾아가서 외상 장부를 확인하고 여러 차례 외상값을 갚았다고 한다. 그 즈음 아내의 나이 30대 후반. 창피한 생각도 없지 않았겠지만 남편이 부탁하는 일이니 불평 없이 따랐을 아내에게 이제 와 참으로 미안스러운 마음이다.

이마에 흐르는 땀을 닦으며 지갑에서 돈을 꺼내어 외상값을 갚고 나오려면 미원집 주인 할머니가 아내를 불러 세우곤 했다 한다.

"애기 엄마, 사이다라도 한 잔 들고 가구려."

그리고는 주방 쪽으로 큰 소리로 말했다는 것이었다.

"여기 사이다 한 병만 가져 와라."

한복을 곱게 차려 입고 머리에 쪽까지 찐 주인 할머니가 따라주는 사이다 한 잔을 아내는 두 아이와 함께 나누어 마시고 다시 걸어서 제민천을 거슬러 올라 금학동 집으로 돌아오곤 했다고 한다.

오늘 아내와 나는 그 미원집이 있던 골목길을 지나쳐 왔다. 아니, 세차장이 있는 골목길을 걸었다. 여전히 세차장엔 머리가 반백인 주인 남자가 자동차 손세차를 하고 있었다. 그는 바로 한복을 곱게 차려 입고 쪽을 졌던 미원집 주인 할머니, 아내와 우리 집 두 아이에게 사이다 한 잔을 주었던 주인 할머니의 아들 되는 사람이다.

완전한 성공

우리 집 형제자매는 여섯이다. 아들 셋에다가 딸이 셋. 아들들도 그런 대로 결혼을 잘했지만 우리 집은 딸들이 결혼을 더 잘한 집안이다. 큰누이 남편은 변호사이며 시인이고, 둘째누이의 남편은 사업가이고, 막냇누이 남편은 국가공무원이다. 다들 누이들보다 학력도 높고 가정 형편이나 인품 면에서 훌륭하다. 그런데도 누이의 남편들은 자기 아내를 소중히 여기며 살아가고 있음을 보아온다. 가정생활의 주도권도 누이들에게 있는 것같이 보인다. 그래서 나 씨네 집안은 딸들이 잘 풀리는 집안이라는 말을 어른들이 하기도 한다.

먼저 큰누이. 큰누이가 지금의 남편과 결혼하게 된 데에는 나의 역할이 주효했다. 실은 큰누이 남편 되는 사람이 나의 사범학교 동기 동창이 되는 친구이다. 학창시절, 어울려 시를 쓰기도 했으며 졸업하고 나서는 둘이서 2인 동인지를 내기도 한 글벗이기도 한 사람이다. 내가 군대생활을 하면서 월남에 파병되어 갈 때 우리 집에 좀 가서 부모님을 위로해 드리라고 편지를 몇 차례 한 것이 계기가 되어 우리 집에 들렀다가 큰누이와 만나게 되었고, 발전하여 결혼까지 하게 되었다. 그는 그 뒤, 사법고시와 행정고시에 합격하여 변호사가 되었으며 중앙 일간신문 신춘문예에 시가 당선되어 시인이기도 한 사람이다. 그러므로 큰누이에게는 내가 결혼의 중매쟁이가 되었던 셈이다.

둘째누이는 오늘날 청양에 살고 있다. 매제가 되는 사람은 한때 건설회사의 대표이기도 했으나 지금은 은퇴하여 지내고 있다. 그러나 그는 청양 바닥에서는 알아주는 갑부 가운데 한 사람이다. 둘째누이의 결혼에 내가 특별히 작용한 일은 없다. 오히려 훼방꾼의 자리에 있었다. 큰누이가 나보다 먼저 결혼을 한 것은 그런 대로 수긍이 되는 일이었지만 둘째누이까지 나를 앞질러 시집간다는 것에 대해선 선뜻 동의가 되지 않았다. 역혼逆婚. 형제의 차례를 무시하고 거꾸로 하는 결혼. 아버지와 그 문제로 상당한 갈등의 날들이 있었다.

둘째누이가 결혼하던 날, 나는 결혼식장에서 많이 울었다. 조금 눈물을 찍어내며 훌쩍거린 정도가 아니다. 참을 수 없는 자기 설움에

북받쳐 흐느껴 울었던 것이다. 결혼식을 마치고 가족사진을 찍었는데 결국은 내 부어오른 얼굴 때문에 가족사진이 엉망으로 나와버린 일도 있었다. 결혼하여 살면서도 둘째누이의 남편 되는 사람과 오랫동안 관계가 서먹했었다. 그러나 나이도 들고 살아오면서 이 사람이 속내가 깊고 사람됨됨이가 진지한 구석이 있다는 것을 알게 되었다. 그래 나중에는 마음이 통하여 서로 흉허물없이 인생사를 이야기하는 사이가 되었다. 세월이 좋은 말동무 한 사람을 마련해준 셈이다.

언제였던가. 막동리 고향집에서 부모님 생신 행사를 마치고 공주로 돌아오는 길에 둘째누이 남편이 운전하는 자동차 신세를 진 일이 있었다. 이런저런 세상 이야기 끝에 결혼 생활에 화제가 모아져 있었다.

"이 사장은 그렇게 결혼하기를 소원했던 여자와 결혼했으니 인생의 절반은 성공한 셈이군."

"웬 걸요. 절반의 성공이라니요? 백 퍼센트 성공, 완전한 성공이지요."

나는 배우자를 옆에 앉혀 두고 그와 한 결혼이 자기 인생의 절반의 성공을 넘어서 백 퍼센트의 성공, 완전한 성공이라고 자신 있게 말하는 둘째누이의 남편이 많이 부럽게 여겨졌다.

이모

이모는 어머니의 여동생이거나 언니가 되는 분이다. 그러므로 어머니와 여러 가지로 닮은 구석이 있을 것이다. 말씨라든가 얼굴 모습이라든가 행동이라든가 여러 가지 면에서 어머니와 비슷할 것이다. 그렇지만 완전히는 같지 않은 여자 분이 이모이다. 여기에서 친근함과 신선함이 더불어 생겨난다. 고모와 이모는 그 이름의 어감부터가 다르다. 고모는 아버지 형제이므로 늘 아버지의 눈으로 조카를 바라보는 집안의 여자 어른이다. 아버지만큼 엄격하지는 않지만 조금쯤은 경직되어 있다고 보아야 할 것이다. 애당초 고모가 살갑지 않은 뉘앙스라면 이모는 낭창낭창 부드러운 느낌을 갖는다.

내가 좋아하고 따르는 L 선배는 외아들이다. 남자 형제는 물론 여자 형제까지 없는 분이다. 게다가 부친이 유복자이며 사촌 형제도 없는 분이다. 그러니, 작은아버지나 큰아버지가 있을 리 없고 고모가 있을 리가 없겠다. 집안이 단출하고 외로운 분이라 하겠다. 그런데 다행스럽게도 이모가 여러 분 계셨다 했다. 그 가운데서도 서울에 사는 큰이모가 좋았노라 했다.

어린 사람들은 무조건 자기한테 관심을 보이며 잘해주는 어른한테 정이 가도록 되어 있다. 무언가를 선물하기도 하고 좋은 말로 친절하게 대해주는 어른을 좋아하고 따르도록 되어 있다. L 선배가 고등학교 다닐 때였다고 한다. 해마다 방학이 되면 어딘가를 찾아가고 싶었다고 한다. 친구들은 다니던 학교에서 고향으로 돌아가기도 하는데 L 선배만 학교가 있는 공주에 집이 있어서 멀리 찾아갈 시골도 마땅치 않았다 한다. 그래, 방학만 되면 무언가 심심한 마음이 들었다고 한다. 마침 어머니의 언니 되는 이모, 그러니까 큰이모가 서울에 살고 계셨다는 것. 그래, 방학만 되면 그 이모네 집에 한 차례씩 다녀오는 것이 방학을 맞아 정해진 하나의 행사처럼 되었다는 것이다.

처음 서울 이모 댁을 찾았을 때 이모는 소년에게 칫솔 한 개와 양말 한 켤레, 그리고 수건 한 장을 새것으로 마련해주었다고 한다.

"이건 내가 너를 위해 새로 산 것들이니 우리 집에 있는 동안 이것들을 쓰도록 하려무나."

며칠 동안을 이모 댁에서 묵고 나서 다시 소년은 집으로 내려왔을 것이다. 그 다음 방학이 되어 다시 그 서울 이모 댁을 찾아갔을 때였다고 한다. 이모는 지난 학기의 방학 때 자기가 썼던 물건들을 장롱 속에서 차례차례 꺼내놓으며 이렇게 말씀했다는 것이다.

"이것은 지난 방학 때 네가 쓰던 물건들이다. 내가 잘 세탁해서 간수했던 것들이니 헌 물건이지만 있는 동안 쓰도록 하려무나."

소년은 자기가 지난 방학에 쓰던 물건을 돌려받으며 무척 기쁜 마음이었다고 한다.

'아, 이모님이 나를 이렇게 잊지 않고 계시었구나.'

비로소 자기가 이모한테 소중한 사람이라는 걸 그 헌 물건들을 통해 확인할 수 있었다고 한다. 이제는 그 L 선배도 노인이 된 사람이다. 그렇지만 마음속으로는 여전히 그 서울 이모를 생각하면 고등학교 다닐 때의 학생으로 되돌아가곤 한다고 한다. 그러면서 그 서울 이모를 또 한 분의 어머니라 생각한다고 한다. 여전히 그리워하며 존경하며 따르면서 살아간다고 한다.

올드맨

사람이 사람을 두고 하는 말 가운데 친구란 말보다 더 정답고 따뜻한 말은 없다. 친구. 오랫동안 정답게 사귀어 온 벗을 두고 하는 말이다. 여기서 관건은 '오래'란 시간과 '정답게' 사귀어 왔다는 전제 조건의 충족이다. 결코 쉬운 일이 아니다. 오늘날같이 쉽게 변하고 물질을 따라 마음이 흐르는 판에 정말로 쉬운 일이 아니다. 친구란 말과 이웃하는 말로 벗, 동무, 지음知音, 반려伴侶란 말도 있다.

벗은 순수한 우리나라 말이다. '마음이 서로 통하여 친하게 사귀어

온 사람'이란 뜻이다. 여기서도 '마음이 서로 서로 통한다'는 것과 '친하게 사귄다'는 전제 조건이 충족되어야 한다. 벗, 벗이라고 소리 내면 입술이 정다워지는 것 같다. 나이가 젊어지는 것 같은 느낌도 든다. 참 부드러운 우리말이라 하겠다. 동무란 말은 순수한 말인데 앞의 두 말보다 뜻이 조금 넓다. 첫째는 '늘 친하게 어울리는 사람'이란 뜻이다. 이는 친구란 말과 벗이란 말과 같은 의미다. 둘째는 '어떤 일을 하는 짝이 되거나 함께 일하는 사람'이란 뜻이다. 길동무, 말동무라고 할 때 쓰이는 말인데 8·15 광복 이후 북한 사람들이 사상적인 의미로 애용하는 바람에 남한에서는 한동안 금기시되었던 단어다. 참 좋은 말인데 아깝게 되었다.

지음이란 말은 조금은 정신적이고 예술적 냄새가 풍기는 말이다. 본래 이 말은 중국의 고사(『여씨춘추』 본미편本味篇, 『열자』 탕문편湯問篇)에서 유래된 말인데 아는 사람은 알겠지만 내용은 이러하다. 거문고를 잘 타는 유백아兪白牙란 명인이 있었고 그의 거문고 소리를 좋아하고 또 그 소리의 진가를 잘 평가해주는 종자기鐘子期란 친구가 있었다 한다. 둘이는 거문고를 사이에 두고 친하게 지냈는데 그만 종자기가 먼저 세상을 뜨자, 백아가 '내 거문고 소리를 알아주는 벗이 없는데 거문고를 타서 무엇 하느냐' 하는 말과 함께 자기의 거문고 줄을 끊어버리고 다시는 거문고를 타지 않았다고 한다.(여기서 또 단현斷絃이란 말이 유래되었다. 아내의 죽음을 빗대어 이르는 말이다.) 참으로 아름답고 아프고, 단호하게 서슬 푸른 이야기다. 그 사람에 그 친구가 아닐 수 없다. 여기서 지음이란 말이 나왔다.

그래, 그 뒤로는 이 지음이란 말이 글자 뜻과는 달리 자기 속마음을 잘 알아주는 친구란 뜻으로 사용되고 있다. 시를 쓸 때도 지음이라 하면 마음을 알아주는 친구란 뜻으로 씌어지고 있다. (신라 최치원崔致遠의 「추야우중秋夜雨中」이란 시에 '세로소지음世路少知音'— 세상에는 마음에 맞는 친구가 적다 — 이란 구절이 나오고, 역시 고려의 이자현李資玄이란 사람의 「낙도음樂道吟」이란 시에는 '지시소지음祇是少知音'— 이 소리 아는 사람 몇이나 되랴 — 이란 구절이 나온다.)

그 다음으로 반려란 말은 '짝이 되는 동무'라든가 '생각이나 행동을 같이하는 사람'을 말한다. 상당히 가정적 분위기가 있는 말이라서 부부의 관계를 지칭하기도 하는 말이다. 여기에 따라 동려同侶란 말이 함께 쓰이기도 한다. 어쨌든 친구, 벗, 동무, 지음, 반려 — 다같이 아름답고 좋은 뜻의 말이다. 따뜻한 말이다. 간혹 사람들이 즐겨 쓰는 도반道伴이란 말은 국어대사전에도 나오지 않는 걸로 보아 일부 계층 사람들이 특정적으로 사용하는 말이겠지 싶다. 이 말 역시 따뜻하고 믿음직스러운 말이다.

이런저런 말들이 있음에도 불구하고 나는 올드맨이란 말을 특히 좋아한다. 말의 뜻대로라면 늙은 사람, 노인이 되겠지만 오래 사귀어 온 사람, 변함없는 이웃을 가리키는 말일 것이다. 오랜 세월 마음에 두고 사귄 사람인데 오늘에 이르러 변함이 없다면 내일날도 변함이 없을 것은 자명한 일이다. 이런 사람이 한 두 사람이라도 있다는 건 얼마나 좋은 일이겠는가. 나는 나름대로 올드맨을 수월찮게 지니고 있음을 기쁘게 생각한다. 자랑으로 여긴다. 부디 그들에게도 내가 올드맨의 한 사람으로 자리잡기를 희망한다.

버스 차표 한 장

얼마 전부터 논산에 한번 가보고 싶었다. 병원에 있을 때에도 퇴원하게 되면 제일 먼저 가보고 싶었던 곳이 논산이었다. 논산은 자연풍광이 드넓고 훤해서 좋다. 거기 사는 사람들 또한 들녁 사람들답게 마음쓰임이 모나지 않고 푸근해서 좋다.

차일피일 미루다가 오늘은 논산행을 결행하기로 했다. 마침 논산에 사는 김선우 씨가 서울의 권위 있는 시 전문 잡지 〈시와시학〉을 통해 시인으로 등단을 했다 하고, 얼마 전 권선옥 시인이 오랫동안 근무해오던 학교에서 교장으로 승진했다는 말을 들었는데 두루 축하의 마음을 전하기 위해서였다.

논산을 갈 때는 언제고 아내가 따라나선다. 아내도 나처럼 논산을 좋아하고 논산 사람들을 좋아하기 때문이다. 직행버스를 타고 논산의 시외버스터미널에 도착하여 조금 걸어서 김선우 시인이 근무하는 화지산신협에 들렀다. 김선우 시인은 거기서 이사장으로 일하는데 우리는 자연스럽게 만났고, 조금 있다가 윤문자 시인이 동석해주었다.

윤문자 시인. 논산을 찾았을 때 빼놓을 수 없는 이가 또 윤문자 시인이다. 나이가 들면서도 여전히 녹슬지 않는 감성을 지닌 여성시인이다. 언제 만나든 소녀처럼 떨리는 마음, 청순한 마음으로 우리를 기쁘게 해주는 시인이다.

우리는 김선우 시인이 운전하는 자동차를 타고 권선옥 시인이 교장으로 있는 연무여자중학교로 향했다. 교문 앞에서 차를 내렸을 때 권선옥 시인의 사모님이 마주 오고 있었다. 아마도 권 시인이 우리가 오는 시간에 맞춰 부인더러 오라고 했던 모양이다. 사모님의 안내를 받으며 연무여자중학교 운동장을 지나 교장실로 들어갔다.

교장실이 아주 넓고 잘 꾸며져 있었다. 집기들도 잘 정리되어 있었다. 권선옥 시인은 나로선 시단의 후배인 동시에 오랫동안 글을 함께 써온 몇 안 되는 좋은 글벗 가운데 한 사람이다. 나는 권선옥 시인이 고등학교를 갓 나왔을 때부터 그를 아는 사람이다. 그는 참으로 여러 가지로 축복받는 사람이다. 가정적으로나 자녀의 문제로나 학교의 일, 문단의 일, 자신이 쓰는 시의 일로나 빠진데 없이 고루 성공한 사람이다. 성공한 후배의 모습을 바라보는 마음이 참으로 흐뭇했다. 그 또한 한 날의 축복이요 기쁨이 아닐 수 없었다.

우리는 다시 점심식사 자리로 옮겨서 느슨한 마음으로 점심식사를 했다. 식사를 마치고 김선우 시인은 직장의 일이 바쁘다며 먼저 돌아가고, 남은 사람들은 강경 쪽으로 드라이브를 가기로 했다. 그 또한 내가 원해서 그렇게 된 일이었다. 가는 길에 운전을 하는 권선옥 시인더러 미내다리를 좀 보고 가자고 청했다.

미내다리는 아주 오래 전부터 이름났던 다리인데 그 다리가 가까이 논산 강경에 일찍이 있어 왔음에도 나는 여적 한번도 그걸 보지 못하고 살아왔던 것이다. 미내다리는 상상했던 것보다 웅장하고 미려했다. 강경천을 가로지르던 최초의 다리라는데 옛사람들의 배포가 느껴지는 다리였다. 지난번에 내가 만약 병원을 나오지 못했더라면 이마저 보지 못했을 것이 아닌가 싶은 생각에 다리의 구석구석을 살피는 나의 마음이 예사롭지 않았다. 우리는 거기서 여러 장의 사진을 찍었다.

미내다리를 보고 나서 윤문자 시인이 성동면 쪽에 볼일이 급해서 가야 한다 하여 권선옥 시인이 윤문자 시인을 데려다 주었다. 이제 남은 사람은 권 시인 부부와 우리 내외 네 사람이 되었다. 우리는 곧장 강경으로 가 황산나루를 찾았다. 황산나루. 나는 이 황산나루에 대해 아주 오래된 추억을 지니고 있다. 1951년, 6·25 전쟁 이듬해. 초등학교 1학년 학생이었던 나는 논산훈련소에 군인으로 입대한 아버지를 면회하기 위해 할머니, 외할머니, 어머니, 그리고 어머니 등에 업힌 젖먹이였던 둘째누이와 함께 이 황산나루를 건넜던 일을 아슴푸레 기억하고 있다. 그 뒤로도 얼마나 많이 이 황산나루를 오고가며 살아왔던가?

그러나 새롭게 찾아간 황산나루는 내가 아는 황산나루가 아니었다. 개발이란 이름으로 너무나 썰렁하고 무표정하게 변해버린 모습이었다. 벌거벗은 황산나루라고나 할까. 사람냄새도 나지 않고 갯비린내 또한 사라진 지 오래였다. 다만 금강물만 철렁하니 유정하게 흘러가고 있었고, 강가에 시든 갈대수풀만 빈 손을 흔들며 철늦은 뜨내기 손님을 알은 체 맞았다. 그래도 나는 다시 살아서 황산나루를 볼 수 있어서 좋았다. 전주의 목가시인 신석정 선생도 말년에 병상에 누워 당신의 고향인 부안의 변산반도 풍광을 그렇게 다시 보고 싶어 했었다. 그러나 끝내 선생은 그 소원을 이루지 못하고 세상을 뜨신 걸로 알고 있다.

이제 공주로 돌아갈 시간이 되었다. 우리는 서둘러 논산 시외버스 터미널로 향했다. 터미널 부근에 와 차에서 내리자 나는 권선옥 시인더러 이만 돌아가라고 말했다. 교장은 방학 동안이라도 학교를 비워서는 안 된다. 나와 함께하느라고 여러 시간 학교를 비웠으므로 미안한 마음이 들었던 것이다. 그러나 권 시인은 굳이 나를 따라 버스터미널 안으로 들어왔다. 버스 차표라도 한 장 끊어주어야겠다는 것이었다. 그래야 자기 마음이 편하겠다는 것이었다.

버스 차표 한 장. 예전엔 많이 들어보던 말이다. 먼 데서 손님이 오면 정거장까지 따라와 버스 차표 한 장을 끊어서 손에 쥐어주는 것이 그 시절 아주 좋은 예의였고 인간끼리의 정분이었다. 그마저도 할 수 없었을 경우엔 차표만큼의 돈을 봉투에 넣지도 않은 채, 알돈으로 손아귀에 억지로 쥐어주기도 했었다. 그러나 이즈음 자가용이 많이 생긴 뒤로는 그런 미덕도 사라진 지가 오래되고 말았다. 권 시인은 내가 자동차 없는 사람이기에 이렇게 버스터미널까지 따라와 옛날처럼 버스 차표를 끊어줄 수 있다고 말했다.

버스터미널에 들어와 권선옥 시인이 차표를 끊으러 서둘러 매표창구로 향했다. 그때 권 시인을 불러 세우는 음성이 있었다.

"권 선생님, 나 선생님 차표 사지 마세요. 제가 이미 샀어요."

윤문자 시인이었다. 미내다리를 지나 성동면에서 우리와 헤어진 윤문자 시인이 그동안 급한 볼일을 마치고 우리가 강경 황산나루를 서성일 때 이미 시외버스터미널로 와 우리 내외의 버스 차표를 끊어 가지고 기다렸던 모양이다. 아, 이 사람의 마음이라니! 논산 사람들의 마음 쓰임이라니! 나와 아내는 윤문자 시인이 내미는 버스 차표를 한 장씩 받아들고 버스에 올랐다.

오후 4시 5분, 공주행 직행버스. 버스 차표 한 장에 실린 인간의 마음이 너무나 고귀하고 무겁게 느껴지는 순간이었다. 자동차는 제 시간에 출발했고 천천히 움직이는 빨간색 직행버스를 향해 겨울바람 부는 썰렁한 버스터미널 광장 한 귀퉁이에서 손을 흔드는 몇 사람이 있었다. 권선옥 시인 내외와 윤문자 시인.

"당신, 이 맛에 논산에 오는 거지요?"

창밖을 향해 마주 손을 흔들던 아내가 나를 보며 웃었다.

벙어리장갑

나는 손이 차가운 사람이다. 차가워도 보통 차가운 것이 아니다. 내가 만져보아도 섬뜩할 정도로 차갑다. 손이 차가우므로 다른 사람과 만나 악수를 해야 할 때마다 손을 내밀어야 할 것인지 아닌지 망설이게 된다. 특히 겨울철에 더욱 그러하다. 피치 못해 악수를 해야만 할 때는 손을 내밀면서 '손이 너무 차가워서 미안합니다'란 말로 토를 달곤 한다. 그리고선 얼른 손을 빼버린다. 참 불편한 일이다.

차가운 손을 두고 나는 가끔 누나를 떠올리곤 한다. 세상에는 없는 누나다. 누나가 죽었다는 말이 아니다. 아예 나에게 누나가 없다는 말이다. 맏이로 태어난 나에게 누나가 있을 리 없다. 아버지 또한 장남이셨으니 집안에 사촌누나 같은 사람이 있을 까닭도 없는 일이다. 다만 마음속으로 생각해온 누나다. 나에게도 누나가 있었다면……. 어디까지나 가정으로서의 누나다. 정말로 나에게 누나가 있었다면 어떠했을까.

누나는 이성으로서의 손위 형제다. 그러므로 동성의 형제들처럼 왈가닥스럽지 않고 아기자기할 수 있을 것이다. 내게 없는 여러 가지를 가지고 있을 것이다. 어린 시절, 소년들은 집안에서 만나는 여성을 통해서 이성을 학습하고 이상형으로서의 이성을 꿈꿀 수도 있을 것이다. 어머니나 할머니는 너무나 나이 차이가 많고 무거운 어른으로서의 이성이시다. 소년에겐 보다 부드럽고 친근한, 어린 손위 여성이 필요했을 것이다. 바로 누나다. 누나를 통해 새로운 세계를 만나고 싶었을 것이다.

그러나 나에겐 끝내 그런 누나가 있을 수 없었다. 가끔 또래의 아이들 가운데서 누나가 만들어주었다면서 털실장갑을 끼고 다니는 걸 보았다. 더러는 벙어리장갑이기도 했다. 505털실이 나오기 전이었으니까 구덩불란사 털실로 짠 장갑이었으리라. 나는 겨울이 올 때마다 누나가 있는 아이들이 부러웠다. 구체적으로 털실장갑이 부러웠다. 나에게도 누나가 있다면 벙어리장갑이라도 떠주었을 텐데…….

어른이 되어 선생을 할 때 나는 처녀로 자란 둘째누이에게 벙어리장갑을 하나 만들어 달라고 부탁했다. 보라색 털실로 뜬 벙어리장갑이 하나 생겼다. 내처 나는 조끼도 하나 털실로 떠달라고 부탁했다. 한동안 나는 그 보라색 벙어리장갑을 끼고 털실조끼를 입고 다니며 따뜻한 마음으로 겨울을 날 수 있었다.

한번인가는 박목월 선생 댁에서 만난 박용래 시인이 그 보라색 털실조끼를 보고 '촌스럽지 않느냐?'고 여러 번 비아냥거렸다. 그래도 나는 하나도 기죽지 않고 오히려 속으로 이렇게 항변하고 있었다. '촌스러우면 어때. 이건 누이가 시집가기 전, 한 코 한 코 털실로 수놓듯 밤잠을 아껴가며 떠준 조끼란 말이에요!' 나는 지금도 겨울만 되면 유난히 추위를 타면서 시린 손을 비비고 또 비빈다. 그러면서 내가 이렇게 손이 차가운 사람인 것은 아무래도 어린 시절의 겨울에 털실장갑을 끼지 못했기 때문이라고 엉뚱한 생각을 해본다. 애당초 있지도 않은 누나를 다시금 그리워 해본다.

딸아이의 편지 한 장

해묵은 사진과 편지를 정리하다보니 딸아이의 편지 한 장이 나왔다. 날짜가 기록되지 않아 언제 쓴 것인지 확실치가 않은 편지다. 문면文面으로 미루어 보건대 서울로 올라가 대학을 나오고 대학원에 다닐 때쯤 보내온 편지겠지 싶다. 아마도 어버이날 같은 때나 생일 때 저의 엄마나 나에게 선물을 사서 우편으로 보내며 급히 쓴 편지 같았다. 한 장의 종이를 양분하여 나한테 쓰고 저의 엄마에게도 썼다.

무릇 편지에는 말로써 사람이 직접 표현하기 어려운 마음의 얼룩이 스며 있다. 그러므로 편지를 보다 솔직한 마음의 표현이라 할 수도 있겠다. 나는 지금껏 살아오면서 내가 받은 편지 가운데 육필로 된 편지는 한 장도 버리지 않고 보관하고 있는 사람이다. 그것도 하나의 취미였을까. 월남에서 군대생활을 할 때도 귀국 박스에 제일 소중히 간직해 가지고 온 것이 편지들이었으니 나의 편지 집착증은 알아줄 만하다 하겠다. 그래서 내게는 아주 많은 문인들의 육필편지가 모여 있다. 다행히 딸아이가 국문학을 전공하므로 언젠가 필요한 시기가 오면 그 편지들을 딸아이에게 물려줄까도 생각 중이다.

오랜 시간이 지나서 편지를 다시 읽어보면 참으로 새로운, 그리고 묘한 느낌을 가질 수 있다. 정말 이랬었나 싶은 생각으로 자기의 일들조차 남의 일만 같고 가물가물 오래된 자기의 기억을 의심하게도 된다. 편지 속에는 지나간 날들의 일들이 고스란히 담겨 있다. 감정이며 분위기까지가 들어 있다. 편지를 통해 우리는 잊고 살았던 그 어떤 시절의 감흥을 되찾기도 한다.

내가 이렇듯 편지를 없애지 않고 보관하는 습관으로 크게 한번 유용하게 써먹은 일이 있다. 10년도 훨씬 이전, 1995년은 나의 부모님이 똑같이 고희古稀를 맞는 해였다. 무언가 특별한 일을 한 가지 해드리고 싶었지만 묘책이 떠오르지 않았다. 가족문집이라도 한 권 내드리고 싶어 형제들에게 제안해 보았지만 한결같이 글을 쓰기 어렵다는 반응을 보였다. 궁리 끝에 나는 내가 지금까지 받은 아버지와 어머니의 편지와 또 내가 쓴 시 가운데 부모님을 소재로 한 작품들을 묶어 한 권의 책으로 내드리기로 했다. 편지를 챙겨보니 원고의 분량이 책 한 권으로 충분했다. 『하늘에 해와 달이 하나이듯이』. 그때 내드린 서한문집의 이름이다.

내가 받은 딸아이의 편지글도 세월이 지나고 보면 귀중한 자료가 될 것이다. 특히, 내나 저의 엄마가 지상에서 사라진 뒤, 딸아이 자신도 나이가 들어 제가 어렸을 때 부모에게 보낸 편지를 다시 읽게 된다면 그야말로 그 감회가 자못 새로울 것이다. 그 감회를 위하여 여기 딸아이의 짧지만 간절하고 귀여운 편지를 옮겨 적으면 이러하다.

To. 아빠.

전화 안 받는 거 보니까 엄마랑 병원 갔나 봐.
아프지 마. 오래 살아. 그래야 나랑 여행 가지.
쿠키랑 초콜릿, 엄마 주지 말고 환자가 다 드세요.
대신 엄마 속 좀 썩이지 마.
엄마 없으면 아빤 어떡해. 큰일 나.
엄마한테 아빠가 하고 싶은 대로 하지 말고
엄마가 좋아할 일만 해.

— 딸내미

To. 엄마.

아빠 아마 죽을 때까지 철 안 들 거야.
그러니까 그러려니 생각해.
썬 크림 아끼지 말고 팔이랑 목에도 다 바르고 다녀.
그거 올해 지나면 버려야 되는 거야.
또 사줄게.
어제 백화점 가서 엄마랑 쇼핑하는 애들 보고
엄마 생각했어.
난 아직도 껌이랑 바나나랑 딸기를 보면 가슴 아파.
엄마 건강해야 해.(살 빼고^-^)

— 딸내미

눈물이 나도록 부러운 일

언제부턴가 젊은 아이들이 버릇이 없고 못되었다는 말을 어른들은 하기를 좋아한다. 그래서 우리의 미래가 어둡다는 얘기도 자주 오가고 있다. 그런데 반대로 젊은이들에게 물어보면 존경할 만한 어른, 본받을 만한 선배가 없노라 불평하는 말을 자주 듣는다. 아닌 게 아니라 예전엔 마을에서나 직장, 단체나 지역사회에서 존경하고 본을 받을 만한 어른들이 많았던 것 같다. 그래 저분이야, 저 어른이 그렇게 말하면 그렇게 해야 하는 거야, 그렇게 믿고 따랐던 분들이 많았던 것 같다. 요즘 이렇게 젊은이들 쪽에서나 어른들 쪽에서나 서로가 서로를 믿지 못하고 인정하지 못하고 가망 없어 하는 것은 참 불행한 현상이다. 그건 한 가정의 부모와 자식을 두고 볼 때도 그러하다.

내가 오랫동안 알고 지내는 후배시인 가운데 K 시인이 있다. 그는 자기 고향에서 자라 고향 학교에서 공부하고 대학교에 다니던 시절 잠시 고향을 떠난 것을 제외하고는 줄곧 고향을 지키고 살면서 고향의 중등학교 선생을 하다가 최근 자기가 근무해오던 중학교 교장이 되었으며 자기의 자녀들도 자기가 다니는 학교에 다니게 한 다음 서울의 일류 대학에 여러 명 진학시킨 입지전적인 인물이다. 그는 몇 년 전 모친을 여의고 현재는 홀로 되신 부친을 모시고 사는데 그 부친이 연세가 높아 90을 넘기신 걸로 알고 있다. 만나는 기회에 부친에 대해 안녕하신가 물으면 그는 자기 부친에 대해 아주 자랑스럽고 만족스럽게 말하는 것을 여러 차례 들은 적이 있다. 그러한 반응은 그뿐만 아니라 그의 부인 쪽에서도 마찬가지였다.

K 시인의 말에 의하면 자기 아버지는 참으로 세상의 법이 없어도 사실 분이고 하늘이 내리신 것처럼 선하신 어른이라고 그런다. 그렇게 연로하신 어른이면서도 한번도 집안에서 화를 내거나 짜증을 부리는 일, 얼굴 붉히며 말씀하시는 걸 본 적이 없노라 그런다. 언제나 자식들을 배려하는 마음으로 행동하시고 집안에 도움이 되는 일을 생각하면서 사신다 그런다. 그러다 보니 아들딸뿐만 아니라 손자 손녀들까지 할아버지를 좋아하고 가까이 따른다고 한다. 나아가 그 어

른은 동네의 젊은 이웃들과도 특별하고 돈독한 관계로 사신다 그런다. 마을의 젊은이들이 모두 그 어른을 따르고 존경하고 좋아하지만 그 가운데 한 젊은이가 특히 이 어른을 모시고 다니며 때맞춰 이발도 시켜드리고 이것저것 시중도 들어 드리는데 K 시인의 부친께서는 이 젊은이를 또 다른 자식처럼 여기고 해마다 채소 농사를 따로 지어 젊은이에게 가져다 주신다 그런다. 하기는 세상의 일이란 일방통행이 없게 되어 있다. 손뼉도 둘이 마주쳐야 소리가 나듯이 한쪽만 잘한다거나 노력해서 좋아지는 일은 어디에도 없는 것이다.

실지로 나도 이분의 인품에 대해 멀찍이 뵈온 일이 있다. 한번인가는 K 시인이 대전에서 주는 어떤 큰상을 받는 날이었다. 축하해주기 위해 가족들이 모두 모였었다. K 시인의 부모님들도 참석한 자리였는데 수상식이 끝나고 점심 먹는 자리가 마련되었다. 나도 축하객 입장으로 그 자리에 끼어서 식사를 하게 되었다. 식사가 어느 정도 끝날 때쯤이었다. K 시인의 막내아들이 음식을 남기며 수저를 내려놓았다. 그때 K 시인의 부친, 그러니까 K 시인 아들의 할아버지께서 하시는 말씀이 의외였다.

"왜 밥맛 없으셔. 그러지 말고 더 드셔."

이건 할아버지가 손자아이에게 하는 어법이 아니다. 친구 사이에 하는 말이고 그것도 점잖게 상대방을 높여서 하는 말씨다. 나는 의아한 눈길로 두 사람을 보았을 것이다. K 시인의 아들아이가 할아버지의 말을 받았다.

"밥맛이 없어요. 그만 먹을래요."

그 말씨 또한 공손하고 부드러웠다. 나는 처음 K 시인 부친이 농담으로 그러시는 줄 알았다. 그러나 할아버지와 손자 사이에 오가는 대화의 분위기로 보아 그건 농담조가 아니고 평소에도 늘 그렇게 대화한다는 것을 짐작할 수 있었다.

K 시인이 전하는 말로는 자기의 부친이 평생을 살면서 후회되거나 잘못했다거나 부끄러운 일이 별로 없는데 딱 한 가지 참 많이 부끄럽고 후회되는 일이라고 말씀하시는 사건이 있다고 한다. 그것은 사람에 관한 일이 아니고 짐승에 대한 일이라 한다. 짐승 가운데서도 소에 관한 것이라 한다. K 시인이 어려서 학교에 다닐 때 K 시인 집에는 커다란 어미소 한 마리를 기르고 있었다 한다. 그런데 K 시인 형제들 학비를 대기 위해서 그 소를 팔아야만 했다 그런다. 소장수가 와서 외양간에서 소를 끌고 갈 때 정성껏 기르던 소라서 마음이 아렸지만 그래도 자식들 학비 때문에 그러는 것이니 어쩔 수 없는 일이거니 체념할 수밖에 없으셨다 한다. 그런데 일은 그 다음날 일어났다는 것이다. 소장수에게 끌려간 것이 분명한데 팔려간 소가 사립문을 주둥이로 밀치고 마당으로 들어와 외양간으로 들어가더라는 것이었다. 물론 조금 뒤에 소장수가 들이닥쳤을 것은 뻔한 일. 소장수의 손에 의해 소는 다시금 외양간에서 끌려나왔고 마당을 지나 사립문을 빠져나갔다 한다. 그때 끌려가는 소가 뒤를 돌아보았다는 것이다. 커다란 두 눈에 가득 눈물을 머금고 뒤를 바라보는데 그 눈을 그만 K 시

인의 부친이 보셨다는 것이다. 그러니까 짐승의 눈과 사람의 눈이 마주쳤던 것이다.

"그때 내가 참 잘못했어. 그렇게 집으로 돌아온 소를 소장수에게 넘겨주지 말았어야 하는 일이었어. 그때 소를 다시 찾았어야 하는 건데……."

한숨을 쉬면서 K 시인의 부친은 그 일을 못 잊어하며 오랜 세월 되풀이 말씀하셨다는 것이다. 평생을 두고 존경하며 따를 수 있는 어른이나 선배가 있다는 건 매우 행복한 일이다. 보람된 인생이다. 가족 구성원 가운데에서 그런 분이 있다는 건 더욱 행복한 일이고 보람된 인생이다. 나는 다른 건 K 시인이 그다지 많이 부럽지 않지만 이 한 가지, 자기 아버지를 세상에서 가장 존경하는 사람으로 모시고 살면서 가장 좋으신 분이라고 확신하는 이 한 가지만은 눈물이 나도록 부러운 생각이 든다.

우리 아파트 깜순이

우리 아파트엔 주인 없는 개가 한 마리 살고 있다. 털 빛깔이 새까만 개다. 발발이 종류인데 암컷으로 몸매가 여간 예쁘지 않다. 애완용 개와 비겨도 하나도 손색이 없을 정도다. 어쩌면 어느 집에선가 애완용으로 기르던 개였는지도 모른다.

아파트 사람들은 그 개를 깜순이라 부른다. 깜순이는 주인이 없는 개이긴 하지만 주인이 아주 없는 건 아니다. 깜순이에게 밥을 챙겨주는 사람들이 있기 때문이다. 우리 아파트 807호 사람들이 그들이다.

807호 사람들은 깜순이에게 하루에 한두 차례씩 밥을 챙겨준다. 그것도 깜순이의 식성에 맞추어 고기나 비린 음식을 꼭 넣어서 밥을 챙겨준다. 그래 그런지 깜순이는 저녁에 잠을 잘 때도 807호 자가용차 밑에서 잔다. 어쩌면 그리도 저를 챙기는 사람들을 알아보고 또 그 집 자가용차를 알아보는 건지 모를 일이다. 그러면서 깜순이는 807호 자가용차 가까이로 오는 낯선 사람이 있으면 차 밑에서 재빨리 나와 이빨을 드러내놓고 으르렁대기도 한다. 말하자면 밥값이라도 좀 해보자는 투다. 하지만 깜순이는 807호 사람들한테도 마음을 완전히 열어놓지 않는다. 언제나 사람과는 일정한 거리를 두고 가까이 오기를 허락하지 않는 것이다. 그러므로 807호 사람들이 깜순이의 완전한 주인이라 하기도 어렵다. 반주인(?)이라고나 할까.

깜순이와 807호 사람들이 이런 묘한 관계를 맺게 된 것은 상당히 오래 전의 일이다. 807호에는 본래 예쁜 애완용 개가 한 마리 있었다. 바깥주인은 저녁 무렵이 되면 그 개를 끌고 마을길로 산책을 나가곤 했다. 그때 나타난 것이 깜순이다. 깜순이는 807호 개와 어울려 놀곤 했다. 깜순이는 그 뒤로도 807호 개만 마을길에 나왔다 하면 어디서 어떻게 보았는지 득달같이 나타나 807호 개와 어울려 놀곤 했다. 헌데, 어느 날 807호 개가 지나가는 자동차에 치어 변을 당하는 일이 일어났다. 그런 뒤로부터 깜순이는 아예 아파트 마당으로 거처를 옮기고 807호 자가용차 밑을 제 새로운 잠자리로 삼았다 한다. 또 그 개한테 807호 사람들이 밥을 챙겨주기 시작한 것도 그 무렵부터라 한다.

비록 밥을 얻어먹기는 하지만 807호 사람들을 완전한 주인으로 인정하지 않는 깜순이. 영원히 자유로운 신분이기를 고집하고 나서는 깜순이. 나는 이 같은 깜순이에게서 동정심보다는 그 어떤 당당함 같은 것을 읽는다. 비록 동물이지만 사람들조차 갖추기 어려운 지조라든가 자존심 같은 것을 느꼈다면 좀 지나친 말이 될까 모르겠다. 우리 아파트의 주인 없는 개 깜순이. 깜순이야말로 진정한 의미에서 떠돌이 개가 아닐까 싶다. 또 자기네 집의 개의 놀이 친구였던 깜순이를 멀찍이 바라보면서 성의껏 거두어주는 807호 사람들. 참 개도 별난 구석이 있지만 사람들도 별난 사람들이라 하겠다.

암캥이 수캥이

어제 저녁엔 아내가 많이 아파 119의 도움을 받아 병원에 갔다가 돌아왔다. 저녁밥을 먹고 9시쯤 되었을까. 아내가 갑자기 가슴이 답답하다며 혈압을 재달라고 했다. 전자혈압기로 혈압을 재어보니 180에 110, 아주 높은 혈압이 나왔다. 본래 아내는 저혈압인 사람이다. 그런데 이렇게 고혈압 환자가 되었다. 아마도 이것은 내가 6개월 동안 병원생활을 하고 난 뒤의 후유증일 터이다. 마음 졸이며 길고 긴 동안 간병하느라 몸도 마음도 지치고 모든 기능이 나빠진 탓일 것이다. 급하게 청심환 하나를 먹이고 난 후에도 아내는 계속 통증을 호

소하다가 드디어 119를 불러달라고 해, 119에 연락하여 병원을 찾게 되었다. 밖은 어두웠고 비가 아주 많이 내리고 있었다.

공주에서 유일하게 야간 응급실을 운영하는 공주의료원으로 갔다. 당직 간호사와 의사로부터 응급처치를 받았다. 혈압을 재고 혈액 검사를 하고 심전도 검사를 하고 몇 가지 주사를 맞고 혀 밑에 녹여서 먹는 혈압약을 넣었다. 나는 20년도 넘게 고혈압 환자로 살았기 때문에 이런 혈압약이나 처방에 대해 이미 잘 알고 있는 처지다. 나 하나 고혈압 환자인 것만으로도 족한데 아내까지 이렇게 고혈압 환자가 된 것을 생각하니 여러 가지로 야속하고 답답하게 생각되었다. 그러나 어쩌겠나. 이것이 세월이고 사람 사는 일인데…….

링거주사를 맞기 시작하면서 아내의 혈압은 빠르게 안정되어 갔다. 검사 결과도 나왔다. 그 무엇도 비정상인 것이 없다 하여 안심이 되었다. 그런데도 아내는 뒷목이 뻣뻣하고 몸이 불편하다고 호소해 왔다. 마음이 불안하고 답답하다고도 했다. 옆에서 볼 때 아내의 증세는 꼭 육체적인 요인만으로 그런 것이 아니라 다분히 정신적인 요인도 가미되어 그러지 싶다. 그만큼 병원 생활에서 받은 스트레스가 컸던 것이다. 얼마 전부터 우리는 이렇게 아내와 내가 번갈아가며 환자 노릇을 하고 보호자 노릇을 하며 살아가고 있다. 아주 어렸을 때 외할머니로부터 들었던 옛날이야기 하나가 떠오른다.

아주 옛날. 어떤 사위가 처갓집에 다니러 갔단다. 저녁밥을 먹고 심심해진 장모는 옆집에 가서 옛날이야기 책을 한 권을 빌려 왔단다. 장모님은 글자를 모르는 까막눈이기 때문에 사위더러 이야기책을 읽어달라고 부탁했단다. 그런데 사위 또한 까막눈이라서 이야기책을 읽을 수 없었단다. 그래서 사위는 이야기책을 받아들고 자꾸만 뒤적거리고만 있었단다. 답답해진 장모님이 사위에게 말을 했단다.

"빨리 책을 읽지 않고 왜 그러고만 있는가?"

더는 견딜 수 없어 사위가 책을 읽기 시작했단다.

"암캥이가 빠지면 수캥이가 건져주고 수캥이가 빠지면 암캥이가 건져주고……."

사위는 글자를 모를 뿐더러 시골에서만 살아서 듣고 보고 아는 것도 없는 사람이었더란다. 시골에 살면서 고양이들은 많이 보았는데 그 고양이에 대한 이야기를 꾸며서 이렇게 책을 읽을 수밖에 없었단다. 이 말의 뜻은 여자 고양이가 물에 빠지면 남자 고양이가 건져주고, 반대로 남자 고양이가 물에 빠지면 여자 고양이가 물에서 건져준다는 얘기였단다.

까막눈인 사위는 그 이상은 알 수도 없고 이야기를 꾸며낼 재간도 없어 밤이 깊도록 같은 말만 되풀이해서 외우고 있었단다.

"암캥이가 빠지면 수캥이가 건져주고, 수캥이가 빠지면 암캥이가 건져주고……."

한참동안 듣고 있던 장모님이 코까지 훌쩍이며 말했단다.

"그 고대 참 슬픈 고댈세."

이 말의 뜻은 그 곳은 참 슬픈 곳일세, 라는 뜻의 말이었단다. 이러한 모습들을 바라보던 장인어른이 아랫목에 누워 있다가 벌떡 일어나면서 화를 냈다는구나.

"이보게, 자네는 그것도 책 읽는 거라고 읽는 건가? 그리고 당신은 뭐가 좋다고 맞장구를 치고 그러는 거요?"

그렇게 해서 그 날 밤 사위의 책 읽기는 끝이 났다는구나.

실상, 어려서 처음 외할머니로부터 이 이야기를 들었을 때나 젊은 시절엔 도무지 이해가 가지 않는 구석이 있었다. 실감도 나지 않았다. 참 싱거운 이야기도 있구나, 싶은 정도가 그 시절의 소감이었을 것이다. 그러나 이제 나이가 들고 보니 그 이야기가 액면 그대로 이해가 되고 감동이 따르기도 한다. '암캥이가 빠지면 수캥이가 건져주고 수캥이가 빠지면 암캥이가 건져주는 일'이 다른 사람들 얘기가 아니라 우리들 이야기가 되었기 때문이다. 내일 아침 날이 밝으면 아내랑 함께 아는 의사가 있는 내과병원이나 정신신경과를 다녀와야겠다. 이번에는 그야말로 암캥이가 빠진 걸 수캥이가 건지는 그런 경우가 되는 것이다.

12월의 초대

나는 해마다 12월만 되면 초대를 받는다. 그것도 부부 동반의 조건으로서다. 90년대 초부터 시작된 일이고 보니 벌써 10년을 넘긴 일인가 보다. 우리를 초대하는 사람들은 우리 부부를 앞자리에 앉히고 식사 대접을 할 뿐더러 꽃다발도 안겨주고 선물도 준다. 차가 없는 우리를 위해 그들은 때로 우리를 집에서부터 실어가기도 하고 행사가 끝나면 다시 집까지 실어다 주기도 한다. 요즘 세상에 이런 호사가 어디 있겠는가.

나 어려서 초등학교 선생을 시작했을 때. 만으로 스무 살 나이. 저 경기도 연천군 군남면 임진강 가 들판에 세워진 조그만 초등학교에서 만난 제자들. 6학년 아이들. 한 반에 60명이 넘었다. 지금 생각해보면 별로 잘해준 일이 없는데 이들은 한사코 나를 찾는다. 고마운 일이다. 잘해주기는 고사하고 억지와 고집으로 어린 학생들을 괴롭히는 철없는 선생이었으리라. 지금 세상 같으면 당장 인터넷에 이름이 오르고, 교육청 같은 데 고발이 들어가고 학부형들이 득달같이 찾아왔을 텐데 그 시절엔 모두들 그게 그러는 줄 알고 지냈으니 참 세상 많이 다르구나 싶다. 한 가지 잘했다 싶은 건 중학교 입학시험에 보다 많은 합격생을 내기 위해서 애썼다는 점이다. 어쨌든 돌이켜보아 교직생애 중 가장 부끄러운 한때였다 할 것이다.

헌데, 그 제자들이 올해도 나를 보자 그런다. 전화로 날짜와 장소를 통고 받고 보니 한 달 전에 미리 약속한 문학행사와 날짜가 겹쳐 있었다. 그런데 다행스럽게도 장소가 근거리이고 시간대가 서로 어긋나 있어 잘만 조정하면 두 군데 다 참석할 것 같다는 생각이 들어 참석하마 선선히 말을 건넸다. 아내 또한 이 모임만은 거부 반응이 별로 없다. 남편을 잊지 않고 찾아주는 옛 제자들이 고맙다고까지 말한다. 만남의 장소는 전곡이란 소도시에 있는 한 뷔페식당. 밤 10시까지 기다릴 테니 서울서 일을 마치고 오라는 것이다. 항상 빈손으로 참석하는 것이 미안해 이번에는 고향 마을에 연락해서 한산 소곡주를 몇 병 미리 주문해서 보내주기도 했다.

오후 6시 30분쯤 행사장으로 전화가 왔다. 이광필이었다. 행사장 가까운 곳에 자동차를 대기시키고 우리 부부를 만남의 장소까지 데리고 가겠단다. 이광필은 학교 다닐 때부터 내 심부름을 많이 했던 제자다. 내가 세 들어 살고 있던 집과 가까운 거리에 살고 있기도 했거니와 마음씨가 좋고 성격이 싹싹하여 담임선생의 잔심부름을 도맡아서 했던 친구다. 숙직하는 날이면 숙직실 방에까지 와 나와 함께 잠을 자 주기도 했던 친구다. 어른이 되고 이제 다같이 늙어 가는 처지가 되어서도 그는 이렇게 나를 걱정하고 나의 편리를 위해 숨은 봉사를 아끼지 않는 사람으로 남았다. 그도 이제는 50대 중반의 나이. 세 아이 모두 대학 졸업시킨 가장이고 조그만 회사를 운영하는 사장님인데 말이다.

가는 길이 아주 많이 막혔다. 토요일이기도 했지만 서울의 도심을 헤치고 나가는 데 시간이 많이 걸렸다. 한 시간 남짓하면 되겠거니 싶었는데 두 시간도 훨씬 지나서야 겨우 목적지에 도착했다. 시간은 밤 9시를 넘기고 있었고 모임의 분위기는 파장으로 치닫는 성 싶었다. 우선 먼저 노래를 부르는 패들이 눈에 들어왔다. 여기저기 모여 앉아 큰소리로 이야기도 하고 술을 마시는 축들도 보였다. 우리 부부가 실내로 들어서자 노래 소리는 자연스럽게 멈추어지고 자리에 앉았던 사람들이 우르르 다가와 꾸벅꾸벅 절을 하기도 하고 손을 내밀기도 하고 또 덥석 껴안기도 한다. 반갑다. 고맙다. 이게 얼마 만인가? 작년 내 회갑기념문집 출판기념회 때 만난 얼굴도 있지만 한참만에 보는 얼굴들이 더 많다. 더러는 한두 번 본 얼굴도 있지만 처음 보는 얼굴도 있다.

이 사람들은 동창 모임에 부부 동반하는 것이 특징이다. 남자 졸업생들인 경우 부인들이 어김없이 따라다닌다. 그래서 부인들끼리도 친분이 두텁다. 오래 사귄 친구처럼 정답게 지낸다. 흔한 일은 아니지만 여자 졸업생들이 남편과 동행하는 경우도 있다. 그렇게 되면 여자 동창의 남편과 남자 동창들과도 특별한 교분이 생기게 마련이다. 참 나는 이 친구들을 보면서 놀라는 바가 한두 가지가 아니다. 별스럽지도 않은 선생인 나를 끊임없이 찾는 것도 그러려니와 서로 이렇게 스스럼없이 지내는 것도 그러하다. 이 친구들은 정말 내가 갖지 못한 인생의 향기를 지니고 사는 사람들이다. 참으로 인간답게 살아가는 모습이 어떠한 것인가를 실천으로 보여주는 사람들이다.

나의 제자들은 학력이 그다지 높지 않다. 초등학교 졸업이 학력의 전부인 사람들이 있고 중졸이 얼마큼 되고 고학으로 고등학교나 대학을 다닌 사람들이 더러 있을 뿐이다. 그래서 직업도 전문직이나 사무직이기보다는 산업체 일선에서 일하는 친구들이 많다. 삶의 밑바닥에서부터 일어나 오늘에 이른 사람들이란 얘기다. 그래서 그런가. 이들은 매우 인간적이고 솔직하고 담백하다. 말이든 행동이든 구김이 없고 직선적이다. 그래서 오히려 편안한 마음이 들기도 한다. 초등학교 6학년 담임을 집요하게 찾는 것도 아마 이들의 학력이 높지 않은 것과 무관하지 않겠지 싶다. 짧고 허전한 학창생활, 그 회상의 중심에 행인지 불행인지 내가 가난한 밥상의 간장종지처럼 자리했던 것이다.

아내와 내가 이광필 부부와 저녁식사를 하는 동안 그들은 간단한 동창회 모임을 가진다. 새로운 임원을 선출하고 참석하지 못한 동창들의 안부를 묻고 주소를 확인하고 앞으로 해야 할 사업을 상의한다. 저녁식사를 마친 나는 제자들을 찾아다니며 한 사람씩 술을 권한다. 술이 한 순배씩 돌아가자 새로 회장으로 뽑힌 강정복이 우리 부부를 맨 앞자리 단상으로 불러낸다. 미리 준비한 케익을 자르고 선물을 주고 또 샴페인을 터뜨리며 나이 든 선생을 위로해준다. 얼마동안 노래 부르는 여흥의 시간을 보낸 다음, 끝으로 장미꽃 한 다발을 나에게 안겨준다. 조금 있다가 제자들과 그들의 배우자들이 돌아갈 때 한 송이씩 나누어주란다. 마치 졸업식장에서 졸업장과 함께 꽃 한 송이를 주는 것처럼 말이다. 이렇게 작은 일까지 세심하게 챙겨주다니…….
참으로 그들의 진심이 고맙지 않을 수 없다.

물론 오늘의 모임은 이것으로 끝이다. 잠시 만나 악수를 하고 그동안 많이 변한 얼굴을 확인하고 몇 마디 이야기를 나누고 자리를 뜨면 끝이다. 그러나 이게 얼마나 대단한 일인가. 그냥 잊어버리고 살아도 충분히 좋은 사람들, 만나지 않아도 하나도 아쉽거나 답답할 일이 없는 사람들을 다시 만나 옛날이야기도 나누고 새로운 내일을 도모하는 일은 얼마나 고마운 일인가. 나이 먹은 사람이고 선생인 나로서는 더욱이 그렇다. 앞으로 남은 나의 교직생활은 20개월. 하마터면 더없이 썰렁하고 적막할 뻔했던 교직 말년이 이들 첫 제자들로 해서 이렇게 불을 켠 듯 환하고 따뜻하고 가득하다. 올해도 나는 12월에 초대를 받았다. 올해도 나는 이렇게 가볍게 점프하는 마음으로 묵은해와 새로운 한 해의 강물을 뛰어넘는다.

가족여행

오늘 하루치기의 가족여행을 다녀왔다. 비록 일박이나 이박을 하면서 길게 한 여행은 아니지만 분명 가족여행을 다녀왔다. 병원에 있는 동안 아이들이 그토록 소원했던 일을 하나 이룬 것이다. 우리 가족은 지금까지 한번도 가족여행이란 명목으로 한가롭게 출타해본 일이 없다. 그것이 아내에게나 아이들에게 유감스러운 일로 남아 있었을 것이다. 물론 네 식구가 한꺼번에 먼 곳을 다녀온 일은 있지만 그것은 어디까지나 현실적인 용무 때문에 떠난 행선行先이지 가족여행은 아니었던 것이다. 아들아이 나이가 서른이니까 이것은 30년 만에 처음 가져보는 가족여행이다.

병원에 있을 땐 퇴원하기만 하면 목포든 여수든 좀 먼 곳을 다녀오자 그랬지만 아무래도 그건 무리인 듯싶어 가까운 곳을 한번 연습 삼아 다녀오기로 했다. 딸아이는 어제 저녁에 왔고 아들아이는 아침에 왔다. 오늘이 공휴일이 아니므로 아들아이는 직장에서 휴가를 얻고, 딸아이는 학교의 강의를 휴강하고 왔다.

"오늘 저희들 네 식구 모처럼 가족여행을 다녀올 텐데 무사히 잘 다녀오게 해주십시오."

아내가 기도를 한 다음, 우리는 아침밥을 먹고 10시쯤 아들아이가 운전하는 차를 타고 출발했다. 목적지는 보령의 오천항. 여러 차례 가본 곳이다. 선배가 그 곳 학교에서 교장으로 있을 때 여러 번 갔었고, 내가 교장을 할 때도 한 차례 교직원들과 함께 간 일이 있는 곳이다. 오천항은 조그만 항구지만 서해안에서 잡히는 싱싱한 회를 맛볼 수 있는 곳이다. 바닷가에 있는 조그만 마을 전체가 음식점이라 해도 과언이 아니다. 특히 오천은 키조개와 간재미 요리가 유명한 곳이다.

"안 가본 곳을 가보아야지, 이미 여러 번 가본 곳을 다시 가는 것은 무슨 재미야."

아들아이는 운전을 하면서 혼자서 중얼거렸지만 내 생각은 많이 다르다. 이미 가본 일이 있는 곳이라도 오늘 가는 오천항은 새롭게 가는 곳이요, 또 맨 처음 만나게 되는 곳이기도 하다. 우리네 생명은 일회성, 순간성, 변화성이 그 본질. 그 무엇도 두 번이 있을 수 없고 순간에 지나가게 되어 있고 또 끝없이 변화하도록 되어 있다. 이미 가본 곳일지라도 시기가 다르고 함께 한 구성원이 다르면 충분히 새로운 곳이요, 맨 처음 가는 곳이 된다. 그러니 오늘 찾아가는 오천항은 나에게 새롭게 만나는 고장이요, 또 새롭게 태어나는 고장이기도 한 것이다.

날씨가 좋았다. 무르익은 가을이라 그런지 멀리까지 풍경들이 보였고 맑고 따스한 햇살 아래 모든 물상物象들은 자신의 모습을 솔직하면서도 편안하게 보여주고 있었다. 이런 풍광을 바라보면서 차를 타고 가는 짧은 여행을 가장 좋아하는 사람은 아내다. 역시 아내는 기분 좋은 표정으로 뒷자리에 딸아이와 나란히 앉아 있다. 이번 여행은 특별히 아내를 위로하기 위한 여행이기도 하다. 나의 긴 병원 생활 동안 간호하느라 아내의 마음 고생, 몸 고생이 이만저만이 아니었다. 앓는 사람은 의사나 간호사가 알아서 돌보아준다 그러지만 환자 옆에서 노심초사하며 병원 생활을 견딘 아내의 고초는 실상 말로 다 할 바가 못 되는 일이었다. 그 빌미로 요즘 아내는 많이 아프다. 육체도 아프고 정신도 많이 지쳐 있다. 여보, 좋지요? 흘낏 돌아본 아내의 얼굴은 10년쯤 더 늙어 보이는 얼굴이었다. 나 또한 그런 얼굴이었을 것이다.

자동차는 빠르게 달려 점심시간에 맞춰 우리를 목적지에 데려다 주었다. 우선 점심부터 먹을 요량으로 음식점을 찾았다. 음식점 이름은 대영회관. 역시 여러 번 와 본 집이다. 음식값이 비싼 대신 회가 좋고 밑안주 또한 좋은 집이다. 아예 밑안주가 해산물로만 나온다. 옛날 같았으면 가족들이 불평하건 말건 소주 한 잔을 곁들였을 텐데 오늘은 아니다. 이제는 술과 영이별을 해야 하는 것이 나의 처지다. 게다가 회는 잠시 먹지 않는 게 좋을 거라는 의사의 권유에 따라 나는 익힌 음식만 먹기로 했다. 그래도 먹을 것이 많았다. 조개미역국도 좋았고 대게, 그 큰 게 한 마리를 통째로 먹는 맛이 여간이 아니었다. 아이들이며 아내도 매우 만족인 듯싶었다.

점심식사를 느긋하게 마친 뒤, 부두에 나와 낚시질하는 사람들을 잠시 보다가 식구들을 오천성으로 안내했다. 이곳은 조그만 시골마을이지만 해상 교통의 요충지요 해산물이 모이는 곳이라서 조선시대부터 군사적으로 중요시되던 곳이다. 그래서 해군이 주둔해 있던 성터가 남아 있고 거기로 가는 돌계단과 아주 웅장한 돌문도 있다. 그 안으로 들어가면 옛날 관청 건물도 하나 남아 있고 그 건물 뒤쪽으로 에둘러 쌓여진 성곽이 있다. 성곽 위로는 구불구불 돌아가는 산책로가 운치를 더한다. 더구나 바다 풍경을 옆으로 하고 거니는 맛은 일품이다. 그러나 사람들은 관광차 오천항에 왔다가도 음식만 먹고 갈 뿐 여기까지는 오지 않는다. 몰라서도 그렇지만 시간 핑계로도 그럴 것이다.

아내 역시 오천항엔 여러 차례 온 사람이지만 여기는 처음이라 그런다. 우리는 돌계단에서도 사진을 찍고 돌문에서도 사진을 찍고 나무 아래서도 사진을 찍었다. 또 관청 건물을 배경으로도 사진을 찍었다. 가을날 오후의 햇빛이 잔잔하고 그윽하면서도 좋았다. 사진 담당은 언제나 그러했듯이 나. 아내도 아이들도 내가 들이대는 사진기를 피하지 않았다. 다들 부드럽고 편안한 모습. 이 얼마나 오랜만에 만나는 우리 가족의 평화요 행복인가. 우리는 성곽 위 산책로에서 한동안 서성거렸다.

나는 여러 차례 이곳에 왔고 또 이 성곽의 산책로도 걸어본 사람이다. 허지만 오늘 내가 만난 성곽과 산책로는 전혀 다른 것이요, 또 새로운 것이다. 딸아이는 이곳이 어디냐고 물으면서 수첩을 꺼내어 그 이름을 적어 넣는다. 내일 날 우리 부부가 세상에서 사라지고 난 뒤, 아이들도 나이가 들어 어느 날 문득 생각이 떠올라 저희 가족들과 이곳에 찾아온다면 오늘의 일을 떠올리겠지. 저희들과 함께했던 아버지나 어머니도 조금 생각해주겠지. 나는 밝은 햇살 아래 더욱 많은 주름살이 드러나 보이는 아내의 얼굴을 바라보면서 잠시 생각에 잠겨보기도 했다.

오천성에서 내리자 돌아갈 길이 바빴다. 빠르게 달려 홍성군 서부면 남당리로 향했다. 남당리는 대하와 새조개로 알아주는 곳. 우리는 거기서 서울의 사위에게 보낼 꽃게와 새우를 사고 귀로에 올랐다. 오는 길에 청양의 칠갑산 장곡사에 들르기도 했다. 산골엔 이미 단풍이 한창이었고 이름 그대로 골이 깊고 아득했다. 이곳 역시 초행이 아니다. 1981년 5월 어느 날, 어린 두 아이와 우리 내외가 왔던 곳이다. 그 날 절 방에서 먹은 칠갑산 취나물 맛을 아내는 아직도 기억하고 있었다. 허지만 피곤하다며 아내는 차에서 내리지 않았고 나만 아이들과 절을 한바퀴 돌면서 풍경 사진을 여러 장 찍었다.

집에 돌아와 곧바로 저녁 식사를 했다. 이제 아들아이는 대전으로 가고 딸아이는 서울로 가야 한다. 그러면 우리 내외만 남게 된다.

"하나님, 고맙습니다. 오늘 무사히 저희들 짧은 시간이지만 가족여행을 잘 마치고 돌아와 식탁 앞에 앉게 되어 감사합니다."

아내의 기도는 언제나 경건하고 간절하다. 우리는 내년 봄이 되면 다시 이렇게 가족여행을 해보자고 이야기를 하면서 헤어질 시간을 재촉했다. 오늘, 7시간 30분. 그것은 짧은 시간이었지만 우리에겐 처음으로 떠났던 가족여행이었다. 매우 안락하고 즐겁고 유익한 시간이었다. 내일이면 또 오늘의 일들이 사무치도록 그리워질 것이다.

오늘의 건강 연습은 여기까지다

오늘도 산행을 했다. 산행이라 해도 대단한 것이 아니다. 한 시간 정도 아내와 함께 우리 마을 앞산을 한 바퀴 돌아오는 산행이다. 우리 집 가까이 이렇게 좋은 산길이 숨어 있었나 싶을 정도로 좋았다. 이미 많은 사람들이 다녀간 흔적이 있었다. 정작 우리 내외만 모르고 있었던 게 아닌가 싶었다.

아내와 앞서거니 뒤서거니 하면서 가다가 쉬고, 쉬다가 다시 가곤 했다. 오르막길은 적당히 경사지고 숨이 차서 좋았고, 내리막길은 또 적당히 미끄러운 길이어서 또한 좋았다. 솔잎이며 활엽수 잎들이 떨어져 있어서 산길은 스펀지를 밟는 것처럼 폭신한 느낌이 들었다. 산길은 주로 소나무 수풀 속에 있어서 반쯤 그늘이 드리워져 있었고 바람이 부는 것도 아닌데 드러난 목덜미가 써늘했다. 그건 솔향기 때문이었을까. 산 속엔 이미 깊은 가을이 머물고 있었다. 아니다. 가을은 많이 왔다가 어느새 떠나갈 준비를 서두르는 듯 뒷모습을 보이고 있었다.

실로 가을 산길은 겸허하다. 여름 동안 굳게 잠갔던 마음의 빗장을 풀고 인간의 번잡스런 접근을 부드럽게 허용해준다. 어디든 훤하게 드러나 보인다. 가을 산 속에 들어와 보면 산 속에도 길이 참 많다는 걸 알게 된다. 주로 등산로이고 나물 캐는 사람들이 다녔음직한 좁은 길이다. 흐려서 보일 듯 말 듯한 길. 그러한 길로는 마음도 자분자분 소리를 만들지 않고 멀리까지 가고 싶어 한다. 아서, 아서. 사람들이 많이 다닌 길로 가야만 돼. 마음을 달래며 가는 산길에서 들리는 소리는 안 좋은 것이 하나도 없다.

낙엽 갈리는 소리, 물소리, 벌레 소리, 바람 소리. 그 가운데에서 가장 좋은 것은 새소리이다. 상수리나무 꼭대기, 밝은 햇빛 속에서 새들이 떼를 지어 우짖고 있다. 시끄럽지만 결코 시끄럽게 들리지 않는 소리. 무릇 자연의 소리가 그러하듯 새소리 또한 그렇다. 지금 녀석들은 햇빛을 쪼아 먹느라 저렇게 요란스런 소리를 내는 게 아닌가,

나는 그런 엉뚱한 생각을 해본다.

요즘 나는 사는 방법을 많이 바꾸었다. 병원에서 오래 머물다 나오기도 하고 직장에서 물러난 이후 찾아온 변화라 하겠다. 요점은 지금까지 이렇게 살던 것을 앞으로는 저렇게 살겠다는 것이다. 하던 일 가운데 계속할 필요가 있는 일은 충분히 그렇게 하겠지만 가능한 범위 안에서 바꾸어 살겠다는 생각이다. 지금껏 만나온 많은 사람들도 가려서 만나고 싶다는 것이다.

실은 오늘도 교직의 옛 동료들이 만나자 그랬지만 아내와 산을 찾는 일이 더 급하고 중요하겠기에 그 길을 택했다. 참말로 이제는 되는 대로, 나 살고 싶은 대로 살아보고 싶다. 지금껏 나는 너무도 많은 제약과 굴레 속에서 살았었다. 너무 많은 약속을 하며 살았었다. 이제는 아무하고도 약속을 하지 않고 살아보고 싶다. 남은 생애만이라도 자유롭게 살아보고 싶다. 남들 눈치를 살피지 않고 살아보고 싶다. 지금까지 내가 여러 사람들 속에서도 한가하고 때로는 고독한 사람으로 살았다면 이제부터는 혼자서도 바쁘고 고독하지 않은 사람으로 살겠다는 것이 나름대로의 한 결의이다.

병원에서 풀려 나온 뒤로 무엇 하나 감사하지 않은 것, 눈물겹지 않은 것이 없다. 숨 쉬는 것도 감사하고 물 한 잔 마시는 것도 감사하고 부는 바람도 감사하고 밝은 햇빛도 감사하고 고추잠자리 한 마리 아직도 가을 햇빛 속에 힘없이 날아가는 것을 보아도 문득 눈물겹다. 더하여 아내와 이렇게 둘이서 산행을 하게 됨은 얼마나 크나큰 기쁨의 항목이라 말해야 할 것인가.

돌아오는 길에 된서리를 맞아 무너져 내린 고추밭이며 호박 넝쿨을 보았다. 그리고 활짝 핀 국화꽃들도 보았다. 국화꽃 위로는 벌떼들이 엉기고 있었다. 말벌이라 했던가? 이 벌들은 독침이 없는 벌들이다. 이맘때면 꼭 이렇게 국화꽃을 찾아오는 단골손님이다. 그러나 이들은 머지않은 날에 일 년 치기로 선물 받은 저들의 생명을 반납하게 될 것이다. 이제 가을이 물러가면 그 뒤를 따라 겨울이 오겠지. 찬바람이 불기도 하겠지만 새하얀 눈이 내리는 날도 있겠지. 이 또한 나에겐 얼마나 감격스러워 마땅한 일이겠는가! 오늘의 건강 연습은 여기까지다.

흰 구름에게 띄우는 편지

S 선생님, 모처럼 만나 반가웠고 고마웠고 따스한 시간이었습니다. 많이 행복한 마음이었습니다. 비록 함께 마주한 시간 길지 않았지만 우리의 몸과 맘이 지상에 있지 아니하고 딴 세상에 와 있는 듯한 착각을 가질 정도로 가볍고 맑고 홀가분했습니다. 가슴의 물기도 눈가의 촉기도 모두 잃어버리고 말았지만 마음만은 무어라 표현할 수 없을 만큼 편안해서 좋았습니다. 그 마음 오래 간직하고 싶어 이토록 이메일 쓰는 일조차 잠시 느꾸지 않았겠나 싶습니다.

참 사람이 늙는다는 것이, 늙은 사람이 된다는 것이 이렇게 좋을 수가 없구나, 넉넉할 수가 없구나, 그런 생각을 내내 했더랬습니다. 늙는 것의 고마움, 늙는 것의 편안함, 늙는 것의 따스함, 아무렇게 말해도 좋을 듯싶습니다. 하얗게 세어 바람에 나부끼는 외진 시골 행길가의 억새꽃을 바라보며 저것이 억새꽃인들 어떠하고 갈대꽃인들 어떠하겠느냐는 말씀을 하시었지요? 그 말씀이 여운이 되어 오래 가슴에 남습니다.

그렇습니다. 그것이 억새꽃인들 어떠하고 갈대꽃인들 어떠하겠습니까? 또 그 억새꽃의 적막감이나 외로움 같은 걸 우리가 잠시 감지하고 거기에 또 잠시 동참했다 한들 그런 감정의 유희나 찌꺼기 같은 것이사 어디까지나 우리 인간들의 것일 따름, 그 억새꽃과 무슨 상관이 있다 하겠습니까? 그것은 그저 번다스러운 우리네 인간의 한 호들갑에 불과한 일이겠지요.

이런 작은 일 하나에도 엄숙한 생명의 존재, 그 절실함 앞에 다만 겸허를 배우고 무거운 머리를 숙여 자신의 일을 돌아보게 됩니다. 억새꽃이 인간의 그 어떠한 간섭이나 평가나 언급하고는 전혀 독립적으로 저 스스로 절대적으로 존재하듯이, 그리고 그렇게 왔다가 그렇게 사라져 가듯이 우리네 목숨도 그렇게 엄숙하게 절대적으로 존재할 따름인 것이고 또 그렇게 잠시 머물다 사라져가겠지요. 여기에서 우리는 가슴속에 솟아나는 막막함과 함께 고요한 감사와 기쁨을 만나게 되는 것입니다.

보다 젊어서 우리는 주체할 수 없는 감정으로 찔럼찔럼 그릇에서 넘쳐나는 물과 같은 때가 있었습니다. 그러나 그런 감정들이 날아가 버리고 차라리 바닥이 드러난 개울과 같이 되어버려서 자갈돌과 모래알들만 남아 있는 가슴이 얼마나 편안하고 홀가분한 것인지 모르겠습니다. 만나서도 이야기 나누었듯이 정말로 우리는 20대 젊은 날 이래, 지속적으로 만나고 대화하고 가까운 듯 멀리 이웃하여 살아오면서 상호간 비교적 혼탁한 감정으로서가 아니라 맑고 그윽하고 고요한 마음으로 상대방을 그리워하고 생각하고 사귀어 왔다는 점에서 한없는 감사와 자부심을 깨우치는 바입니다.

실로 우리가 이렇게 늙은 사람의 날에 이르기까지 여전히 좋은 사람, 편안한 사람, 그리운 사람으로 만날 수 있다는 것은 하나의 축복입니다. 그야말로 감사한 일입니다. 그것 자체가 귀중하고 값진 인생의 유산인 것이지요. 누구는 그럴 것입니다. 그런 미적지근한 인생과 뒷북치는 감정의 놀음이 무엇이 그리도 좋은 것이고 또 귀한 것이겠냐고. 그렇게 생각하는 사람은 그렇게 생각하면 되는 일이겠지요.

허지만 갈대꽃은 갈대꽃인 대로 좋은 것이고 억새꽃은 억새꽃인 대로 좋은 것이 아니겠습니까? 또 그것을 누구도 그렇게 이름 불러 챙겨주지 않고 알아주지 않고 까마득하게 인식조차 안 해준다 한들 무슨 대수이겠습니까? 그냥 그대로 가득하고 편안하고 아름다우면 좋은 것이 아니겠는지요. 그야말로 대자연입니다. 있는 그대로, 그냥 그대로입니다. 천천히 고요하게 가득하게 있을 따름입니다. 부정도 긍정도 아닌 다만 평화로움의 상태 그것인 것이지요.

S 선생님, 우리에게 어찌 이렇게 편안하고 고요한 만남의 날이 허락될 수 있는지요……. 마치 꿈을 꾸는 것만 같습니다. 이리도 평화로운 날이 우리에게 찾아온 것을 참으로 감사하게 생각합니다. 스스로 축하하고 싶은 심정이기도 합니다. 앞으로 언제쯤 우리가 다시 만날 수 있을까요? 한동안은 만나뵙지 못할지도 모릅니다. 몸은 또 아주 아득하고 멀리 낯선 땅을 헤매고 있을지도 모를 일입니다. 그러한 날 가끔 우리는 하늘을 우러러 볼지도 모르는 일이고 한 조각 흰 구름을 찾아내어 거기 잠시 눈길을 모을지도 모르는 일입니다. 그러면서 서로를 생각할지도 모릅니다. 장소와 몸은 비록 나뉘어졌지만 마음과 시간만은 한 곳에 있게 되는 것이겠지요.

S 선생님, 억새꽃처럼 하얗게 늙어주시어 고맙습니다. 저 자신 가슴속 많은 울렁거림과 핏기를 말갛게 씻어내 그럴 수 없이 편안한 심정이었음을 고백합니다. 다만 아름다이 숨 쉬는 한 사람, 지구 위의 생명이어서 한없이 고마운 마음이구요. 언제든 어떤 장소에서든 문득 다시 만나 즐거운 시간 함께할 수 있기를 소망합니다. 굳이 약속을 걸고 기다릴 일은 아니로되 그것이 우리의 고요한 삶의 희망이요,

잔잔한 기쁨의 끈이 되어 줄 것으로 믿습니다.

정말로 이제 우리에게 지구를 떠날 수 있는 허허로움이, 그 여유로움이 생기는 것 같습니다. 남자도 아니고 여자도 아닌 다만 한 사람 인간일 따름인 우리 자신이 되어가는 것 같습니다. 내내 평안하오소서. 2008년 1월 16일, 쨍하고 맑은 겨울날 한낮에 잠시 생각하며 썼습니다.

어머니가 첫 번째로 사주신 시집 한 권

무엇이든 첫 번째의 일은 서툴게 마련이고 낯설게 마련이다. 첫 사랑, 첫 직장, 첫 만남, 첫 이별. 어떤 것이든 첫 번째 것은 그렇게 어색할 수가 없다. 마치 내 것이 아닌 것이 내게로 잘못 찾아온 것인 양 방향성이 없게 마련이다. 그러나 모든 첫 번째 것들은 마음속에 강력한 기억을 남긴다. 그리하여 오래오래 잊혀지지 않는 그 무엇이 되고야 만다. 그것을 우리는 추억이라고도 말하고 상처라고도 말하겠지 싶다. 시인들에게 있어서 첫 번째 시집의 존재도 그렇다. 모든 시인들에게 있어 첫 번째 시집은 아주 중요한 의미를 지닌다. 그것은 첫 번째 낳은 아기와 같다. 그 아기가 잘 생기고 건강하게 자라주어야만 된다. 그래야만 다음에 나오는 시집도 잘 나올 수 있고 그 시인의 장래 시작생활도 보장받게 되어 있다.

나의 첫 번째 시집은 『대숲 아래서』다. 이 시집은 1973년도 나온 시집인데 1971년 〈서울신문〉 신춘문예에 당선된 시의 이름에서 가져온 시집이다. 실상 그렇게 빨리 시집을 낼 줄은 몰랐다. 신춘문예 시상식이 있고 나서 얼마 뒤, 원효로에 살고 계시던 신춘문예 선자인 박목월 선생을 찾아뵈었을 때, 선생께서 여러 가지 말씀을 주셨을 때 "앞으로 시집도 내고……." 그런 요지의 말씀을 하실 때도 겉으로는 "네, 네." 고분고분 대답은 드렸지만 속으로는 '저 같은 촌놈이 무슨 시집을 내겠습니까?' 그런 생각을 했었던 내다.

등단하고 나서 열심히 쓰다 보니 제법 많은 시들이 모여졌고 그러다 보니 시집을 내보고 싶다는 욕심이 저절로 생겼던 것이다. 일단 원고를 박목월 선생께 보여드렸다. 선생께선 당시 한국시인협회 회장의 일을 맡고 계셨는데 한국시인협회에서 '어느 고마운 분'의 호의로 발간하고 있던 시집 시리즈에 나의 시집을 끼워달라는 뜻으로 알고 "나군, 그 계획은 이미 끝났는데……."라고 말씀하셨다. 그 시집 시리즈는 주로 등단한 지 10년이 넘도록 개인시집을 갖지 못한 시인들을 대상으로 내주도록 되어 있어서 별로 기대를 하지도 않았던 바였기에 크게 실망하지 않고 자동적으로 자비출판 쪽으로 마음을 정했다.

등단한 지 얼마 되지도 않았을 뿐더러 바깥출입도 시원찮은 시골 출신이라 통하는 출판사가 없었다. 다행히 신춘문예 선자 가운데 또한 분이신 박남수 선생께서 〈현대시학〉 주간 전봉건 선생을 소개해 주시어 진즉부터 알고 있었다. 헌데 그 〈현대시학〉에선 몇몇 젊은 시인들의 시집도 만들어주고 있었다. 자연스럽게 마음은 〈현대시학〉 전봉건 선생에게로 기울어졌다. 전봉건 선생에게 부탁드리면 거절하지 않으실 것 같았다.

전봉건 선생은 참 과묵한 분이셨다. 이쪽에서 두 마디 세 마디 해야만 겨우겨우 한 마디 대꾸를 하시는데 그것도 아주 짧고 간단명료한 대답이 고작인 분이었다. 그래서 그분과 대화를 하려면 마음속으로 몇 마디 이야기를 혼자서 주고받고 나서 다음 말을 해야만 했다. 박목월 선생께 보여드린 시집 원고를 들고 다시 전봉건 선생에게로 갔다. 내가 하는 이야기를 듣고 나서 전봉건 선생은 짧은 말로 승낙을 하고 원고를 받아주셨다. 시집 제작에 관한 계약도 짧게 끝났다. 부수는 500부. 체제는 국판 반양장. 지질은 중질지. 인쇄는 그 당시 관행대로 내려쓰기, 종서로 하기로 했다. 이것들은 나의 요구였고 거기에 따라 선생이 제시한 출판비는 16만원이었다.

시집 원고를 드리고 나서 얼마 지나지 않아 한 번 더 시집 출판 문제로 〈현대시학〉사에 갔었다. 시집 출판비를 미리 드리기 위해서였다. 내게 그만한 돈이 없어서 아버지한테 월급을 타서 분할로 갚기로 하고 빚을 냈다. 그 시절만 해도 농촌에선 모든 물가를 쌀값으로 기준삼고 있었다. 16만원은 쌀값으로 쳐서 쌀 열여섯 가마니 값에 해당하는 돈이었다. 그런데 만 원짜리 돈이 나오기 전이니까 16만원을 천 원짜리 돈으로만 준비했으니 제법 두툼한 분량이 되었을 것이다. 기차를 타고 서울까지 가는데 소매치기라도 당하면 어떻게 하나 걱정이 되신 어머니는 내 팬티에 조그만 돈주머니 하나를 만들어주셨다. 그리고 그 위에 지퍼까지 하나 달아주시었다. 지금도 생생히 기억이 난다. 서대문구 충정로 어느 허름한 건물 2층에 현대시학사가 자리잡고 있었다. 가파른 나무 계단을 올라가서 좁은 나무판자로 된 마루를 걸어서 마루 끄트머리쯤 조그만 방에 그야말로 전설처럼 〈현대시학〉사가 있었고 그 방안에 오래된 수석처럼 전봉건 선생이 말없이 앉아 계셨다. 어쩌면 그것은 흑백필름 속 풍경 같기도 하고 한 세기 전 그림 같기도 한 느낌이다. 나는 우선 선생에게 인사를 드리고 화장실에 간다면서 삐걱거리는 나무판자 복도를 한참이나 지나 화장실에 찾아가 바지를 내리고 팬티 속에 숨겨둔 돈봉투를 꺼내어 주머니에 넣어가지고 다시 사무실로 가 천연덕스럽게 그 돈을 선생에게 드렸던 것이다.

그 뒤로 얼마 되지 않아 시집이 나왔다. 헌데 중간에 약간의 변동이 있었다. 아무래도 500부는 시집 권수로 부족할 것 같아서 700부로 부수를 조정했다. 그리고 중질지로 했던 종이를 100근 모조지로 바꿨다. 이 모든 게 내가 원해서 그렇게 된 것이었다. 물론 시집이 나온 뒤 돈을 더 드릴 요량으로 그리 했었다. 시집을 부쳤노라는 전갈을 받고 고향의 면소재지 우체국에 찾아가서 전봉건 선생에게 전화를 걸었다. 변화된 시집 제작비에 관한 얘기를 드렸다. 내 이야기를 잠자코 듣고 있던 선생께서 의외의 말씀을 하셨다. 내편에서 상향 조정하여 찍은 시집 제작비 차액에 대해서 전혀 받지 않겠다는 말씀이었다. 그래도 그럴 수 없으니 더 드릴 액수를 말씀해 달라는 요구에 선생은 이렇게 말씀하시는 것이었다.

"나 형, 나 형과 나의 관계가 이번 일로 모두 끝나는 것 아니잖소?" 뒤통수를 무언가 둔탁한 물건으로 한 대 얻어맞은 듯 띵해왔다. 전봉건 선생이 바로 그런 분이셨다.

시집은 느리게 느리게 기차 화물로 보내져 왔다. 나는 등기우편으로 한 발 앞서 도착한 물표를 움켜쥐고 버스를 타고 서천역까지 가서 시집 뭉치를 찾아가지고 택시를 대절해 싣고 집으로 왔다. 택시가 우리 집 마당까지 들어갈 수 없어 우선 큰길가에 싣고 온 짐을 부렸다. 그리고선 빈 지게를 지고 가 거기에 시집 뭉치를 하나씩 얹어가지고 집으로 날랐다. 지금 기억으로도 시집 뭉치가 여러 개였지 싶다. 나는 지게질이 서툴지만 지게로 시집을 져서 나르는 발길이 마냥 가뿐하고 즐겁기만 했다. 시집 뭉치를 마루에 쌓아놓았을 때 우리 집 마루가 가득해졌다. 나는 그만 세상에 다시없는 부자가 된 듯한 그런 느낌이었다. 마악, 짐 뭉치를 풀어 처음으로 만든 내 시집을 넘겨보고 있을 때, 뒷집에 사는 성운이란 이름의 중학생 아이가 우리 집에

놀러왔다.

"큰형, 이거 무어예요?"

성운이는 막내 여동생과 동창이라서 나를 큰형이라고 부르는 아이다.

"내가 만든 시집이야."

나는 시집 한 권을 빼내어 자랑스러운 마음으로 성운이에게 건네주었다. 한참 동안 시집을 뒤적거리던 성운이의 입에서 엉뚱한 말 한 마디가 튀어나왔다.

"형, 이 책은 빈 곳이 많아서 연습장으로 쓰면 좋겠네요."

어쩌면 그것은 성운이로서는 당연한 말이었을지 모른다. 한번도 시집이란 것을 보지 못했을 테니까 말이다. 그러나 나는 어린 중학생이 하는 말인데도 많이 그 말이 서운한 생각이 들었다.

마루 끝에 앉아서 성운이가 시집을 계속 뒤적거리고 있을 때 나는 안방에서 바느질을 하고 계시던 어머니에게 시집 한 권을 드렸다.

"어머니. 이 책이 제가 이번에 낸 첫 번째 시집입니다."

어머니는 한참 동안 시집을 읽어보신 뒤, 반짇고리에 있는 조그만 주머니에서 돈을 꺼내어 내게 주시면서 말씀하셨다.

"태주야, 내가 네 시집을 첫 번째로 사주마."

시집 뒷면에 정가로 찍힌 700원. 얼마 되지 않는 돈이지만 그 돈이 얼마나 내게 크나큰 용기를 주는 돈이었던가! 첫 시집 『대숲 아래서』에는 어머니를 소재로 삼은 시들이 여러 편 들어있다. 그때 어머니가 그 시들을 읽고 나에게 시집 값을 주셨는지 아닌지는 아직도 모르는 일이다. 아래에 적은 시가 바로 그 첫 시집에 들어있는 시 가운데 어머니를 소재로 삼은 시 중 한 편이다.

어머니 치고 계신 행주치마는
하루 한 신들 마를 새 없어,
눈물에 한숨에
집 뒤란 솔밭에 스미는
초겨울 밤 솔바람 소리만치나
속절없이 속절없어…….

봄 하루 허기진 보리밭 냄새와
쑥죽 먹고 짜는 남의 집 삯베의
짓가루 냄새와 그 비린내까지가
마를 줄 몰라, 마를 줄 몰라.

대구로 시집 간 딸의 얼굴이
서울서 실연하고 돌아와 울던 아들의 모습이
눈에 박혀 눈에 가시처럼 박혀
남아 있는 채,
남아 있는 채로…… .

이만큼 살았으면
기찬 일 아픈 일은 없으리라고
말하시는 어머니, 당신은
오늘도 울고 계시네요.
어쩌면 그렇게 웃고 계시네요.

―나태주, 「어머니 치고 계신 행주치마는」 전문

3
왜 살려 주셨나

다시 이 집으로 돌아올 수 있을까
— 입원하던 날

내 생애에 이토록 황망한 날이 또 있었을까. 그건 한꺼번에 몰아닥친 회오리바람 같은 것이었다. 태풍이었다. 허리케인이거나 쓰나미 같은 것이었다. 내가 가진 모든 것들을 송두리째 휩쓸어 날려버릴 것만 같은 기세로 몰아닥친 위기의 시간들이었다. 신의 작정이거나 계시였을까. 인간의 한정된 생각과 짐작으로는 도저히 상상조차 되지 않는 깊고도 커다란 삶의 웅덩이였다. 개인적으로 너무나 커다란 사건이요 충격이었다.

저녁 무렵부터 배가 아파 오기 시작했다. 2007년 2월 28일. 그냥 배가 아픈 것이 아니라 뱃속 깊숙이로부터 우러나오는 아픔이었다. 밥을 먹을 수도 없었고 물을 마실 수도 없었고 잠을 잘 수도 없었다. 그렇다고 편안히 앉아 있을 수도 없었고 누워 있을 수도, 서 있을 수도 없었다. 다만 아프고 아프고 또 아플 뿐이었다. 소화제를 먹어보고 청심환을 먹어보아도 소용이 없었다. 먹는 대로 토했다. 걱정스럽게 지켜보던 아내가 병원으로 가자고 말했다. 새벽 2시쯤 되었을까. 아내가 거실 쪽에서 슬슬 짐을 챙기고 있었다. 병원에 갈 준비를 하고 있는 것 같았다. 아내가 다시 병원에 가자고 졸랐다.

"여보, 한 시간만 더 기다려 주구려. 아무래도 이번에 집을 떠나면 돌아오지 못할 것 같아서 그래요."

나는 방바닥을 뒹굴며 기어다니며 한 시간을 더 버텼다.

나는 그동안 얼마나 나의 집을 좋아하는 사람이었던가. 내 책들이 빼곡이 있고 쪽책상이 놓여 있고 나의 이부자리가 있는 이 방을 나는 얼마나 좋아했던가. 끝없는 육신의 아픔 속에서도 나는 방안을 둘러보고 또 둘러보았다. 시계는 3시를 가리키고 있었다. 더는 견딜 수 없을 것 같았다.

"여보, 갑시다. 우리 병원으로 갑시다. 더는 안 되겠어요."

나는 다급하게 말하면서 양복을 챙겨 입었다. 119에 전화했으나 대전의 병원까지는 데려다 주지 않는다 해서 택시를 불렀다. 밖은 추웠다. 바람이 불고 눈발까지 날리고 있었다. 택시도 쉽게 오지 않았다. 우리는 짐보따리를 들고 어두운 도로 가에서 한참 동안 기다리고 있었다. 서 있을 수조차 없어서 나는 아스팔트 바닥에 주저앉아 있어야만 했다.

"내가 많이 아픕니다. 가능한 대로 빨리 갑시다. 목적지는 대전 을지대학병원 응급실이오."

나는 운전기사가 묻기도 전에 빠르게 말해주었다.

택시 기사는 조심스러우면서도 속력을 내어 차를 몰았다. 택시가 시내 지역을 벗어나 금강변을 달리기 시작했다. 나는 아내더러 김찬 교수에게 전화를 걸어달라고 부탁했다. 김찬 교수는 을지의과대학 교수인데 내가 오래 전 경기도에서 선생을 할 때 담임했던 학생의 동생이 되는 사람이다. 아내는 이런 때를 대비하여 김찬 교수의 전화번호를 자기 수첩에 적어두고 있었다. 그런 면에서 아내는 참 현명한 사람이라 할 것이다.

"김 교수요? 내가 많이 아픕니다. 이거 새벽시간 잘 시간인데 미안하오. 지금 을지대학병원 응급실로 공주에서 가고 있습니다. 2, 30분이면 도착할 거요. 좀 도와주시오."

다음엔 대전에 살고 있는 아들아이에게 전화를 걸었다.

"윤이야, 놀라지 마라. 아버지가 많이 아프다. 죽을 것같이 아프다. 지금 대전, 을지대학병원 응급실로 가니 거기로 와라. 올 때는 자동차 운전하지 말고 택시 타고 와라."

병원에 도착하니 4시가 되었다. 응급실 앞 붉은 간판 글씨 아래 젊고 건장한 남자 두세 명이 서성이다가 사람을 맞았다.

"누가 환자신가요?"

"나요, 내가 환자요. 안으로 안내하시오."

나는 청년들의 안내를 기다릴 사이도 없이 급하게 걸어서 응급실 안으로 들어갔다. 우선 커다란 의자에 앉혀졌다. 택시 안에서도 구역질을 했는데 병원에 도착하자 구역질이 더욱 심해졌다. 얼마 지나지 않아 아들아이가 오고 김찬 교수가 도착했다. 나는 김찬 교수에게 급히 물었다.

"김 교수, 내가 아무래도 췌장에 문제가 생긴 것 같아요."

"선생님, 의사들이 가장 싫어하는 환자는 의사 환자랍니다. 그리고 사람의 뱃속이 워낙 복잡해서 쉽게 무어라 속단하기 어렵습니다."

그건 조용한 질책이었고 답변 회피였다.

몇 차례 주사가 놓아지고 침대에 옮겨졌다. 옷이 벗겨지고 환의患衣가 입혀졌다. 그때부터 기억이 오락가락했다. 시간 개념도 사라져 갔고 눈앞에 있는 물체들도 보였다 안 보였다 했다. 김 교수가 나서서 이리저리 끌고 다니면서 검사를 받기도 하고 사진도 찍고 그러는 것 같았다. 나한테 도대체 무슨 일이 일어나고 있는지 잘 알 수가 없었다. 다만 나는 정신의 끈을 아주 놓지 않으려고만 이를 악물고 또 악물었다. 모든 일들이 급하게 진행되는 것 같았다. 나는 어느 커다란 방에 안내되었고 차가운 침대에 눕혀졌다. 수술실 같았다. 몇 사람의 젊은이들이 급하게 방으로 들어왔다. 간호사인 듯한 여자가 내 입에 젤리 같은 걸 한 움큼 집어넣고 열을 세고 나서 삼키라 일러줬다. 그런 뒤 재갈이 물려졌다. 그리고 나서 젊은 여자 의사 한 분이 내 목으로 무언가를 집어넣었다. 내시경 시술이었다. 나는 까물대는 정신을 붙잡고 아픔을 이겨냈다. 눈에 고인 눈물이 지르르 흘러내리는 걸 느낄 수 있었다. 나중에 알고 보니 그 여자 의사가 김안나 교수였다. 나를 위급한 상황에서 건져준 고마운 분이었다. 그런 뒤 어딘가로 다시 옮겨졌다. 그곳이 중환자실이었다. 그날 하루 응급실과 중환자실에서 나온 치료비만도 백만 원이 넘었다 한다. 진통제를 놓아도 한 시간을 넘기지 못하고 계속해서 고통을 호소했다고 한다. 그렇게 해서 나는 길고 긴 병원생활의 터널 속으로 빨려 들어갔다.

중환자실에서의 1주일

중환자실이란 공간은 아주 특별한 곳이다. 외부와 접촉이 극도로 차단되어 환자 가족이나 문병객들에게도 함부로 접근이 되지 않는 공간이다. 삶과 죽음이 경각에 달려 있는 위험한 환자들만 들이는 병실이라 그럴 것이다. 중환자실은 하루 24시간 동안 불이 꺼지지 않는다. 불빛이라도 조도가 아주 높은 불빛이다. 오래 지내다 보면 낮인지 밤인지 분간이 도무지 안 되는 공간이다. 중환자실 환자의 오른팔엔 자동혈압기가 채워져 있고 왼팔엔 인퓨전 펌프Infusion Pump(주사액을 정밀하게 들어가도록 조절해주는 기계) 두 개와 연결된 주사바늘이 꽂히고 다시 오른손 둘째손가락엔 산소측정용 골무가 씌워져 있어서 옴짝달싹 못하도록 되어 있다. 그야말로 사로잡힌 짐승 꼴이다. 또 자력으로 용변이 해결 안 되는 환자를 위해 기저귀가 채워지기도 했다. 내가 보기로 중환자실에서의 치료나 간호라 하는 것은 주사와 약과 기계에 환자의 모든 것을 맡겨버리고 방임하는 거나 마찬가지였다. 중환자실에서는 간호사들의 힘이 막강해 보였다. 간호사 한 사람이 두 사람의 환자를 보살피게 되어 있는데 규율이 엄격해 보였다. 때로 환자를 너무 혹독하게 함부로 다룬다 싶은 생각이 들 때도 없지 않았다. 특히 병실을 책임지는 간호사의 말 한 마디에 모든 일이 통제되는 듯싶었다. 조그만 실수 하나도 용납되지 않았고 환자의 요구도 쉽게 받아들여지지 않았다.

나는 1주일 동안 중환자실에서 한 숨도 잠을 자지 못하는 환자였다. 두 눈에 불을 켠 밀림의 짐승처럼 으르렁댔다. 육신의 아픔도 그렇거니와 한번 잠이 들면 영영 그 잠에서 깨어나지 못할 것만 같은 불안감 때문에 잠을 잘 수 없었다. 어떻게든 살아서 그 방을 나가고 싶었다. 그것만이 간절한 하나의 소망이었다. 오직 끝까지 버텨야 된다는 일념뿐이었다. 그러려면 잠이 들어서는 안 되는 일이었다. 나로선 그 길밖엔 딴 방법이 없었다. 중환자실 간호사들은 환자들을 모두 할아버지, 할머니라 불렀다. 나보고도 서슴없이 할아버지라 불렀는데 난 그런 호칭부터가 마음에 들지 않았다. 24시간 불이 꺼지지 않는 백색의 공간도 싫었고(나중에는 두려웠고) 간호사들의 억압적이고 냉정한 간호 태도도 기분이 좋지 않았다. 중환자실 환자들은 대부분 의식이 없는 환자들이다. 그러나 나는 끝까지 의식의 줄을 놓지 않았다. 의식이 있는 사람에게 중환자실은 지옥과 같은 곳일 수밖에 없었다.

가족이 면회 오기만 하면 중환자실에서 제발 나갈 수 있게 해달라고 졸라댔다. 그러나 나의 소청은 쉽게 받아들여지지 않았고 중환자실에서의 날들이 길어졌다. 나의 몸 상태가 매우 위태로웠기 때문이다. 병원 측에서나 가족 측에서 나를 중환자실에서 데리고 나오는 일이 안심이 되지 않았을 것이다. 전신은 갑작스런 황달로 노랑 은행잎 빛깔로 변했다고 한다. 두 눈빛 또한 그랬었다고 한다. 그건 내가 보아도 조금은 알 것 같았다. 거울을 볼 수 없는 환경이었으므로 나의 얼굴을 내가 볼 수는 없었지만 다리나 팔뚝의 환의를 걷어보면 붓으로 노랑 물을 칠해놓은 듯 얼룩얼룩했다. 복강으로 흘러내린 담즙과 췌장액으로 하여 장기가 부어올라 폐가 오그라드는 바람에 호흡이 힘겹기도 했다. 이 같은 사실도 나중에 안 일이고 그 당시는 그저 숨쉬기가 힘들고 힘들 뿐이었다. 짧게 끊어서 몰아쉬는 숨이었다. 이런 나의 모습을 보고 돌아가 어떤 면회객이 '나태주가 그렇게 한꺼번에 무너질 줄은 몰랐다. 참담한 모습이더라.'고 말하기도 했다고 했다. 누가 보아도 나는 회생될 가능성이 없어 보이는 환자였던 것이다.

그렇게 중환자실에서 지내기를 1주일하고도 반나절. 중환자실에서 지내는 동안 험한 꼴도 더러 보았다. 나 역시 죽을 둥 살 둥 뒹굴며 소리 지르는 환자 가운데 하나였지만 나 말고도 소리 지르는 환자들을 수없이 보았고 금방 운명하는 사람들도 여러 차례 목격하였다. 그럴 때마다 겁이 나고 오그라든 가슴이 더욱 오그라드는 듯 긴장되곤 했다. 오로지 가족들이 면회 오는 시간만이 해방의 시간이었고 희열의 시간이었다. 면회 시간은 하루 두 차례. 오전 11시 30분과 오후 7시. 각각 30분씩. 참으로 아깝고도 귀중한 시간들이었다. 아내는 면회 올 때마다 늘 웃는 얼굴로 나한테 와선 좋은 말, 희망적인 말을 해주었고 가끔은 자기의 볼에다가 나의 볼을 비벼주기도 했다. 그럴 때마다 나는 속으로 '이 사람 집에서도 하지 않던 짓을 다하는구나.' 싶은 생각을 하곤 했다.

그리고 아들아이의 도움이 컸다. 시시각각 혼미한 정신과 고통스러운 육신을 견디다 보니 전신이 다 쑤시고 아팠다. 나는 아들아이가 올 때마다 전신을 주물러달라고 부탁했다. 아들아이는 힘센 팔뚝과 억센 손으로 혼신의 힘을 다하여 주물러 주었다. 그럴 수 없이 시원한 느낌이었다. 조금쯤 오그라들었던 몸이 풀리고 혼미한 정신이 진정되는 듯싶기도 했다. 나중엔 오직 아들아이가 면회 오는 시간만 기다리며 순간순간 고통의 시간을 견디고 버텼다. 아들아이를 기다리는 맘으로 눈을 벽시계에서 뗄 수가 없었다. 아들아이가 오직 구원의 사도처럼 느껴졌다. 면회 시간이 되어 저만큼 아들아이가 걸어오면 번번이 마음이 지레 먼저 달려나가 아들아이를 맞이하고 있었다. 어떤 날은 오후 11시, 그러니까 밤 11시가 오전 11시인 줄 잘못 알고 왜 아들아이가 면회를 오지 않는가 걱정하며 아주 많이 기다린 적도 있었다.

내가 그렇게 중환자실에서 고군분투하고 있는 동안 병실 밖에서도 범상치 않은 일들이 벌어졌다고 한다. 중환자실에 들어간 지 6일째. 사진 촬영 결과나 검사 수치들이 점점 나빠지기 시작하더니 몇 가지 급한 대로 조치를 취했음에도 불구하고 결국은 최악의 사태에 도달하고 말았다는 것이다. 담당 의사는 가족들을 불러 최후의 일을 통첩했다고 한다. 이대로 가면 3, 4일 내로 호흡 곤란이 오고 그러면 산소호흡기를 씌워야 하고 그러다가 다시 3, 4일이면 숨이 멈추게 될 것이니 그 다음의 일을 준비하는 것이 좋겠노라고. 그 당시로선 도저히 다른 해결책이 없었다고 한다. 그건 듣는 사람들에겐 사형선고나 마찬가지였으리라. 아내가 몇 차례 까무러치고 가족과 지인들에게 급히 소식이 전해지고……. 여기저기서 면회객들이 찾아오기 시작했다고 한다. 어떤 날은 50명 정도의 면회객이 몰려 비상대책회의 같은 것을 하는 바람에 중환자실 밖은 초상집 분위기를 방불케 했다고도 한다.

중환자실에서 보낸 7일째 되는 밤, 아주 많은 면회객들이 줄을 지어 병실로 들어왔다. 짧은 시간에 한 마디씩 말을 놓고 그들은 나가곤 했다. 어떤 경우엔 두세 명이 들어와 내 팔과 다리를 주물러 주다가 가기도 했다. 그윽하게 말없이 바라만 보다가 나가는 사람도 있었다. 내게 무언가 아주 중요한 일이 일어나고 있는 게 아닐까, 아슴프레 생각이 떠올랐다. 왜 그토록 사람들마다 나에게 잘해주는 것인지, 누워있는 나를 향해 몸을 기울였다 폈다 하는 것이 꼭 나에게 경배를 하는 것처럼 느껴졌다. 나는 마치 둥그스름한 풀밭에 비스듬히 누워 있는 듯한 느낌이 들었다. 결코 기분이 나쁘지 않았다. 그날 밤엔 아내도 좀 이상한 말을 했다. 손자를 낳게 되면 이름을 뭐라 지어야 할 거냐며 아들과 딸, 두 아이에게 하나씩 손자 이름으로 쓸 이름을 미리 지어달라는 주문이었다. 나는 마땅한 글자가 도저히 떠오르지 않아 어렵다고 말했다. 그래도 아내는 거듭 요구했다. 겨우 한자로 믿을 신信자 하나가 떠올라 '신'이라 하라고 말해주었다. 그밖엔 아무런 글자도 떠오르지 않았던 것이다.

"최신? 최신, 이름이 좀 그렇다."

사위가 최씨 성을 가진 사람이었으므로 내가 지어준 신이라는 이름에다가 최씨라는 성을 맞춰보고 아내가 하는 말이었다. 그런 뒤에도 아내는 다시 적당한 이름이 없느냐 말하면서 볼펜과 종이를 대주면서 거기에 써보라고 했다. 그러자 나는 병원에서 나간 다음에 할 일을 가지고 왜 이렇게 힘들고 몸이 아플 때 굳이 그러느냐 짜증스럽게 대꾸했던 것 같다. 실은 그것이 의식을 놓기 전에 유언이라도 받아두라는 주위 분들의 권고에 따라 아내가 에둘러 나한테 유언 대신으로 요구한 것인데 나는 그걸 까맣게 짐작조차 못했던 것이다.

더구나 나 자신이 패닉panic 상태에 빠져들고 있음을 짐작하지 못하고 있었다. 몸의 어느 부분이 아픈 것인지 꼭 집어서 알 수 없을 정도로 고통이 심했다. 전신이 아픔의 덩어리였고 이글이글 타오르는 하나의 불덩어리였다. 일분 일초, 순간순간을 끊임없이 죽을 것만 같았다. 그것은 째깍째깍 시계의 초침이 소리를 내며 나의 온몸과 정신을 저미고 지나가는 것 같았다. 그러나 나는 또 순간순간을 포기할 수 없었다. 그래서 두 주먹을 부르쥐고 두 눈을 치뜨고 천장을 노려보면서 무엇인가 맞서는 각오로 버텼다. 인간의 정신과 혼의 집은 육체다. 그러나 나는 차라리 7일 동안 육체를 포기하고 오로지 정신만 붙잡고 견뎠다. 그렇게 혼미한 상태 속에서도 내 영혼이 육체를 떠나지 않았던 건 놀라운 일이다. 한 시도 눈을 떼지 않고 바라보는 중환자실 천장에는 여러 가지 글자들이 나타나 보였다. 그 글자들은 그냥 선명하게 보이는 글자가 아니라 얼룩얼룩한 무늬 사이에 숨어 있는 글자들이었다. 그 글자들은 가끔은 단어로 되어 있기도 했다. 사람 이름이기도 했고 지명이기도 했다. 예를 들면, 내가 살고 있는 공주의 여러 지명인 '금학동'이라든지 '유구'라든지 그런 글자들이 어른거려 보였다. 아니, 보였다가 사라지곤 했다. 나는 그 글자들을 찾으며 지루한 시간을 견뎠다. 가끔은 간호사에게 천장에 무슨 글자가 저렇게 많이 써 있느냐고 물었다가 쓸데없는 소리를 한다고 핀잔을 듣기도 했다.

그날 밤 유난히도 많은 면회객들도 실은 내가 죽기 전에 마지막 얼굴이라도 보자고 온 사람들이었던 것이다. (물론 당시 나는 그것을 알지 못하고 지냈다.) 그날 밤 면회객 가운데는 내 앞에 와서 눈물을 보이는 면회객도 여럿 있었다. 유준화 시인, 김현주 시인, 전주호 시인 같은 이들이 눈물을 보인 것 같은데 그 가운데에서 엉엉 소리를 내어 울다가 간 사람은 구재기 시인이다. 그는 안경을 벗어들고 눈물을 손등으로 훔치면서까지 울었다. 오랜 세월 가까이 지내면서 문학의 길을 함께 걸어온 동지였던 그가 왜 그렇게 우는지 나는 이유를 쉽게 짐작하지 못했다.

"선생님, 이게 웬 일이시래유……."

구재기 시인은 충청도 사투리 특유의 느린 발음으로 말하면서 울고 있었다.

"이봐, 구 선생. 왜 그래? 울지 마. 우리는 형제야. 걱정하지 마."

왜 거기서 형제란 말이 불쑥 튀어나왔을까? 나는 오히려 구재기 시인을 마주 안아주면서 토막토막 끊어지는 말로 그를 위로해주고 있었다. 그날 밤에 아버지와 첫째남동생 내외, 둘째누이 내외, 처남들, 〈새여울〉 동인들, 〈금강시마을〉 회원들, 공주나 대전의 문인들, 그리고 서울에서 내려온 윤효 같은 이들이 다녀갔다. 줄잡아 20명은 가까웠을 것이다. 나중 듣기로 이준관 시인, 내 시를 가지고 석사학위 논문을 쓴 송영호 사장 같은 이들도 소식을 듣고 급히 달려와 병실 밖에서 오래 기다리다가 돌아갔다고 했다.

그 다음 날, 그러니까 3월 8일 해 저물 무렵. 나는 중환자실을 빠져

나올 수 있었다. 그러나 그건 몸의 상태가 호전되어 그런 것이 아니었다. 병원 측에선 이미 포기한 상태인 데다가 가족들이 애타게 요구함으로 환자가 중환자실에서 나오는 걸 허락했다는 것이다. 생의 마지막 시간 얼마간이라도 가족들하고나 원 없이 보내라는 담당 의사의 배려에서 그랬다는 것이다. 여기에는 또 아들아이의 결단이 강하게 작용했다. 의사의 진단을 듣고 아내가 제일 먼저 포기하고 딸아이까지 포기했지만 아들아이만은 끝까지 애비의 목숨을 포기하지 않았다는 것이다. 의식이 있고 눈동자도 또렷한 사람이 어찌 그렇게 쉽게 죽을 수 있겠느냐는 것이 아들아이의 생각이었다 한다. 그건 무모한 신념이었는지도 모른다. 그러나 그 무모한 신념이 끝내 나를 중환자실에서 나오게 해주었고 또 나의 생명을 천천히, 그리고 조금씩 나아지는 쪽으로 밀고 나가는 원동력이 되어 주었다. 아들아이가 한 일이지만 참으로 감사한 일이었다 할 것이다.

침대차에 실려 병원 13층의 2인 병실(1312호)로 옮겨졌을 때는 어슬어슬 땅거미가 내리기 시작하는 시각이었다. 얼마 만에 만나는 저녁시간이고 또 어둠이었던가! 오랜만에 만나는 어둠이 그렇게 반가울 수가 없었다. 어둠 속에 평화와 안식이 기다리고 있다는 생각이었다. 어둠도 때로는 광명이고 해방이었다. 또 얼마나 보고 싶었고 함께 있고 싶었던 가족들인가! 아들아이가 옆에 있었고 딸아이도 있었다. 조금 뒤에 아내의 얼굴도 보였다. (내가 중환자실에서 나와 2인 병실로 옮겨지던 그 시간대에 아내가 또 한 차례 까무라쳐 응급실에서 주사를 맞고 있었다고 한다.) 나는 아내를 보자마자 두 손을 모아 싹싹 비비며 말했다.

"여보, 고마워, 고마워. 여보, 여보, 무서워. 무서워."

그건 중환자실에서 빠져나온 안도의 춤사위 같은 것이었다. 그로부터 나는 몸을 부리고 마음 놓고 앓을 수가 있었다.

아들아이와 더불어

중환자실에서 나와 2인 병실로 옮겨지고 가족들 곁으로 돌아온 뒤 나는 거의 정신을 내려놓고 앓았다. 몸을 부리고 나니 더욱 고통은 배가되는 것 같았다. 처음 병실에 든 날은 얼마나 요란스럽게 굴었던지 먼저 들어온 옆자리의 환자가 끝내 침대를 버리고 병실 밖으로 나가 휴게실에서 밤을 지새워야 했을 정도다. 그 환자가 퇴원한 뒤로는 아예 아내가 내 옆 침대를 차고 누워 있게 되었다. 본래는 한 병실에 남녀 환자가 혼성으로 들지 못하도록 되어 있는데 우리 가족을 위해 병원 측에서 특별히 그렇게 하도록 배려해준 것이라 했다. 말하자면 병실 하나를 완전히 우리 가족의 방처럼 내줘버린 것이었다.

여전히 나는 잠을 이루지 못하는 환자였다. 잠시도 침대에 누워 있지를 못했다. 일어났다가 다시 눕고 다시 일어나기를 반복했다. 낮 시간보다는 밤 시간이 더욱 증상이 심했다. 아들아이가 침대 곁을 지켜주었다. 아들아이는 그 무엇이든 내가 요구하는 것을 거절하지 않고 들어주었다. 중환자실에서의 간호사들과는 반대였다. 몸은 여전히 고통스러웠지만 마음은 점점 평정을 찾아가고 있었다. 그러나 여전히 열이 높아 냉장고 냉동실에 얼린 물수건으로 머리를 식혀주고 가글액을 만들어 입 안을 헹구도록 해주었다. 처음부터 금식조치가 내려졌으므로 가글액도 목구멍으로 넘어가면 안 되는 일이었다. 적당한 온도로 맞춰 아들아이가 만들어준 가글액만이 갈증과 통증을 감소시켜주는 데 효과가 있는 것 같았다. 아들아이가 몸을 주물러 주는 것과 함께 가글액이 오로지 위로가 되어 주었다. 누워 있을 때는 빨대를 입에 물려주기도 했다. 그러면 잠시 가글액을 빨아들였다가 뱉어내곤 했다. 물을 받아내는 그릇이 여러 차례 비워지고 하루 밤 사이 물 티슈와 마른 화장지가 한 통도 모자라 두 통째 쓰여지고 있었다. 쓰레기통 또한 넘쳐나곤 했다. 뿌옇게 창문에 아침 햇살이 번질 때까지 그렇게 했다. 하루가 아니고 여러 날이었다. 그것은 패닉 상태가 더욱 깊어지고 있는 날들이었다.

그런 사이에도 면회를 오는 사람들이 가끔 있었던 모양이다. 엄마까지 몸져누워버리자 아들아이와 딸아이는 저희들끼리 상의하여 면회 사절을 결정했다고 한다. 병실 문에 '환자 위중/ 면회 사절'이란 문구를 써서 붙이고 아이들이 문지기처럼 문을 지키고 서서 면회객을 돌려보내기도 했다고 한다. 중환자실에서부터 나는 면회객을 보면 훌쩍훌쩍 우는 버릇이 있었다. 평소 정답게 지내던 면회객들을 보면 감정적으로 자극을 받을 것을 염려하여 아이들이 그리했던 모양이다. 심지어는 고향에서 오신 아버지나 학교 직원들이나 옛날 제자들까지 왔다가 그냥 돌아가기도 했다고 나중에 들었다. 참으로 두고두고 송구한 일이 아닐 수 없겠다. 그러나 면회가 완전히 두절된 것은 아니었고 한정적으로 허락되기도 했다. 가끔 가다가 김상현 시인의 얼굴이 보이기도 했고 중환자실에 있을 때 면회 오지 못한 형제들의 얼굴도 보였다. 큰누이 내외, 막내 남동생 내외, 막냇누이 내외들이 차례로 다녀갔다. 혼미한 정신으로 침대에 누워 형제들을 맞이하는 심정이 막막하기 그지없었다. 특히, 막냇누이를 만났을 때가 그러했다.

우리 내외는 막냇누이와 결코 나쁜 관계가 아니었다. 나쁠 만한 특별한 이유가 없었고 그 어떤 형제보다도 가깝다면 가까운 사이였다. 신혼초 고향집에서 고락을 함께한 유일한 형제가 막냇누이였던 것이다. 그런데 그동안 살아오면서 이런저런 가정의 일로 해서 오해가 생기고 소원해진 사이가 되었다. 감정의 골이 깊어지고 나중에는 가족끼리 한자리 앉았을 때에도 말을 섞지 않을 뿐더러 눈빛조차 스치지 않을 정도였다. 내게는 그 일이 마음의 옹이가 되어 있었다. 더욱이 내가 쓰러져 누워 가쁜 숨을 몰아쉬는 처지가 되어 만나게 되니 더욱 격한 감정이 생겼다. 막냇누이가 그 동안의 감정의 찌꺼기를 걷어내고 우선적으로 찾아준 것만 고마웠다. 손위 사람으로서 옹졸하게 마음 쓴 일도 부끄러웠다. '새가 죽으려 할 때는 그 울음소리가 애처롭고 사람이 죽으려 할 때에는 그 말이 착해진다(鳥之將死 其鳴也哀 人之將死 其言也善 —『논어』 태백편泰伯篇)'더니 내가 바로 그런 입장이었다.

"미안하다, 향난아. 오빠가 미안했다. 오빠를 용서해라. 이렇게 와주어서 고맙구나."

"알았어요, 오빠. 제가 잘못했어요. 그 동안 너무 잘못했어요. 몸도 편치 않으니 그만 말씀하세요."

내가 어린애처럼 소리 내어 우는 바람에 막냇누이도 따라서 울었다. 또 이런 꼴을 곁에 있는 아들아이는 비판적으로 바라보았을 것이고 좀은 우스꽝스럽다 생각했을 테지만 나로서는 그런저런 앞뒤 사정 살필 처지가 아니었다. 그러나 나는 그렇게 울면서도 가슴속 깊이 간직했던 무거운 돌덩이 하나를 내려놓은 듯 후련한 마음이 들었다. 이런 일들도 앓고 있는 나에게는 큰 도움이 되어 주었다.

누워 있는 침대 머리맡에 몇 개의 팻말이 걸려 있었다. '금식/ 낙상주의/ 절대안정/ C·T 촬영/ 내시경' 같은 문구가 새겨진 팻말들이었다. 그 팻말들은 줄에 연결되어 천장에 매달려 있었다. 가끔 흔들리기도 했다. 나는 그 팻말들이 금방이라도 떨어져 내릴 것만 같은 불안감이 들기도 했다.

"윤이야, 저것들 모두 떼어버릴 수 없겠냐?"

"왜 저게 어때서요?"

"암만 해도 저것들이 떨어져 내릴 것만 같아."

"걱정하지 마세요. 절대로 떨어질 염려가 없으니까요."

한참 동안 침묵이 흐른 뒤에 아들아이가 물었다.

"아버지, 저기 쓰여 있는 글씨가 무어예요?"

"응? 금식…… 낙상주의라 썼네."

"그럼 금식이 무어예요?"

"금식? 금식이라…….

글자를 겨우 읽기는 했지만 금식이란 말의 뜻이 쉽게 떠오르지 않았다. '금식? 금식이 무엇일까?' 아무리 머리를 조아려 생각해보아도 그것이 무슨 뜻인지 모르겠다.

"아버지, 금식이 무어예요?"

아들아이가 대답을 재촉했다.

'그래. 금식이란 금고기란 뜻이 아닐까…….'

"금식? 금식이란 금고기란 말일 거야."

나는 초등학교 시절, 국어 교과서에서 읽었던「 금고기」란 동화를 겨우 떠올리며 그렇게 대답해 주었다. 거기까지밖에는 생각이 더 나아가지를 않았던 것이다.

"아버지, 금식이 뭐예요?"

아들아이는 똑같은 질문을 다시 던졌다.

“응, 그건 금고기란 뜻이야.”

나는 이번에도 천연덕스럽게 그렇게 말해 주었다. 아들아이는 더는 말을 시키지 않았다. 나도 더는 말을 하지 않았다. 밤은 깊어 아내가 누워있는 침대 너머 창문으로 저 멀리 밤거리의 붉은 간판들이 건너다 보였다. 밤인데도 간판의 불빛들이 참 환하기도 했다. 그날 밤에도 아들아이는 나와 함께 꼬박 밤을 지새우며 내 투정을 받아주고 있었다.

그렇게 사흘을 견딘 뒤 아들아이는 그만 코피를 많이 쏟았다고 한다. 그러나 아들아이가 나에게 보이지 않으려고 마스크를 하고 다니며 나에게 감기에 걸려서 그렇다고 말해 주었다. 그러므로 나는 끝내 그런 사실조차 알지 못하고 지내야만 했다.

검은 지평선

밤인 듯싶었다. 사방은 어둡고 쪽등이 어슴푸레 켜져 있는 듯 은은한 불빛이었다. 왠지 모르게 나는 스스로 팔목에서 링거 줄을 뽑아버렸다. 무언가 더는 견딜 수 없을 것 같은 마음 때문이었을 것이다. 그까짓 링거 주사를 맞는 일이 무슨 소용이랴 싶은 생각이었을 것이다. 안 그러면 고통이 극에 달해 그런 것으로나 고통을 이기고자 하는 반항적 행위였는지도 모르겠다. 급기야는 침대에서 내려와 간병인용 쪽침상에 벌러덩 드러눕기도 했다. 비닐 천으로 된 침상의 감촉이 무척 써늘하다는 느낌이 등에 왔다. 점점 기억력이 멀어지고 있었다.

다만 눈앞에 오락가락하는 아들아이와 단둘이서만 이 세상에 존재하는 듯한 느낌이 들었다. 세상의 문이 하나씩 닫히고 점점 고요해져갔다. 육신의 고통도 점점 사라지는 듯싶었다. 세상은 오직 적막하기만 했다. 얼마나 시간이 흘렀는지 가늠이 가지 않는다. 다만 나 자신이 어디로인지 자꾸만 가고 있다는 것을 느꼈다. 나 자신에 대한 나의 느낌이었다. 아니, 그것은 보았다고 해야 옳은 것인지 모르겠다. 누워 있는 내가 있는가 하면 앞쪽으로 서서 나아가는 또 하나의 나를 분명히 느꼈으니까 말이다. 그건 하나의 느낌의 세계 같기도 하고 분명한 현실 세계 같기도 했다. 꿈인가 하면 또한 꿈은 아니었다. 어쩌면 그 모든 것을 한데 뭉뚱그려 놓은 그 어떤 낯선 세계였는지도 모르겠다. 어쨌든 나는 어디로인가 자꾸만 앞으로 나아가고 있는 나를 느끼고 있었다.

눈앞에 넓은 지평선 같은 것이 그어져 있었다. 위쪽보다는 아래쪽이 더 넓게 보였는데 위쪽은 동트는 새벽하늘처럼 훤했고 아래쪽은 검은 빛깔이었다. 무언가 검은 물처럼 고여 일렁이고 있는 것도 같았다. 수평선의 왼쪽에는 코끼리 무리 같은, 코끼리의 둥그스름한 등허리 같은 커다란 물체가 울룩불룩하게 솟아올라 출렁거리는 듯 커졌다가 작아졌다가 하고 오른쪽에는 미루나무 수풀같이 키가 크고 삐죽삐죽한 형상들이 여러 개 솟아올라 있었다. 지평선 가운데 부분만 원을 반쪽으로 잘라놓은 것처럼(마치 각도기를 세워 놓은 것처럼) 둥그스름하게 열려 있었다. 흑백의 세상이었고 고요한 세상이었다. 나는 계속해서 앞쪽으로 걸어가고 있었다. 어쩌면 엎드려 배를 바닥에 깔고 미끄러져 앞으로 나아가고 있는 것 같기도 했다. 점점 마음이 편안해지고 있었다. 이제는 더욱 사방이 고요해지고 오직 세상에는 나 혼자만 있는 것 같은 느낌이 들었다. 의식의 앞쪽이 선명하고 뒤쪽이 아득했다. 이제 수평선 너머로 나아가기만 하면 되는 일이었다. 몸이 스르르 수평선 앞으로 미끄러져 나아가고 있었다. 나의 마음도 그쪽 방향으로 나아가고 싶었다. 그렇게 앞으로 나아갈 때 편안한 느낌이 왔다. 이게 죽는 거구나 싶은 흐릿한 자각조차 남아 있지 않았다. 그 세계는 고요했고 육신의 고통도 없었고 마음 또한 평화롭기 이를 데 없었다. 일말의 후회 같은 마음의 찌꺼기조차 남아 있지 않았다. 정말로 깊은 적막과 휴식의 세계였다. 바로 그때, 아들아이가 부르는 소리가 들렸다. 다급한 목소리였다.

"아버지!"

그건 외마디 소리 같기도 하고 비명소리 같기도 했다. 아마도 아들아이가 육감으로 무엇인가를 감지하고 그러지 않았던가 모르겠다. 그러나 나에겐 메아리처럼 멀리서, 아주 멀리서 울려오는 것으로 들렸다. 저 아이가 왜 저러는 것일까? 처음 나는 아들아이가 부르는 것이 참 많이 귀찮다는 생각을 했다. 그냥 이대로 놓아주었으면 좋겠다는 생각으로 그랬다. 더불어 앞으로, 앞으로만 나아가고 싶었다. 겨우 실낱같은 의식의 끄트머리를 붙잡고 힘겹게 생각해 보았다.

'그래, 무언가 저 아이가 나에게 미처 다해주지 못한 중요한 말이 있는가 보다. 분명 내가 저 아이에게 해 주어야 할 일이 있는가 보다.' 아주 천천히 그런 생각이 돌아오면서 나는 아이가 애타게 외마디로 부르는 말에 대답해 주어야겠다는 생각이 들었다.

"아버지!"

아들아이가 나를 부르는 소리가 또 들렸다.

'그래, 나는 저 아이에게 미안했던 일이 너무나 많아. 지난해에는 가정적인 일로 아이와 크게 트러블이 있기도 했지. 그때 선뜻 져주었어야 하는데 그러지 못해 얼마나 미안한 일이었나! 어떻게든 미안한 마음을 줄일 수 있는 길이 있었으면 좋을 텐데. 나는 저 아이에게 빚진 일이 많아.'

"아버지!"

다시 아들아이가 부르는 소리가 들려오고 있었다.

'그렇다. 이제 저 아이의 부름에 대답을 해주어야 한다.'

"으응."

그건 아주 조그맣게 내는 신음소리처럼 들렸을 것이다. 그러나 나로서는 전신의 힘을 모아서 한 대답이었다. 대답을 하면서도 나는 자꾸만 수평선이 있는 방향으로 미끄러져 나아가고 있었다. 그것은 어쩌면 그릇에 가득 담겨 출렁출렁 넘칠 듯 넘치지 않는 물과 같았다. 내 자신이 그런 느낌을 받았다. 아들아이가 또 다시 다급하게 불렀다.

"아버지!"

"으응."

그렇게 몇 번이나 반복했는지 모른다. 번번이 나는 대답하기도 힘들었고 아들아이가 지금 나를 외마디로 애타게 부르고 있다는 것을 상기하기도 쉽지 않았다.

'그렇다. 아들아이는 지금 분명 내가 돌아오기를 기다리고 있는 거야. 아주 저쪽으로 내처 가버리면 안 되는 일이다. 지금이라도 몸을 되돌려야 한다.'

그러나 그건 각오한 것만큼 쉬운 일이 아니었다. 몸과 마음도 내 깊은 의지를 잘 따라주지 않았다. 다시금 아들아이가 불렀다.

"아버지!"

"으응."

'그래, 나는 돌아갈 수 있다. 지금이라도 충분히 그럴 수 있다. 그래야만 한다. 아들아이가 지금 저렇게 나를 애타게 부르고 있지 않는가! 아들아이가 기다리고 있는 쪽으로 돌아가야만 한다.'

나는 이를 악무는 심정으로(아니면 느낌으로) 몸을 되돌려 걷기 시작했다. 그렇다! 분명 그건 걷기 시작했던 것이다. 발바닥이 땅에 눌어붙어 찐득찐득 잘 떨어지지 않는 느낌을 강하게 받았다. 그러고 보니 내가 서 있다는 생각도 들었다. 그런 나를 지각할 수 있었다. 동시에 누워 있는 또 다른 내가 있었다. 분명히 두 개의 내가 있었다. 누워 있는 나와 서 있는 나. 참 그건 지금까지 한 번도 겪어보지 않은 특별한 경험이었다. 어쩌면 그것은 영혼과 육체의 분리 상태 같은 게 아니었을까. 지금 와서 해보는 생각이지만 그 며칠 동안 아들아이의 영혼의 촉수가 내 영혼 깊숙이 와 닿았지 않았겠나 하는 것이다. 그것도 젊고 깨끗하고 힘이 있는 영혼이 말이다. 그러기에 시시때때로 내 영혼의 위기를 감지해내고 나를 불러서 죽음의 나라로 아주 넘어가지 않도록 의식을 각성시켜 주었지 싶은 것이다.

점점 나는 아들아이가 애타게 부르면서 기다리고 있는 쪽으로 돌아가고 있었다. 가슴 밑바닥으로부터 잔잔한 기쁨의 파문이 일었다. 허나, 나의 몸과 마음은 쉽게 검은빛 수평선 앞을 빠져나오지 못했다. 내가 지금 헤엄치고 있는 게 아닌가 싶은 생각도 들었다. 팔다리를 지느러미 삼아 허우적거린다는 생각이 그것이었다. 그래도 일단은 돌아서기로 결의를 다진 뒤로는 마음이 한결 가벼워지는 것 같았다. 그러던 중 어느 한 순간에 오른쪽 어깨에 써늘한 느낌이 왔다. 천천히 고개를 돌려 바라보았다. 펄럭, 하면서 깃 넓은 옷소매 같은 것이 하늘 쪽으로 천천히 사라져 올라가고 있었다. 연한 아마빛 색깔이었다. 나는 소매 깃이 사라진 하늘을 올려다보았다. 하늘 한 가운데가 동그랗게 구멍이 뚫려 있었다. 처음에 본 하늘은 회색빛이었다. 조금씩 가운데 부분이 푸르스름한 색으로 바뀌면서 마치 하늘에 파여진 동그란 우물처럼 보였다. 나는 그 하늘 우물의 중심 부분을 우러러 보았다. 청옥빛이었다. 그것은 나의 세상이 흑백에서 컬러로 바뀌는 순간이었다. 마음속에 기쁜 듯한 느낌이 물결쳤다. 가슴이 뿌듯해지는 것 같기도 했다. 순간적으로 나는 그 아마빛 옷자락의 주인공이 신이 아니었을까 싶은 생각이 들었다. 무엇인지는 모르겠지만 커다란 일을 해낸 것 같은 생각도 들고 이겨냈다는 승리감 같은 느낌도 왔다. 아주 좋은 징조 같았다. 이런 땐 노래를 지어 부르는 게 좋지 않겠나! 그 다급한 순간에도 시인의 기질이 발동되고 있었다.

'너희들은 모를 거야. 이런 기분 모를 거야.'

나는 금방 지어낸 노랫말에 스스로 즉흥곡을 붙여 소리를 내어 흥얼거리기 시작했다. 마음속 깊이로부터 '이제 나도 살아날 수 있다'는 결의 같은 것이 조금씩 싹트고 있었다.

정신이 돌아온 뒤 아내가 그때의 내 모습을 이렇게 말해 주었다.

"그 날 당신이 이상한 행동을 많이 보였어요. 헛소리를 하고 헛손질을 자꾸만 하고 그랬어요. 그럴 때마다 아들아이가 손을 잡고 '아버지!' 하고 외마디 소리를 내어 불렀어요. 그러면 조그만 소리로 대답했는데 그 목소리가 깊은 동굴 속에서 울려오는 것같이 음산하게 들렸어요. 그리고 나중에는 이상한 노래를 부르기도 했어요. 난생 처음 들어보는 낯선 노래였어요. 분명치는 않았지만 노랫말도 곡조도 이상했어요. 술이 많이 취한 사람처럼 아랫입술이 늘어지고 눈빛도 초점을 잃고 있었어요. 얼굴 표정이 또 아주 무서웠어요. 지금까지 보아온 그 어떤 모습하고도 다른 모습이었어요."

2주일 만에 잠을 자다

아들아이가 잠시 자리를 비운 틈을 타서 딸아이 민애가 대신해서 내 병상을 지켜주고 있었다. 나는 딸아이에게 몸을 내맡기고 있었다. 딸아이는 또 아들아이와 다르다. 아들아이가 나와 대립관계였다면 딸아이는 수용관계였다고나 할까. 평소부터 감정적으로 서로를 믿고 이해하는 구석이 많았다. 한동안 내 시중을 들어주고 있던 딸아이가 핀잔 투로 말을 해왔다.

"아빠는 왜 그래? 왜 잠도 안 자고 식구들 속을 썩이고 그러는 거야."

왠지 나는 딸아이의 말이 옳다는 생각이 들었다. 딸아이의 말을 따라야 되지 않겠나 싶은 생각도 들었다.

"알았다, 알았어."

나중에 들어 안 일이지만 그날 나는 딸아이한테 몸을 기대고 앉아서 내리 4시간 반 정도를 잤다고 한다. 그건 병원에 들어온 지 14일, 2주일 만에 처음 들어본 잠이었다. 아이들은 간호사실에 부탁하여 간호사들도 내가 잠에서 깨어날 때까지 병실 출입을 조심해주도록 부탁했다고 한다. 그러나 나는 그때 완전히 잠이 든 것이 아니었다. 잠 속에서 어떤 다락방 같은 공간에 있기도 했고 거기에서 내려오기도 하는 복잡한 꿈을 꾸었다. 줄거리는 기억나지 않지만 꿈이 아주 컬러풀했다는 것이 특별했다. 다락방 주위는 아주 밝았고 주변은 마티스의 그림에 나옴직한 초록빛과 노란색, 빨강색이 어우러진 여러 가지 형상들이 언뜻언뜻 나타났다 사라지곤 했다. 그건 무척 현란한 꿈이었다. 빛의 세계라 그럴까. 거기서 나는 모습이 확실치 않은 아주 많은 사람들을 만난 것 같았다. 어쩌면 그건 형상이 아니라 그냥 웅성거림 같은 것이었는지도 모르겠다. 그러나 그것은 결코 무섭다거나 괴로운 꿈이 아니라 매우 즐겁고 흥미진진한 그런 꿈이었다.

다음날 아침 회진 시간에 담당 의사인 김안나 교수가 밝은 얼굴로 나에게 말했다.

"선생님, 이제 선생님 옛날 모습으로 돌아갈 수 있게 되었습니다."

그것은 참으로 의외의 말이었다. 옆에 서 있던 아들아이가 물었다.

"의사선생님, 검사 결과가 어떤가요?"

"예, 염증 수치, 백혈구 수치, 간 수치가 조금씩 좋아지기 시작했습니다. 약이 조금씩 먹혀 들어가는 것 같습니다."

오고가는 말들을 들으면서 '내 몸을 통해 신의 기적이 지나갔구나' 하는 깨달음 같은 것이 왔다. 점심시간쯤 김상현 시인의 얼굴이 모처럼 보였다. 전기면도기를 구해 가지고 병실에 들렀던 모양이었다.

"민애야, 아버지가 엄살이 너무 심하다야. 혼내주어라. 아버지는 월남까지 다녀온 사람 아니냐?"

농담을 던지고 있었다. 오후엔 민애가 내 수염을 깎아주었다. 2주일 넘게 자라난 수염이 어찌나 길었던지 가위로 대충 잘라낸 다음 겨우 김상현 시인이 가져다 준 전기면도기를 사용할 수 있었다. 면도를 하고 나니 기분이 조금은 좋아지고 내가 이제 살아 있는 사람이구나, 그런 생각이 돌아왔다.

정신이 들면서 나는 조금씩 주변의 사물에 대해서도 지각이 생겨나기 시작했다. 2인 병실 벽에는 다른 병실과는 달리 텔레비전이 한 대 매달려 있었는데 거기에서는 영화 프로그램이 끝없이 방영되고 있었다. 나는 영화를 매우 좋아하고 즐기던 사람이다. 그런 점을 감안하여 아들아이가 영화가 나오는 채널을 골라서 고정해 주었는지도 모를 일이다. 그러나 나는 그 영화들을 제대로 소화해 내지 못하고 있었다. 줄거리가 도막도막 끊겨서 전달되었다. 어떤 때는 내가 꿈결

속에서 영화를 보는 게 아닌가 싶을 정도였다. 그래도 끝없이 짓눌려 오는 육신의 고통 속에서 영화에 눈길을 주고 스토리에 마음을 빼앗기고 있는 시간만은 매우 유익하게 지나가고 있었다.

그때 본 영화 가운데 「패트리어트」와 「무극」이 있었다. (제목은 나중에 알았다.) 두 영화 모두 낯선 소재를 다룬 영화라 재미가 있었다. 「패트리어트」는 총을 쏘고 싸우고 사람이 죽어가는 전쟁 장면이 섬뜩했고 「무극」은 황당무계한 스토리나 장면이 매우 환상적이고 까마득하게 보였다. 영화를 보면서 이상스럽다 느껴진 것은 나의 눈빛이 끈적끈적하다는 것이었다. 자꾸만 눈빛이 텔레비전 화면에 가서 달라붙곤 했다. 그뿐이 아니었다. 텔레비전 화면이 노랑 빛깔로 착색되어 보였다. 꼭 나의 시선이 노란색 기름의 공간에 갇혀 몸부림치는 것 같은 느낌이 들 정도였다. 그 기름의 공간을 뚫고 시선을 텔레비전 화면까지 도달시키기가 힘에 부쳤다. 눈빛이 중간쯤 가다가 멈추곤 했다. 그래서 아들아이에게 묻기도 했다.

"야, 윤이야. 텔레비전 화면이 노랑 빛깔로 보이냐?"

"안 그런데요."

아마도 그것은 나의 눈에 황달기가 심하게 들어있어서 그랬을지도 모르겠다. 그렇다 하더라도 그것은 나름대로 신비스러운 또 하나의 체험이었다.

꽃을 던지다

3월의 세 번째 일요일이었을 것이다. 그동안 굳세게 병실을 지키던 아들아이도 나의 병세가 우선하니 저의 숙소로 쉬러 가서 오지 않고 딸아이도 서울로 돌아간 날이었다. 아내와 둘이서만 병실에서 지내게 되었다. 그 즈음엔 아내의 건강도 상당히 좋아져 회복 단계에 있었다. 아내는 그동안 나를 중심으로 일어났던 일들을 뜨문뜨문 이야기해 주었다. 아이들은 말해주지 말라 그랬지만 내가 상황을 너무 몰라 엉뚱한 행동을 하고 상황에 맞지 않는 가당찮은 말을 자꾸만 해서 알려주는 거라 했다. 그 동안 전혀 모르고 있던 일들을 소급해서 듣는 마음이 새롭고도 놀라웠다. 그게 그랬었구나, 싶은 일들이 많았다. 특히 의사의 절망적인 선언 부분, 장례위원회 결성에서 장지 문제 등이 놀랍고도 당황스러웠다.

아내의 말에 의하면, 그 당시 밖에서는 만반의 준비를 하고 기다리고 있었는데 정작 환자 본인만 죽을 준비가 전혀 되어 있지 않았다고 했다. 조마조마 하는 마음으로 밖에서 애를 태우며 기다리는 마음이 피를 말리는 것 같았다고 했다. 선장이 갑자기 사라진 배를 타고 망망대해를 항해하는 그런 막막한 심정이었다고 했다. 애당초 가족으로 만나지 말았어야 했는데 이렇게 만나 가족을 이루어 고통이 크다는 생각에 차라리 승려나 수녀들의 신분이 한없이 부러웠다고 했다. 의사의 진단을 받고 보내는 1주일이란 시간이 너무나 길고 아득하더라고, 밥맛은 고사하고 물맛조차 소태처럼 쓴 것을 그때 처음 알았다고, 몸 전체 뼈 마디마디가 쑤시고 아프더라고 말해 주었다.

장례위원회는 주로 김상현 시인이 주축이 되어 서울의 한국시인협회 오세영 회장과 협의하여 결성했다고 했다. 평소 나는 틈만 나면 우리 아파트가 있는 동네인 금학동 개울가를 아내와 자주 산책하면서 많은 이야기를 나누기를 좋아했다. 그런 때 나는 내가 만일 일을 당했을 경우, 이렇게 이렇게 하는 게 좋겠다고 아내에게 미리 이야기해준 바 있었다. 김상현 시인과 먼저 상의하고 구재기, 권선옥 시인과도 상의하라고 이야기해 주었던 것이다. 그래, 아내는 서슴없이 그 문제를 김상현 시인에게 부탁했고, 김상현 시인은 또 부인과 함께 가기로 한 회갑여행까지도 포기하고 달려왔다고 한다. 빈소는 대학병원으로 하고 영결식은 내가 현직 교장이니까 장기초등학교 교정에서 하기로 했다 한다. 시인협회장으로 하되, 기독교식을 가미하기로 했다고 한다. 그래서 학교에서는 영결식 배치도며 교직원들의 역할 분담까지 모두 마쳤고, 사람을 시켜 사진관에서 영정 사진도 2개나 만들도록 했다고 한다.

나는 잠시 나의 장례식 모습을 상상해 보았다. 상당히 많은 사람들이 와 주었을 것이다. 꽤나 넓은 운동장. 제법 높다라이 단상이 꾸며지고 그 앞을 노란 국화꽃으로 장식했을 것이다. 국화꽃 가운데 나의 사진이 들어갔을 것이다. 누군가 사회를 보겠지. 사회 보는 사람의 호명에 따라 유명 인사들이 나와 여러 가지 이야기를 했을 것이다. 약력소개, 추도사, 추도시, 가족이나 친지 인사의 말……. 아직은 겨울바람 떠나지 않은 3월의 초순. 희끗희끗 날리는 봄 눈발 속에서 사람들은 넓은 운동장 여기저기 우뚝우뚝 모여 서서 조금은 일찍 세상을 떠난 한 사람을 위해 코끝이 빨개지도록 눈물을 찔끔거리기도 하고 나한테 훈화를 듣기도 했던 우리 아이들도 울어주었겠지. 때로는 과찬의 말씀도 해주시었을 것이요, 울먹이기도 했을 일이다. 마지막으로 사람들은 단상의 사진 앞으로 나와 국화꽃 한 송이씩을 놓았을 것이다. 그런 다음엔 어쩌겠나? 시체를 실은 차는 어딘가로 떠났을 것이고 사람들도 더는 어쩔 도리가 없어 그 자리를 떠나겠지. 세상은 또한 아무런 일도 없었다는 듯 태연한 표정으로 흘러가고 있었을 것이다. 그뿐이다. 그뿐, 나의 모습은 지상의 어디에서도 찾아볼 수 없게 될 것이다.

꽃을 던져라

못 잊을 사람 더욱
잊지 않기 위하여

사랑한 사람 더욱
사랑하기 위하여

하늘 심장에 바다의 중심에
돌팔매질을 하듯

실패한 인생의 화려한 경륜 앞에
경멸의 찬사를 던져라

끝내는 잊어야 할 사람
서둘러 잊기 위해 꽃을 던져라.

— 나태주, 「투화」 전문

아내는 내 장지에 대한 이야기도 들려주었다. 처음엔 고향인 막동리로 가기로 했으나 고향 어른들이 이 문제에 대해 소극적으로 반응하는 바람에 공주 쪽으로 방향을 바꾸었다고 했다. 그래, 여러 사람들에게 말을 놓아 장지를 알아보도록 했다고 한다. 내가 교장으로 첫 번째 근무했던 학교의 위치가 계룡산 속이었으므로 계룡산 부근 마을, 의당면 방향, 부여군 초촌면 방향, 처가 마을이 있는 부여군 충화면 등 여러 곳을 후보지로 삼아 생각해보았다고 했다. 그러나 끝내 마땅한 장지가 나타나지 않아 당황하다가 결국 공주 시내 대원당 한의원 주인 노일선 원장이 자기네 선산 한 자락을 내주겠다 했다고 한다. 말로만 들어도 고마운 일이 아닐 수 없겠다. 그 부인되는 정금윤 여사가 시를 쓰는 사람인데 내가 일찍이 〈불교문예〉란 잡지에 신인으로 추천시켜준 인연을 귀히 여겨서 그러했을 것이다.

그러고 보니, 바로 지나간 일요일 아내의 조금은 이상한 행동도 이해가 가는 것 같았다. 그날 점심시간쯤 병실 침대에 누워 있던 아내가 외출복 차림으로 다가와서 말했다.

"여보. 나 손님이 와서 손님에게 점심 대접하고 올게요. 시간이 조금 걸릴지 몰라요. 너무 기다리지 말아요."

"그래? 너무 늦게 오지 말아요."

"알겠어요."

그러나 아내는 내가 생각한 것보다 더 오랫동안 병실로 돌아오지 않았다. 알고 보니 그날 아내는 내 장지를 알아보기 위해 딸아이와 함께 김상현 시인의 자동차를 타고 유준화 시인이랑 넷이서 여러 곳을 둘러보고 돌아왔노라 했다. 중환자실에서 숨이 넘어가는 것같이 할 때에도 아내는 끝내 나에게 유언을 말하라 하지 않았었고 장지를 알아보는 날에도 그렇게 나에게 다른 말로 둘러대고 나갔었던 것이다.

두 차례 모두, 아내가 만약 곧이곧대로 의사가 말해준 대로 당신 머지않아 죽는다 하니 유언이라도 말하세요, 라고 했다던가 지금 당신 장지를 알아보기 위해서 나가는 길이에요, 라고 말했다면 어찌되었을까? 아마도 나는 서둘러 삶에 대한 의욕과 집념을 포기해버리고 말았을 것이다. 그나저나 아직도 죽지 않은 남편의 장지 후보지를 성치도 않은 몸으로 둘러보러 다니던 아내의 마음이 오죽 힘들었을까? 그러면서도 아내는 전혀 나에게 그런 내색을 하지 않았던 것이다. 그만큼 아내는 속이 깊고 신중한 사람이었다. 결국 이런 신중한 마음쓰임이 또 나를 끝까지 죽음의 나락奈落에서 건져주었다고 생각된다.

아마도 이번에 아내와 두 아이의 생명줄이 줄어도 많이 줄었겠지 싶다. 앞으로 1주일을 넘기기 어려우니 모든 걸 체념하고 준비하라는 담당 의사의 말에 세 번씩이나 까무러치고 입원까지 해야 했던 아내. 밤하늘을 바라보며 무릎 꿇고 앉아 '그건 안 돼'라고 소리내어 고함지르며 통곡하고 나서 중환자실에서 나를 끌어내어 2인 병실로 옮기고 결연히 면회사절 조치를 취한 아들아이. 소식 듣고서도 쉽게 내려올 수 없어 이틀 동안이나 서울 거리를 울면서 헤매고 다녔다는 딸아이. 나는 이번에 세 사람한테서 생명을 조금씩 차용해서 죽음의 길에서 몸을 돌려 살아날 수 있었다고 생각한다. 아니, 이번에 아내 한 사람과 아들아이 하나, 딸아이 하나를 다시금 얻었다는 생각이다. 두 아이들은 저희들이 평생을 두고 내게 갚아야 할 것들을 몇 주일 동안에 갚아버렸고 나는 두 아이로부터 남은 인생을 두고 갚아도 다 갚기 어려울 만큼 커다란 목숨의 빚을 지고 말았다. 특히 아들아이에게 신세진 바가 많았다. 그 아이의 공로가 아주 크고 컸다. 아내와 딸아이는 쉽게 포기하고 말았지만 아들아이는 끝까지 포기하지 않았던 것이다. 그 아이가 죽음의 순간, 끝까지 나를 포기하지 않고 불러주고 생명줄을 붙잡아주어서 나는 밝은 생명의 세상으로 돌아올 수 있었다고 믿는다. 끝내 나를 살린 사람은 다름 아닌 나의 아들아이였다.

어찌 되었거나 이번 일로 나는 인생의 중간 점검만은 분명하게 했다는 생각이다. 내 삶에 있어서 소중하고 소중하지 않은 것이 확연히 판명이 나버렸고 진실로 나를 생각해주는 사람, 사랑하는 사람이 누구인가 하는 것이 분명하게 드러나고 말았으니까 말이다. 거기다 더하여 내가 그 동안 얼마나 많은 사람들로부터 사랑받고 살아온 사람인가 하는 것을 확인할 수 있었다. 이것 또한 인생의 소득이라면 한 특별하고도 귀중한 소득이라 할 것이다.

고마운 문장들

2007년 3월 10일을 전후로 해서 정말로 나의 장례위원회가 결성되었을 때, 내가 근무하던 장기초등학교 교직원들과 학생들은 실지로 장례식에서 읽을 추도사를 만들어 예행연습까지 했다고 들었다. 나중에 병원에서 나와 그 자료를 달라 해, 잠시 한 항목을 정하여 여기에 싣는다. 그들의 고마운 마음을 가슴 깊이 간직하고 싶어서이다.

1) 나태주 교장 선생님을 기리며

— 장기초등학교 교직원 대표 추도사

언제나 밝고 웃음 띤 얼굴이셨습니다. 그래서인지 돌아보면 항상 그 자리에 계실 줄 알았습니다. 그런데 이렇게 갑자기 떠나시다니요. 큰 일 아니라고, 아이들 가르치는 일에 한 치의 소홀함도 있어선 안 된다며 병문안도 극구 마다하셨지요. 이렇게 가실 줄 알았다면, 그렇게 아파하시며 힘드신 줄 알았다면 바로 달려가 교장 선생님 손 마주 잡고 우스갯소리라도 해드렸을 것을요.

교장 선생님께서 언젠가 말씀하셨지요. 교장 선생님이 바라시는 일이 꼭 세 가지라구요. 시인이 되는 것. 공주에서 사는 것. 예쁜 아내와 사는 것. 얼마 전 그 세 가지를 모두 이루셔서 참 행복하시다고요. 그래서 이젠 새로운 꿈을 꾸신다는 말씀. 교장 선생님께서 이루고 싶다던 그 꿈들이 귓가에 메아리쳐 옵니다. 아드님이 좋은 배필을 만나는 것, 그리고 따님이 어서 아기를 낳아 손주를 보고 싶으시다던…….

교장 선생님을 생각하면 두루마기와 사냥모자가 떠오릅니다. 정갈한 한복 두루마기 차림은 우리의 것을 아끼시는 고집과 믿음이셨고 사냥모자는 새로운 것을 받아들이시는 멋스러움과 유연함이셨습니다. 그리고 잔잔한 웃음, 다정한 말투는 푸근함이셨습니다. 교장 선생님을 앞으로 뵐 수는 없지만 그 고집과 믿음, 멋스러움과 유연함, 그리고 다정함, 푸근함은 언제까지나 저희들 기억에 자리할 것입니다.

바쁜 업무 속에서도 시 쓰시는 일에 몰두하시며 건강도 채 돌보지 못하셨던 지난날의 모습이 떠오릅니다. 시집에 넣을 그림을 그리며 이 그림은 어떠냐, 요 그림은 어떠냐 하시며 아이처럼 물으셨던 모습. 인고의 시간을 거쳐 나온 시집에 손수 저희들 직원 이름을 써서 주셨던 기억에 눈물이 글썽여집니다.

교장 선생님은 여행을 참 좋아하셨지요? 곧 있으면 퇴직하신다며 직원들과 많은 추억을 만들고 싶어 하셨는데 지난겨울 남해로의 여행이 생생합니다. 사진 찍는 일을 좋아하셔서 손수 카메라로 저희 직원들의 모습을 담아주시던 모습. 사모님께 주신다며 반들반들한 돌을 챙기시던 모습. 그런 교장 선생님 덕분에 저희들은 정말 아름다운 추억을 만들었습니다. 그것이 마지막 여행인 줄도 모르고 저희들은 더욱 교장 선생님께 좋은 추억을 만들어드리지 못했음에 가슴이 아파옵니다.

지난달 졸업식 회식 자리에서 어찌나 기분 좋으셨던지요? 그렇게 행복해 하시고 즐거워하시는 모습에 저희들 모두 함께 즐거웠습니다. 그 행복해 하시던 모습, 즐거워하시던 모습, 그 모습, 그 웃음 이제 어디서 만나야 하나요? 기쁨이고 보람이었던 시간들이 이 순간 아프게 떠오릅니다.

이제나마 가시는 길에 불러봅니다.

"교장 선생님, 그동안의 사랑에 감사드립니다."

"저희 장기초등학교 직원들 모두 나태주 교장 선생님의 사랑에 보답하기 위해 보다 더 많은 사랑을 베풀며 살아가겠습니다."

"교장 선생님, 부디 좋은 곳으로 평안히 가십시오."

삼가 고인의 명복을 빕니다.

2007년 3월 일, 전미경 올림

2) 추도사

— 장기초등학교 학생 대표(남호순 교사가 대신 쓴 글)

봄을 시샘하는 찬바람과 함께, 오늘 저희는 아름다운 분, 따뜻한 분, 우리 교장 선생님을 하늘 저편으로 편히 보내드리려 합니다.

갑작스러운 소식에 눈물이 납니다. 금방이라도 자상하고 온화한 미소를 지으며 옆에 서 계실 것 같은데, 이제 곁에 계시지 않다는 사실이 믿어지지가 않습니다. 제 기억의 모든 곳에 교장 선생님이 계신데, 지금 그 어디에도 교장 선생님의 모습은 없습니다.

매일 잘한다, 잘한다 칭찬만 해 주시던 교장 선생님. 조회시간마다 직접 오르간을 반주해 주시던 교장 선생님. 가끔 교장실로 몰래 부르셔서 사탕 하나 쥐어주시던 교장 선생님을 다시 뵐 수 없다는 사실이 정말 믿어지지가 않습니다. 올해 8월에 정년퇴임을 맞으실 교장 선생님. 지난해 가을 운동회와 올해 졸업식이 정말 마지막이라며 아쉬워 하셨었죠. 8월까지 교장 선생님과 마지막으로 해야 할 일들이 많은데, 이제 교장 선생님이 저희들 곁에 계시지 않습니다.

항상 저희들이 다칠까, 아플까, 행여 잘못될까 걱정만 하셨던 교장 선생님. 이곳의 걱정들은 훌훌 벗어버리시고, 장기초등학교에서 좋았던 기억과 따뜻한 온기와 아름다운 마음만을 품고 편히 가세요. 교장 선생님이 걱정하시지 않게 저희들 밝고, 예쁘고, 건강하게 자라겠습니다.

하늘나라에서 부디 평안하고 행복하시길 두 손 모아 기도할게요. 그리고 늘 우리 곁에서 함께하는 밝은 별이 되어 주세요. 밝게 빛나는 밤하늘의 별을 보면서 교장 선생님을 영원히 기억하겠습니다.

마지막으로 제가 가장 좋아하고 교장 선생님 향기가 묻어 있는 시와 함께 교장 선생님을 보내드립니다.

교장 선생님, 안녕히 가세요.

풀꽃

나태주

자세히 보아야
예쁘다

오래 보아야
예쁘다

너도 그렇다.

3) 그리운 나태주 교장 선생님께

망울 맺힌 진달래와 영산홍도 봄볕을 맞이하고, 겨우내 살 올라 뽀얀 얼굴 해맑은 아이들도 창밖으로 얼굴 내밀며 기다리고 있는데 중절모 눌러 쓰신 키 작은 교장 선생님의 발걸음과 나지막하지만 다정한 음성 대신 꿈인 듯 날아든 비보에 눈물은 기억을 담아 쉼 없이 흘러내립니다.

현실이 아니라는 부정을 끊임없이 해보지만 지금 여기 와 계신 교장 선생님을 뵙고 나니 목소리의 떨림과 서러움은 기도를 타고 이따금 슬픈 곡으로 울려옵니다. 사랑을 배웠고, 정도 느꼈고, 인간애, 약속, 자신, 인생, '예쁘다', '고생스러워 어쩌죠?'란 낱말들이 남달랐습니다.

가시는 길이 어떤 길인지 알 수 없습니다. 편찮으신 몸으로 먼 길 나서셨지만 그래도 여전히 거룩한 가르침을 나눠주며 가시겠지요? 고단하신 몸인 채 그리움을 가슴에 남기고 가시는 교장 선생님! 아직 다 못 드린 말씀이 있습니다. 가시는 길에 파란색을 만나면 저인 듯 생각해 주십시오.

영영 못 잊을 교장 선생님께 그곳에서는 건강하시라는 말씀을 끝으로 목놓아 울면서 인사 올립니다.

2007년 3월 일, 장기초등학교 교사 권성진 올림

노인의 기도

노인은 세상을 오래 산 분들이다. 그러므로 경험이 많고 세상을 바라보는 안목이 높을 수밖에 없다. 노인의 덕성은 지혜 있음에 있다. 여기서 지혜란 앞날에 대한 예견력을 말한다. 실지로 인간의 알음알이로선 지식과 지혜가 있겠는데 지식은 주로 과거나 현재에 관한 것이 많고 눈에 보이는 것, 실증 가능한 것들이 많은 대신, 지혜는 미래에 관한 것이고 눈에 보이지 않는 것, 실증이 불가능한 것들이 많다 하겠다. 이번에 내가 앓아누웠을 때에도 몇 분 노인들의 기도와 예견과 축복이 있었다. 실로 노인의 축복을 받는다는 것은 좋은 일이고 고마운 일이고 또 그만큼 역경을 헤쳐 나가는 힘이 되는 일이겠다.

중환자실에 있을 때 아버지가 면회차 오신 일이 있었다. 나는 아버지의 큰자식이다. 큰자식이 꺾이면 나머지 자식에게까지 영향을 준다는 속설을 믿어서 그랬던지 아버지는 언제나 큰자식인 나에게 관대하시었다. 어려서부터 그랬다. 일찍이 큰 기대를 걸어주시었고 자란 뒤에는 가문의 명예를 높인 자식으로 평가하기도 하시었다. 그런 아들이 몸을 상해 죽기 일보 직전이니 그분의 고충과 절망이 얼마나 크셨을까? 나는 될수록 아버지가 병원으로 면회 오시는 걸 만류하고 싶었으나 끝내 중환자실을 찾아오신 것이었다. 아버지를 뵙자 많이 송구한 마음이 들었다.

"아버지, 자식 된 자가 이렇게 앓아누워 죄송합니다."

"아니다, 아니야. 너는 어려서부터 몸은 약했지만 마음은 독한 아이였다. 내가 그걸 잘 안다. 네 독기로 잘 이겨내도록 하려무나. 나는 네가 잘 이겨낼 줄 믿는다. 세상은 아직도 징글징글하게 좋은 곳이란다. 부디 살아서 나오도록 하려무나."

"예, 아버지."

나는 아버지가 말씀한 '세상은 아직도 징글징글하게 좋은 곳이란다'라는 말씀에서 그 '징글징글'이란 단어에 마음을 새기며 대답했다. 아버지를 위해서라도 기어코 살아서 병원을 나가야 되겠다는 결의가 생겼다.

그 다음으로 김상현 시인의 어머님. 김상현 시인의 어머님은 90이 넘으신 극노인이시다. 당신의 몸도 편치 않아 자주 병원 신세를 지시는 분인데 독실한 기독교 신자로 1년에 성경책을 몇 차례씩 통독하시고 기도를 하실 때에도 오랜 시간을 몰두하는 분이라 들었다. 김상현 시인과 사귀면서 여러 차례 뵈었으므로 개인적으로 면식이 있는 분이기도 하다. 그런 분이 내가 아프단 소식을 접하고 길고 길게 기도를 하셨다고 한다. 2시간 정도 기도를 드렸는데 기도 중에 나에 대한 응답을 받으셨다는 것이었다.

'나태주 선생은 이번에 절대로 죽지 않습니다.'

아드님인 김상현 시인을 통해 전해주신 말씀이다. 병원에서조차 손을 못 쓰고 있는 환자나 또 가족들에게 이런 말씀은 얼마나 큰 위로가 되었겠는가. 이보다 더 큰 축복이, 복음이 어디 있었을까. 지푸라기라도 잡고 싶은 심정의 사람들에게 더욱이나 그러했을 것이다.

고향의 큰숙부님 또한 이번에 나를 위해 많은 기도를 아끼지 않으신 분이다. 그분은 아버지보다 두 살 연하이신 분으로 평생 가난과 병고에 시달리며 사신 분이다. 돈이나 명예하고도 거리가 먼 삶이셨다. 당신의 형제들 가운데서도 밀리는 편이라 늘 뒷전에서 쓸쓸히 사시는 걸 오랫동안 보아왔다. 허지만 일찍이 종교에 눈을 떠 시시때때로 마을의 조그만 교회당에 나아가 엎드려 기도로 세월을 보내신 분이다. 분명 그런 까닭이었을 것이다. 노년에 이르러 이분은 점점 육신의 건강도 좋아지고 마음의 평화도 남다른 것 같았다. 늘 얼굴빛이 밝고 환했다. 온화하고 편안해 보였다. 종교의 힘이란 학식이나 재산, 사회적 지위 같은 것과는 무관하게 존재한다는 것을 가까이서 보여주신 분이다. 문병차 병원에 들르마 여러 차례 벼르다가 어느 날 찾아오시어 나의 등허리에 손을 얹고 뜨겁게 뜨겁게 기도를 해주시었다. 나더러 '지푸라기 덤불 속에 던져진 알곡 하나'라는 말씀을 해주시었다. 그 역시 몸과 마음을 송두리째 내려놓고 앓고 있는 사람에겐 큰 마음의 힘이 되어 주었다.

바다 건너온 문병객

까물거리던 정신이 어느 정도 돌아오고 나서 다음다음날쯤 될 것이다. 3월 16일. 아들아이의 말에 의하면 미국에서 문병 온 사람이 있다고 했다. 그때까지만 해도 면회가 사절되던 때라서 아들아이는 그마저 거절하고 싶은 투로 말했다. 그러나 그럴 수는 없는 일이라는 생각이 들었다. 내가 나서서 그러지 말라고 타일렀다. 바다 건너서까지 비행기 타고 온 사람을 어찌 거절할 수 있겠느냐는 것이 혼미한 정신 가운데서도 내 판단이었던 것이다.

찾아온 사람은 성영라 씨. 미국 L.A에 사는 여성 문인이다. 원래 수필을 쓰는 사람이었으나 최근엔 시도 더러 습작하고 있는 아주 귀엽고 상냥하고 어여쁜 젊은 여성이다. 그동안 L.A를 세 번 방문한 바 있는데 첫 번째와 세 번째 반갑게 만난 일이 있었다. 문학의 일로도 만났지만 개인적인 일로도 만나 친분이 생긴 사이였다. 특별히 지난해 11월, 세 번째로 갔을 때에는 하루를 정하여 이른 아침부터 남편이랑 나와 한국서부터 동행했던 구재기 시인과 나를 자기가 다니는 교회로 안내해주기도 했다. 그 교회는 한인 중심의 교회가 아니라 완전히 미국인들 중심의 본바닥 교회였는데 나는 거기서 영어로 이루어지는 예배에 참여할 수 있었다. 다는 알아들을 수 없었지만 찬송가나 설교가 아주 특별하고 신선해서 나름대로 강한 감동과 종교적 은혜를 받은 바 있다. 그날 오후엔 역시 수필을 쓰는 L.A의 실력 있는 수필가 하정아 씨가 안내해주어 구재기 시인, 문금숙 시인, 나, 성영라 씨 이렇게 다섯이서 발디산이란 아주 높은 산을 리프트 카로 오르며 의미 있고 즐거운 한때를 보낸 일도 있었다.

그런 성영라 씨가 내가 아프단 소식을 듣고 급히 한국에 왔다는 것이다. 실은 가을에 부산에 있는 친정에 오기로 계획되었는데 나의 일로 일정을 당겨 왔다는 사연이었다. 그런 소중한 손님인데 어찌 만나지 않을 수 있겠는가. 아들아이는 만나긴 하되 말은 많이 하지 말라고 나에게 부탁했다. 내가 늘 감정에 격해서 스스로 스트레스를 받고 흥분하고 충격을 받는다고 생각하고 있었던 것이다. 나는 복사지 한

장에 성영라 씨에게 드리는 편지 한 장을 썼다. 아마도 그것은 대화를 많이 할 수 없노란 말과 심정적으로 복잡하니 미국에 사는 문인들에 관한 상세한 근황에 대해선 일일이 말해주지 않아도 좋겠노란 내용이었지 싶다. 성영라 씨는 2인 병실로 옮겨지고 나서 가족이나 의료진 이외에 만나는 최초의 외부인이었다(김상현 시인 같은 예외자는 있었지만).

성영라 씨는 구재기 시인과 동행해서 병실로 들어왔다. 구재기 시인도 중환자실에서 경황없이 만나고 나서 처음의 만남이었다. 반가웠다. 내가 아직도 살아서 미국에서 온 문병객을 맞는다는 것이 꿈결같이만 느껴졌다. 성영라 씨는 언제 보아도 싹싹하고 고운 사람. 몸과 마음이 함께 그럴 수 없이 보드랍고 따뜻한 젊은 아낙네. 나는 성영라 씨에게 영어로 찬송가를 불러달라고 부탁했다. 그녀 자신이 다니는 미국인 교회에서 예배시간에 세 명의 여성 싱어 가운데 일인으로 노래를 하는 걸 본 기억이 있었기 때문이다. 성영라 씨는 아주 작고도 고운 목소리로 찬송가를 불렀다. 노래는 솜사탕처럼 부드럽고 달콤했다. 그것은 잠시 모진 육신의 고통에서 벗어나 꿈꿀 수 있는 시간을 나에게 선물했다.

내 구주 예수님
주님과 같은 분이 없습니다
내 평생에 찬양하기 원합니다

큰 사랑의 놀라움
나의 위로 나의 은신처
피난처와 힘
모든 호흡, 나의 전부로
결코 멈추지 않고 당신을 경배합니다

주님께 외치십시오
온 땅이여 찬양합시다
능력과 위엄을 왕께 찬양합니다
산이 절하고
바다가 굽이칩니다
주님의 이름을 부르는 소리
당신의 손이 행한 일들을 기쁨으로 노래합니다
영원히 당신을 사랑할 것입니다
영원히 나는 서 있을 것입니다
그 약속과 비교할 것이 아무 것도 없습니다
당신께 받은 그 약속

— 찬송가, 「주님께 외치십시오」

"선생님, 저희들 멀리서도 기도하고 있다는 걸 잊지 마셔요. 어서 일어나시어야 해요."

찬송가를 부른 다음 성영라 씨는 내 손을 잡아 주었다. 손길 또한 부드럽고 따뜻했다. 이러한 성영라 씨와 나의 일거수 일투족을 저만큼 떨어져서 구재기 시인이 묵언默言으로 바라보고 있었다. 그의 눈빛이 아무래도 걱정스럽다는 듯 아득한 표정이었다. 나중에 아이들한테 들으니 성영라 씨는 L.A에 사는 문우들 몇 사람인 구자애, 성영라, 윤석훈, 이정아, 조만연, 조성희, 조옥동 선생과 같은 분들의 위로금을 모아 가지고 왔다고 했다. 그 뒤로 하정아 씨와 김호길 선생이 따로 위로금을 보내주기도 했다. 이런 때는 돈이 문제가 아니다. 바다 건너 문인들한테까지 이렇게 염려를 끼치고 그 분들의 과분한 사랑을 받았다니 송구스런 마음이면서 기꺼운 마음이기도 했다.

바다, 큰 바다 건너 비행기 타고
찾아온 그 마음 잊지 못해요

몇 번이나 만났다고
고국의 시인 한 사람
쓰러져 앓고 있다는 소식 듣고
급하게 위로금까지 모아서
가져오신 그 발길 잊지 못해요

병원비용에 쓰일지
장례비용에 쓰일지 모른다며 모았다는 돈

그건 돈이 아니라 사랑이에요
하느님께 통사정해 매달리는 간구懇求이구요

바다 건너 형제여 자매여
그 사랑 그 간구로
나 이렇게 일어났어요

집에 돌아와 밥도 먹고 물도 마시고
걸어서 외출도 하고
못 만났던 사람들 만나 웃으며 이야기도 해요
가끔은 과자나 빵, 아이스크림을 사먹기도 해요

새로 만나는 세상이 얼마나 신나고
재미나고 고맙고 반짝이는지 모르겠어요.

— 나태주, 「잊지 못해요」 전문

끝없는 악몽

보름 만에 처음으로 잠을 자고 난 이후, 잠이 들기만 하면 어김없이 꿈을 꾸었다. 꿈이라도 평상시에 꾸던 그런 꿈이 아니라 아주 특별한 꿈, 악몽을 꾸는 것이었다. 번번이 꿈을 깨고 나면 온몸이 식은땀에 절어 있을 뿐더러 꿈의 내용까지 한동안 선명하게 남아 있는 게 마음에 걸렸다. 꿈의 종류는 대개 세 종류. 하나는 물고기에 관한 것이다. 번번이 물고기가 나오는데 그 물고기들은 죽은 물고기가 되어 나의 꿈에 나타나곤 했다.

아직도 분명히 기억하고 있는 꿈으로 이런 것이 있다. 고향 마을 저수지에서 흘러 내려오는 넓은 수로가 보이고 거기에 커다란 물고기, 동태 비슷한 고기가 떠내려 오고 있었다. 한두 마리가 아니라 수로 가득 채우고 빽빽하게 떠내려 오고 있었다. 헌데 자세히 보았더니 그 물고기들은 살아 있는 물고기가 아니라 죽은 물고기들이었다. 나는 섬뜩한 느낌이 들어 한동안 꿈길을 헤매다가 소스라쳐 잠을 깨었다. 그 다음엔 이런 꿈도 있었다. 넓은 호수가 펼쳐져 있었다. 바닥까지 훤히 드러나 보이는 맑은 물이 가득 고여 있었다. 호수 물 건너편으로 우거진 수풀이 보이고, 그건 또 맑은 물에 그림자를 드리우고 있었다. 물의 표면이 반들반들하게 빛나 보이는 것도 같았다. 한번도 가보지 않은 캐나다나 그런 나라의 풍치 좋은 침엽수림같이 보였다. 나무들은 반쯤 단풍이 들어 있는 듯 노란색과 갈색을 적당히 버무린 색깔을 띠고 있었다. 물 가운데에는 아이들이 정강이까지 물에 잠겨 족대 비슷한 도구로 고기를 잡고 있었다. 우리나라 같은 동양의 아이들이 아니라 서양의 아이들처럼 보였다. 나는 호수 한가운데로 뻗은 기다란 다리 위에 쪼그리고 앉아 있었다. 다리는 호수를 가로 지른 게 아니라 호수 중간까지만 뻗어 있었다. 나는 다리 끝부분에 쪼그리고 앉아 있었다. 다리가 물에 닿을 듯 말 듯 높이가 낮았다. 내 앞에 몇 마리의 물고기들이 한가롭게 헤엄치고 있었다. 나도 아이들처럼 물고기를 잡아보아야겠다는 생각이 들었다. 두 손을 뻗어 물고기 몇 마리를 떠올렸다. 맑은 물과 함께 물고기가 손쉽게 손바닥 안으로 떠올려졌다. 조금 전까지만 해도 물속에서 헤엄치며 놀고 있던 물고기들이다. 그런데 내가 두 손으로 들어올리자 금방 죽은 물고기로 변해버리는 게 아닌가! 물고기는 마치 나무로 만든 조각품처럼 딱딱하게 굳어 있었다. 나는 오싹 소름이 끼쳐지면서 반사적으로 물고기를 놓아주고 말았다. 그랬더니 다시 물고기는 물속으로 유유히 헤엄치며 나아가는 게 아닌가! 나는 깜짝 놀라 잠에서 깨어나 자리에서 일어나 앉기도 했다.

그 다음으로는 방에 대한 꿈이다. 꿈속에서 나는 어디로인지 모를 곳으로 끝없이 가고 또 가곤 했다. 아름다운 경치를 구경하기도 하고 나중에는 커다란 집을 만나게 되고 끝내는 그 집에 있는 조그만 하나의 방에 들어가 혼자서 드러눕는 꿈이었다. 방의 빛깔은 사방이, 아니 천장까지 밝은 황토빛깔일 때가 많았다. 새로 만들어진 방인 듯 가구는 하나도 없었고 썰렁한 방이기 십상이었다. 그런 방에 누워 있으면 편안한 마음이 들기도 했다. 숨쉬기가 유난히 편안했다. 그러나 나는 얼마 지나지 않아 그 방을 빠져나와 다시 갔던 길을 되짚어오곤 했다. 올 때는 고물 자동차나 자전거같이 바퀴 달린 것을 타고 미끄러지듯 빠른 속도로 돌아오곤 했다.

세 번째로는 할머니에 대한 꿈이었다. 가끔 친할머니가 보이고 외할머니가 자주 꿈속에 나타나시곤 했다. 배경으론 외할머니와 살던 외갓집이 나오기도 했다. 그러나 외갓집은 예전의 그것이 아니라 새롭게 고쳐졌거나 낯선 모습을 하고 있었다. 외할머니는 꿈속에서 생시의 그 인자한 모습이 아니라 상당히 이상스러운, 때로는 괴기스럽기까지 한 모습으로 변해서 내 앞에 나타나시곤 했다. 젊은 아낙의 모습이기도 했고, 립스틱을 빨갛게 칠한 입술로 우스꽝스러운 얼굴이기도 했고, 심지어는 무당의 모습일 때도 있었고, 술집 여자들처럼 어깨가 몽땅 드러난 옷차림이기도 했다. 그러나 옷차림만은 한복이었다. 친할머니의 꿈이 모두 흑백이었다면 외할머니의 꿈은 컬러가 많았다. 그런 꿈을 꾸고 나서는 번번이 몸의 상태가 좋지 않았다. 한축을 하면서 심하게 앓기도 했다.

이번에는 나의 꿈이 아닌 타인의 꿈에 대해서도 몇 가지 기록해 볼까 한다. 내가 앓아누워 있는 동안 주위 사람들이 여럿 나의 꿈을 꾸었다는 말을 들었다. 그 가운데 특별한 느낌을 주는 것은 공주에 사는 시인 성배순 씨의 꿈과 서울 고요아침 출판사 김창일 편집장의 꿈이다. 성배순 씨는 내가 꿈에 나왔는데 쭈그리고 앉아서 짚으로 새끼를 꼬고 있더란다. 아무 말도 없이 새끼를 꼬아 어깨 너머로 넘기기만 하더란다. 꿈을 깨고 일어나 하도 이상해 꿈풀이를 해보니 괜찮은 꿈 같아서 나에게 전한다며 대전 을지대학병원에 찾아와 이야기해 준 적이 있다.

그 다음은 김창일 씨의 꿈인데 이 꿈은 더욱 신비하고 난해하기까지 하다. 어느 날 밤 김창일 씨의 꿈에 내가 나타났다고 했다. 말끔한 양복 차림으로 출판사를 찾아왔더라는 것이다. 병원에 있는 줄 알았는데 웬일이냐 물으니 괜찮다고만 말하더라고 했다. 밖으로 나가자고 해 시장 같은 곳을 쏘다니며 둘이서 이것저것 구경도 하고 음식도 사서 먹고 술도 마셨다 한다. 아픈데 술 마시면 안 되지 않느냐 말했는데 손을 저으며 조금은 괜찮다고 컵에서 3분의 1 가량 마시더라는 것이었다. 그러더니 어디로인가 데리고 가 책 모서리에 쓰여진 글자를 읽어보라며 손가락으로 짚어주더라는 것이었다. 그것은 영문 글자로서 평소에는 잘 알지 못하던 단어였는데 스펠링이 선명하더란다. 'catastrophe.' 퍼뜩 잠에서 깨어나 사전을 찾아보니 정말로 그 단어가 나와있더라 했다. 뜻은 '①(희곡의) 대단원, (비극의) 파국. ② 대이변, 큰 재해, 파멸. ③(지각의) 격변, 대이동'이었다 한다. 신기하기도 하고 놀랍기도 해 입을 다물고 있었다 한다. 무언가 불길한 조짐 같았지만 꿈은 반대라니까 기다리고 있었는데 끝내는 나의 병원 생활이 좋은 쪽으로 결판이 나, 나중에야 말해준다며 출판사를 찾던 날 김창일 씨가 전해 주었다. 이 또한 나의 건강과 생명의 안위를 위해 마음속 깊이 걱정해 준 사람들의 일이라 여간 고마운 바가 아니다.

십계명을 외우다

두 번이나 음식 먹는 일을 시도하다가 실패했다. 음식이라야 미음이거나 밥알을 끓여서 만든 죽 비슷한 것이었다. 한 끼니에 겨우 다섯 수저 정도밖에 먹지 않았는데도 열이 오르고 배가 아팠다. 몸에서 음식을 받지 않는다는 증거였다. 본래 췌장염의 치료는 방법이 없어 환자를 굶기는 것만이 최선의 방책이라니 어쩔 도리가 없는 일이었다. 물 한 모금도 마실 수 없는 날들이 계속되고 계속되었다.

4월 1일. 2인 병실에서 4인 병실로 옮겨온 지 며칠 안 되는 날. 저녁 무렵에 계룡시에 사는 이섬 시인과 그 남편 김태기 선생이 문병을 왔다. 같은 시간대에 사촌동생인 명주도 찾아왔다. 김태기 선생은 독실한 기독교 신자로 교회의 장로이다. 사촌동생 명주도 교회의 장로이다. 우연하게도 그 날은 장로 두 사람이 겹치기로 문병을 와준 것이었다. 나는 명주와 우상 숭배 문제에 대한 대화를 하고 있었다. 그동안 나는 교회에 다니고는 있었지만 고향집에서 지내는 명절 제사 때 제사상의 신위 앞에 큰절을 드리곤 했다. 아버지가 원하시는 일이니 어쩔 수 없는 일이라는 생각에서였다. 명주는 단호하게 그래서는 안 된다고 충고를 해주었다. 나도 그래야 하지 않을까 싶다는 생각이 들었다.

명주는 나보다 나이가 훨씬 어린 아우이다. 내가 초등학교 선생을 할 때 초등학교 학생이었던 사람이다. 그런 동생 앞에서 내가 한없이 초라하게 작게만 느껴졌다. 종교 문제에 관한 한 늘 아버지 눈치만 살피며 살아온 스스로의 입장이 무력하고 서글프게 여겨지기도 했다. 나는 맏이면서도 어린 시절, 그러니까 초등학교 시절 외갓집에서 자랐으므로 늘 본가에서는 이질적인 존재였다. 어른들 앞에서도 그러했고 손아래 형제들 사이에서도 그러했다. 언제나 나 혼자라는 생각에서 벗어날 수 없었고 외롭다는 느낌을 지울 수 없었다. 오래 전 기독교 신자가 되기는 했지만 기독교 신자로 행세를 하지 못하고 있었다. 그런 생각에 잠겼더니 갑자기 심정이 울적해졌다.

이섬 시인과 더불어 지켜보고 있던 김태기 장로에게 기도를 해주십사 청했다. 김태기 장로는 나하고 몇 차례 정도 만난 처지로 아직은 서먹한 관계인데도 선선히 기도의 청을 들어주었다. 무릎 꿇고 앉은 나의 등 뒤로 김 장로의 손이 얹혀지고 기도가 시작되었다. 나의 몰골이 안쓰러워 보였던가. 종교적인 측은지심이었을까. 아니면 그동안 살아온 내 비하인드 스토리에 동질감을 느껴서였을까. 김 장로는 진심을 다하여 기도를 해주었다. 나중에는 기도를 하는 사람도 울고 기도를 받는 사람도 울게 되었다. 주위에 있던 사람들도 따라서 울었다. 가슴이 후련해지는 듯싶었다. 김태기 선생의 기도가 끝난 뒤, 사촌동생 명주는 당장 고향집 막동리로 돌아가 큰아버지를 만나 이 같은 형의 입장과 심경을 밝히고 마음 놓고 교회에 다닐 수 있게 하는 것과 제사 때 신위에 절하지 않을 것을 승낙받겠다고 말했다. 고마웠다.

그날 밤 더욱 잠이 멀었다. 밤이 되면 폐렴 증상처럼 고열이 나고 잔기침이 나왔다. 낮에는 지쳐서 잠을 자고 밤에는 반대로 잠이 오지 않았다. 말하자면 밤과 낮의 생체리듬이 바뀐 것이었다. 그 자체가 괴로움이었다. 어느덧 병실의 벽시계는 자정을 넘겨 새벽 시간을 알리고 있었다.

"여보, 나 당신 앞에서 십계명을 지킬 것을 서약하고 싶어요."

나는 침대 머리맡에 놓여있는 성경책을 가져다 펼치면서 아내에게 말했다.

"그래요? 정말 당신이 그럴 수 있어요?"

아내는 아무래도 의아스럽다는 표정으로 나를 건너다보다가 성경책을 받아들고 한 항목씩 천천히 읽어내려갔다. 끝에 가서는 '그대로 지키시겠습니까?' 하고 물었다. 그럴 때마다 나는 '예' 하는 말로 화답했다. 곰곰이 살펴보니 십계명을 지킨다는 게 여간 어려운 일이 아니란 생각이 들었다. 그동안 얼마나 내가 불성실한 신자였던가 하는 것도 반성되었다. 십계명 가운데서도 제 2계명이 우상 숭배에 관한 것인데 그 계명이 제일로 길고도 복잡하게 기술되어 있다는 것도 알게 되었다. 문답을 모두 마친 뒤 아내는 눈이 부신 사람처럼 나를 바라보아 주었다.

그 다음날 담당 의사인 김안나 교수가 1주일간의 세미나 출장을 마치고 병원으로 복귀했다. 김 교수는 나의 상태를 살피고 깜짝 놀라는 표정을 지었다. 13층에 있는 소중환자실 격인 격리병실로 옮겨야 한다고 했다. 그러나 격리병실엔 비어 있는 베드가 없었다. 하는 수 없이 4인 병실에서 1인 병실로 옮기기로 했다. 특별 관리를 해야만 한다는 것이었다. 1인 병실로 가서도 열은 내리지 않았고 혼미한 정신 상태는 여전했다.

1인 병실로 옮긴 날 오후였을 것이다. 고향집에서 아버지와 첫째 남동생 선주가 면회를 왔다. 그 전 날 사촌 명주가 나한테 다녀서 고향집으로 가 아버지에게 나의 심정을 대신 밝혀드려서 그렇게 급하게 면회를 오신 것이었다. 나는 아버지에게 울면서 말씀드렸다. 아무래도 아들 노릇을 제대로 하지 못할 것 같으니 장자로서의 소임과 일체의 권익을 포기하겠노라고. 그리고 죄송한 일이지만 이제부터는 제사 때에도 제사상에 큰절을 하지 않겠으니 용납해 주시라고 말씀드렸다. 아버지는 내 말을 듣기가 거북하셨던지 자꾸만 말을 중지시켰다. 그러나 나는 독한 마음을 먹고 끝까지 들어주십사 부탁을 드렸다. 그 다음으로는 아버지가 나에게 물려주시기로 한 일단의 재산권(집, 산소, 텃밭)까지 포기한다고 말씀드렸다. 더불어 남동생 선주에게 나를 대신해서 장자의 역할을 해달라고 부탁을 하기도 했다. 그러나 아버지가 많이 섭섭하게 생각하실 것 같아서 끝에 한 마디를 붙여서 말씀드렸다.

"아버지, 그렇다고 제가 아주 변하거나 멀리로 가버리는 건 아닙니다. 다만 그 일만 그렇다는 말씀이지 여전히 저는 아버지 곁에 아버지의 아들로 남아 있을 것입니다."

구원에의 확신

1인 병실로 옮기고 상태가 더욱 기울었다. 병원에서는 최선을 다하는데 전혀 호전의 기미가 없었던 것이다. 환자나 돌보는 가족이나 병원 의료진이나 모두가 지루하고 지칠 따름인 한 달이 덧없이 흘러가고 있었다. 나의 병세는 여전히 고열과 해열을 반복하고 있었다. 해열이 될 때는 흐르는 땀으로 환의患衣를 몽땅 적시곤 했다. 날마다 흘린 땀이 얼마나 되는지 모를 정도로 많은 땀을 흘렸다. 나는 본래 땀을 많이 흘리지 않는 체질이다. 그런데 어디서 그렇게 많은 땀이 나오는지 모를 만큼 많은 땀이 나왔다. 참으로 원 없이 흘려본 땀이라고나 할까. 수건으로 닦아내고 닦아내도 흐르고 흐르는 땀의 홍수였다.

며칠 전 4인 병실에서 새벽 시간에 십계명을 지키겠노라 아내 앞에서 서약을 하고 나서 여러 가지 생각에 잠기곤 했다. 나는 과연 구원을 받은 사람인가? 이러다가 죽을지도 모르는데 이대로 세상을 뜨게 되면 구원을 받았다는 확신이 없어서 어쩌나? 과연 나는 그동안 무엇을 위해 살아왔나? 나에게 남겨진 것은 무엇인가? 인생의 의미란 진정 무엇인가? 일단 어려운 고비를 넘겼다 하지만 불안한 마음, 의심스러운 마음이 가슴속에 스멀스멀 피어오르기 시작했다. 괴로웠다. 4월 17일 토요일, 오전 시간. 아내가 이익로 목사 이야기를 꺼냈다. 답답한 마음이니 전화라도 한번 걸어보자는 것이었다. 이 목사는 우리가 전에 다니던 교회에서 만났던 목사이다. 우리가 교회를 바꾸기 훨씬 전에 경기도의 한 교회로 자리를 옮겨 지금은 그곳에서 큰 교회를 맡아 사역을 하고 있는 분이다. 아내의 전화를 받고 이 목사는 매우 놀라는 듯싶었다.

전혀 예상치 않았던 일이었다. 그날의 저녁 시간. 이익로 목사가 사모님이랑 나의 병실로 들어섰다. 다급한 소식을 듣고 그냥 있을 수만은 없었다고 했다. 자리에 앉자마자 이 목사는 내 얼굴을 똑바로 응시하며 물었다. 그것은 성급하고도 다급한 질문이었다.

"나 선생님, 나 선생님은 자기 자신이 구원받았다고 생각하십니까?"

나는 속으로 저윽이 놀라는 마음이었다. 그렇지 않아도 그것이 지금까지 가장 궁금하고 미덥지 못한 문제거리였는데 그걸 핀셋으로 꼭 집어 올리듯 질문을 던졌던 것이다. 내 마음을 유리창을 통해서 들여다보듯이 하는 말 같았다.

"아니요, 전 아직 구원받지 못했다고 생각합니다."

"그렇습니까? 그래서 제가 이렇게 서둘러 왔습니다. 나 선생님이 분명 그걸 힘들게 생각하고 있을 것 같았거든요. 결론부터 말씀드리면 나 선생님은 이미 구원받으셨습니다."

"그런……가요?"

나는 많이 미심쩍은 말투로 어정쩡하게 대답했다. 그러나 이익로 목사가 다시 물었다.

"나 선생님은 하나님이 계시다는 것을 믿으시나요?"

"예, 믿습니다."

"그리고, 천국이 있다는 것도 믿으시나요?"

"예, 믿습니다."

"그럼 됐습니다. 나 선생님은 이미 구원받으셨습니다. 그것이 바로 구원받은 증거입니다. 하나님은 인간의 행위나 공로를 보고 구원을 해주시지 않습니다. 다만 믿음으로 구원을 해주십니다. 그건 마치 아버지가 자식을 행위나 공로로 인정하는 것이 아니라 다만 자식이기 때문에 자식이라 인정하는 것과 같습니다. 구원은 은혜로 받는 것이지 결코 공로로 받는 것이 아닙니다."

이어서 이익로 목사는 당신이 준비해온 성경책을 펼쳐 보이면서 내가 구원받은 증거를 성경 말씀을 통해 알려주었다.

(요한복음 6장 44절, 사도행전 13장 48절, 고린도 전서 12장 3절, 요한복음 5장 24절)

말씀이 끝난 뒤 나의 등 위에 두 손을 얹고 기도를 해 주었다. 이익로 목사의 기도는 언제나 열정적이고 뜨겁다. 환의 너머 등허리에 이익로 목사의 손바닥에서 나오는 뜨거운 기운이 후끈후끈하게 느껴졌다. 손가락 끝이 많이 떨리고 있었다. 끝내는 나도 울고 이익로 목사도 울게 되었다. 옆자리를 지키던 아내와 목사 사모님까지도 울었음은 물론이다. 그것은 나에게 희미하게나마 구원의 확신을 심어준 귀중한 한밤의 일이었다.

"이익로 목사님, 참으로 감사합니다. 고맙습니다."

한계에 이른 내과적 치료

서서히 죽어가고 있었다. 두 달 가까이 밥 한 술, 물 한 모금 목구멍으로 넘기지 못하고 오직 링거 줄에 의지해 살면서 몸은 야윌 대로 야위어가고 있었다. 열은 또 그리도 지악스럽게 계속해서 오르내리는 건지……. 열이 나면 해열제 주사를 맞고 전신이 땀범벅이 되어 코를 골며 잠이 들기를 반복하고 있었다. 옆에서 지켜보는 아내조차 나의 목숨이 서서히 꺼져가고 있는 걸 눈치 채지 못하고 있었다. 1인 병실로 옮겨 보름 가까이 아무런 차도差度가 없었다. 다만 좀 더 좋아지기만 바라며 보낸 날들이었다. 허송세월 했다고나 할까. 창밖으로 한 해의 봄이 지향 없이 밀려왔다가 또다시 밀려가는 걸 멍하니 바라보고 바라볼 따름이었다. 벚꽃, 백목련, 이팝나무 꽃들이 차례대로 물결처럼 떼를 지어 피었다가 지고 있었다.

비상수단이라도 써보아야겠다는 의도에서 그러했던지 담당 의사가 콧구멍으로 가느다란 비닐 관을 넣어 유동식을 공급하는 방법을 써보자 했다. 속칭 '콧줄'이라고 부르는 것이었다. 대개 이 방면에 고장이 난 환자들의 경우, 콧구멍으로 해서 식도를 거쳐 위장까지만 가는 콧줄을 넣는다. 그러나 나는 췌장을 자극하지 않기 위해 십이지장을 거쳐 소장까지 관을 넣어야 한다는 것이었다. 다른 환자들보다 훨씬 더 긴 관이었다. 병원에서 그런 비닐 관을 구해 오라는데 대전 시내의 어떤 의료기 상사에서도 구할 수 없다는 것이었다. 하는 수 없이 아들아이가 서울로까지 수소문해 가까스로 병원에서 요구하는 길이가 긴 콧줄을 구입해 왔다.

콧줄을 넣은 뒤로 하루에 세 차례씩 유동식을 주입했다. 링거처럼 폴pole대에 유동식이 든 비닐주머니를 매달아 놓고 조금씩 흘려보내는 방식으로였다. 그러나 유동식이 들어간 뒤에도 열은 간헐적으로 오락가락했고 병세는 조금도 꺾이지 않았다. 1인 병실에서 아내와 둘이서만 지내다 보니 처음엔 조강한 것 같고 한갓져서 좋았지만 점점 따분하고 지루하다는 느낌이 생겼다. 분위기가 점점 가라앉았다. 아내는 본래 우울증 증세가 약하게 있는 사람이다. 나중에는 아내의 우울증 증세가 도지려 하는 지경에까지 이르렀다. 아이들은 1인 병실에 더 머물기를 원했지만 더 이상 1인 병실에 있으면 안 되겠다는 자각이 왔다. 그건 아내나 나나 공통의 의견이었다.

이번에는 6인 병실로 옮겼다. 자리가 구석이고 막혀 있어 안정감이 있고 좋았다. 한 병실에 입원해 있는 환자들도 심각한 환자들이 많았다. 가장 심각한 건 암과 당뇨병이었다. 그 가운데서도 당뇨병이 힘들어 보였다. 아, 당뇨병이란 게 저렇게 잔인한 병인가 하는 것을 처음으로 목격하는 기회가 되었다. 그것은 사람의 몸을 그야말로 야금야금 망가뜨리면서 끝내는 인간의 마지막 남은 존엄성마저 거두어 가는 질병이었다. 발끝부터 썩기 시작하여 다리 전체가 상하고 눈이 멀고 치아가 빠지고 장기가 상하는 것이 당뇨병이었다. 끝에 가서는 인간의 최소한의 인내심, 자제심 같은 것까지 손상 받아 정신세계마저 황폐화시키는 병이 당뇨병이었다. 그래도 그들은 어느 일정한 기간 입원했다가 퇴원이란 걸 하기도 했다. 오직 퇴원할 기미가 보이지 않는 환자는 나 하나뿐이었다. 퇴원하는 환자들이 부러운 날들이 길게 이어졌다.

그리고 또 부러운 건 무언가 음식을 먹는 일이었다. 무엇보다 물이 마시고 싶었다. 옆자리 침대에 든 환자는 암 환자였다. 다 같이 힘겹게 밤을 지새고 새벽이 찾아오고 날이 밝아지면 그 환자는 커다란 컵에 물을 가득 담아 가지고 마시곤 했다. 벌컥벌컥 목젖을 타고 물이 넘어가는 소리가 크게 들려왔다. 그 소리가 그렇게 부러울 수가 없었다. 나도 저렇게 소리를 내면서 한번만이라도 물을 마셔보았으면 더 이상 소원이 없을 듯싶었다. 나중에는 아내가 쪽침상에서 음식을 먹어도 아예 음식냄새조차 나지 않고 음식 먹고 싶다는 생각이 전혀 나지 않았다. 먹고 마시는 일은 이제 나하고는 상관없는 일이다 싶은 마음이었던 것이다.

가성낭종假性囊腫. 씨티 촬영 결과, 췌장 주변으로 물집이 잡히고 그것이 고름처럼 췌장을 에워싸고 있어 사태를 힘들게 한다고 했다. 두 차례나 1층에 있는 수술실로 내려가 가성낭종에 바늘을 넣어 물을 빼내는 시술을 시도해 보았으나 번번이 도중에 중단하고 말았다. 장비나 기술면에서 어렵다는 결론이었다. 나중에 알고 보니 그건 매우 고난도의 기술이 요구되는 것이었고 위험천만한 시술이었는데 그때 차라리 손대지 않고 넘어간 것이 참 잘했다 싶었다. 만약 어거지로 시도했더라면 어떤 일이 일어났을지 아무도 예단하지 못할 일이었기 때문이다. 이런 일에도 주치의 김안나 교수는 세심한 배려와 조심성으로 뒤에서 보살피고 있었다.

6인 병실로 옮기고 나서 다시 한 달이 지났을 무렵이다. 담당 의사가 찾아와 고민스러운 이야기를 털어놓았다. 내과적 치료가 한계에 이르렀다는 것이었다. 그러면 어떻게 하나? 남은 길은 수술밖에 없다는 것이었다. 그런 대로 좋아지겠거니 기다리며 기대를 갖고 참고 있었는데 더 이상 내과적 치료로는 활로가 없다니 눈앞이 캄캄했다. 나도 그런 생각을 조금씩 해오던 터라서 절망감은 더욱 커졌다. 전에 있던 어떤 환자의 경우, 나처럼 급성췌장염으로 1년 동안 밥을 먹지 못한 채 주사로만 연명하다가 목숨이 잦아들었다고 했다. 더럭 겁이 났다. 이제 남은 건 이 병원에서 수술을 받느냐, 병원을 옮겨서 받느냐 그 선택만 남아 있었던 것이다. 몸은 마를 대로 말라갔고 빈혈증상까지 와 혈액을 두 봉지나 수혈하는 지경에 이르기도 했다. (수혈하는 과정에서 나의 혈액형이 지금까지 내가 알고 있던 A형이 아니라 O형이란 것이 새롭게 밝혀지기도 했다. 그러고 보면 내가 산 인생이 얼마나 엉성한, 사상누각과 같은 것이었는지 알 만하다 하겠다. 나는 주월 비둘기부대 사병으로 전쟁터에도 나갔다 온 사람이다. 만약에 부상이라도 입어 수혈 받는 일이 있었더라면 군번에 새겨진 대로 물어볼 것도 없이 A형 피를 수혈했을 텐데 생각만으로도 아찔한 일이다.)

그래도 나는 병원을 옮기기 전, 담당 의사인 김안나 교수를 만나 정말로 병원을 옮겨도 의사로서의 자존심이 상하지 않겠느냐 확인하면서 의견을 나누었다. 김 교수의 연구실로 아내와 같이 찾아가서였다. 그것이 3월 1일부터 위급한 상황에서 나를 구해주고 열성적으로 치료해준 담당 의사에 대한 마지막 예의 같아서였다. 김 교수는 내가 정말로 위급한 상황을 맞아 생명을 포기해야만 될 때 아내를 불러 '환자도 점잖고 보호자들도 마음에 들어 꼭 살리고 싶은 환자였는데 안타깝게 되었다'면서 눈시울을 붉히면서까지 안타까워했다는 의사였다. 실상 그 풍전등화 같았던 나를 살려낸 것은 김안나 교수의 공로가 컸다. 아내에게 의료보험에 해당하지 않는 항생제를 써도 좋겠느냐 물어서까지 좋은 약을 아낌없이 사용하여 나를 구하려고 노력했던 의사였다. 김 교수는 괜찮노라 흔쾌히 허락하면서 만약 서울아산병원으로 옮기게 된다면 자기가 소견서를 상세히 써주마 했다. 자기가 이 병원으로 오기 전에 근무한 병원이 바로 서울아산병원이라 아는 의사가 많다는 것이었다.

4시간의 외출

병원을 옮기기로 마음먹으니 마음이 다급해지기 시작했다. 김안나 교수는 서울아산병원을 권했지만 삼성의료원 중 어느 병원이 나에게 적합한지에 대해서도 생각해 볼 필요가 있었다. 문제는 그 두 병원이 다 같이 쉽게 입원이 안 되는 병원이라는 것이었다. 병원 대 병원으로 환자를 연결해주었으면 좋으련만 그도 뜻대로 되지 않는 것 같았다. 어쨌든 서울에 사는 딸아이와 변호사 일을 하는 사위가 병원과 의사를 수소문해보고 예약해 주기로 했다.

일이 거기까지 진행되고 이제 서울로 병원을 옮기는 것이 기정사실화되고 보니 다시금 자신의 입지를 심각하게 돌아볼 필요가 생겼다. 서울은 대전과는 많이 다르다. 아내도 공주의 집에 자주 오가지 못할 것이다. 서울엔 아는 사람도 그다지 많지 않다. 이번에 서울로 가면 다시는 공주의 집으로 돌아오지 못할지도 모른다는 생각이 절박하게 일었다. 게다가 8월 31일은 내가 교직에서 정년퇴임을 하도록 되어 있는데 학교의 교장실을 그대로 방치한 채로 왔으니 이 또한 문제였다. 내게도 무언가 정리할 수 있는 기회가 있어야만 했다. 만약 내가 서울로 올라가 아주 내려오지 못하는 일이라도 생긴다면 교장실과 집에 있는 몇 가지 물건은 없애는 것이 좋겠다는 생각이 들었다. 물건이래야 별것이 아니다. 책 몇 권에다가 노트 몇 권이다. 그래도 내가 세상에서 사라지게 되면 나의 흔적들을 누군가가 보게 될 텐데 몇 가지는 보여주고 싶지 않은 것들이 나에게도 있었던 것이다.

간호사실로부터 외출 허가를 받았다. 5월 17일 목요일. 오후 2시 반부터 6시 반까지 4시간. 팔에서 주사바늘을 뽑고 콧줄은 그대로 꽂은 채로. 공주까지 남동생 선주가 자동차를 가지고 와 운전을 맡아주고 아내가 동행해 주었다. 우선 집에 들러 생각해두었던 책 몇 권과 노트 몇 권을 꺼내 보퉁이에 쌌다. 집을 나서기 전 아파트 부엌 구석 싱크대 아래 방바닥에 무릎을 꿇고 앉아 한동안 기도를 드렸다. 다시금 이 집으로 돌아올 수 있게 해달라는 내용으로 기도를 드렸을 것이다. 기도를 마치고 학교로 향하기 전에 농협중앙회 공주시지부 지부장실로 가 김영만 지부장을 만나 통장 정리 몇 가지를 부탁해서 처리했다. 김영만 지부장은 평소 잘 알고 지내는 친지 가운데 한 분이다. 나의 처지를 안쓰럽게 여겨 나를 앉혀 놓고 아래층의 직원을 불러 내가 부탁한 일들을 잘 처리해주었다. 그 친절이 고마웠다. 다시 학교로 가서 교장실 정리는 행정실 직원 세 사람의 도움을 받아서 했다. 작업을 할 때 아내와 남동생은 아래층에 대기시키고 교장실에 들어오지 못하도록 했다. 역시 학교의 일은 내 손으로 처리하고 싶었다. 그것이 내 마지막 남은 초라한 고집이요 자존심이었다.

미리 전화로 부탁해 준비시킨 종이박스에 교장실에 있는 잡동사니들을 정리하여 꾸러미를 꾸리게 했다. 어떤 것은 따로 모아 태워주기를 부탁하기도 했다. 평소 물건을 늘어놓고 지내는 버릇이 있어 교장실 안의 물건들이 의외로 잡다하고 많았다. 꾸려놓은 상자들을 복도에 쌓아두고 잠시 학교 숙직실 창고에 보관해 달라고 부탁했다. 이제 무슨 일이 생기거나 정년퇴임을 하는 8월 31일까지 내가 공주로 내려오지 못하게 되면 그 짐짝들을 우리 집으로 옮기기만 하면 되는 일이었다. 짐을 쌓아놓고 보니 교장실 안이 휑뎅그레 비어 있었다. 무척 썰렁했다. 꼭 내 마음이 저렇겠거니 생각하니 자꾸만 비어 있는 교장실이 뒤돌아보아졌다. 사람은 이렇게 들어오는 날이 있으면 나가는 날이 있게 마련이다. 허지만 정해진 날짜보다 훨씬 앞서서 물러나는 심정이 썩 좋지는 않았다. 더욱이 앞날이 어찌 될지 모르게 몸이 아픈 사람의 입장에서는 더욱 그러했다.

병원을 옮기던 날

마치 무단가출하여 서울로 올라가는 시골 청소년들처럼 오랫동안 머물었던 병원을 나와서 서울로 향했다. 5월 25일. 아침 6시에 일어나 나름대로 준비를 했다. 짐을 꾸리는 일은 전날 저녁에 아들아이가 꼼꼼하게 챙겨서 해 두었던 일이다. 깜냥대로 짐이 많았다. 2개월 25일 동안 지내느라 쌓인 짐들이다. 이삿짐처럼 네모진 상자에 담아둔 것이 네다섯 개나 되었다. 나도 양복으로 갈아입고 구두를 신고 따라 나섰다. 퇴원 수속을 마치지 못해 가퇴원하는 걸로 했다. 하루쯤 내 침대는 그냥 비어 있는 채로 남아 있을 것이다. 병실 문을 나서면서 침대를 돌아다보았다. 본래는 내 것이 아니었던 저것. 수없이 많은 환자들이 스쳐갔을 철제침대. 병이 나아서 퇴원하는 길이라면 침대가 그렇게 유감스럽게 눈에 들어오지는 않았을 것이다.

이 병원에서 끝내 완치가 되지 못해 또 다른 병원을 찾아가는 길이다. 그것도 내과적 치료가 벽에 부닥쳐 마지막 방책으로 수술이라도 한번 속 시원히 받아보자 떠나는 길이다. 옆자리 환자가 엘리베이터 타는 곳까지 따라와 주었다. 내 나이 또래쯤 되었을까. 키가 헌칠하니 크고 피부 빛깔이 검은 남자, 암 환자라 했다. 우리가 짐을 정리하면서 놓고 갈 수밖에 없는 몇 개의 화분을 자기가 맡아서 기르마 했던 사람이다. 그는 엘리베이터 문이 열렸다 닫힐 때까지 그 자리에 서서 나를 배웅해주었다.

"서울 가 완쾌되기를 빕니다."

"선생님도 좋아지시길 바라겠습니다."

서로 작별의 인사를 나누는 마음이 처연悽然할 수밖에 없었다. 이름도 제대로 기억하지 못하고 어디서 사는 사람인지도 제대로 알지 못하는 사람끼리, 오직 어려운 병을 앓고 있는 환자란 동질성 때문에 우리는 그렇게 안쓰러운 마음 한 가지였던 것이다.

병원 출입문 밖으로 나와 얼마 지나지 않아 자동차가 도착했다. 사설업체에서 운영하는 앰뷸런스. 처음엔 콜밴을 불러 편하게 간다고 했는데, 가는 도중이라도 무슨 일이 생길 것에 대비하여 아들아이가 그렇게 결정한 일이었다. 7시 출발. 이른 아침 시간이라 한 시간 15분 정도만 달리면 목적지인 서울아산병원에 도착할 수 있다고 했다. 서울아산병원으로 병원을 굳힌 건 딸아이와 사위의 의견을 십분 받아들여서 그리한 일이었다. 알아본 결과, 서울아산병원의 이영주 교수란 의사가 수술을 잘하는 의사라고 했다. 특히 이 교수는 간이나 췌장 계통의 수술에 있어 국내 일인자라 했다. 병실 문제 또한 1주일 전에 대전의 김상현 시인이 서울로 올라가 딸아이와 만나 둘이서 알아본 결과, 여유가 있다고 해서 그 말만 믿고 떠난 길이었다.

자동차가 빠르게 달려 예정된 시간, 서울아산병원 정문 앞에 우리를 내려주었다. 오는 동안 나는 침대의자에 누워서 왔지만 옆으로 몸을 비틀고 보호자 의자에 앉아서 오느라 아내와 아들아이가 고생을 많이 했다. 특히 아내는 차멀미를 하는데다가 날씨를 잘못 짚어 가벼운 옷차림으로 오는 바람에 감기까지 걸리고 말았다. 짐을 내리고 병원의 서관 1층에 있는 외과, 이영주 교수 진료실 앞에서 기다렸다. 내 이름이 안내판에 9시 15분에 진찰받는 걸로 올라와 있었다. 초조하게 기다리고 있는데 딸아이와 사위가 숨을 몰아쉬며 대기실로 들어섰다.

시간이 되어 진찰실 안으로 들어갔다. 딸아이와 사위가 같이 들어가 주었다. 대전의 병원에서 받아 가지고 온 진료일지와 소견서를 의사에게 제출했다. 우리를 맞는 이영주 교수는 첫눈에도 매우 날카롭고 냉정한 사람으로 보였다. 눈초리부터가 가늘고 양쪽 끝이 약간 치켜져 올라가 있어 매서웠다. 김안나 교수가 앞뒷장 빼곡이 써준 소견서를 읽어보고 나서 이 교수가 나를 건너다보았다. 그 눈길이 칼날처럼 써늘했다

"벌써 죽었을 사람이 왔군요. 예전 어른들은 이런 병에 많이 걸렸지만 요즘 사람들은 이렇게까지는 되지 않습니다. 수술을 받으시겠다고요? 열어보았자 떡이 되어 있을 텐데 열어보나마나입니다. 건질 것이 없습니다. 그리고…… 이런 환자는 어떤 의사도 맡으려고 하지 않을 겁니다."

하는 말마다 절망적이고 부정적인 말뿐이었다. 의사가 던진 말들은 하나하나 나의 가슴에 비수가 되어 꽂혔다. 가슴이 저려오는 듯 아팠다.

"그럼 입원이라도 하고 싶은데 입원 수속은 어떻게 하나요?"

"아, 그거요? 얼마 전까지만 해도 외래에서 주선해드렸는데 지금은 관여하지 않습니다. 환자 자신이 알아서 할 일입니다."

그뿐이었다. 그것이 의사 면담의 전부요, 진찰의 전부였다. 새벽같이 일어나 잔뜩 기대를 걸고 어렵게 어렵게 찾아왔는데 절망적인 말만 몇 마디 듣고 병실 마련조차 막막하게 되었으니 그야말로 눈앞이 캄캄해지는 일이었다. 정말 이제부터가 큰일이구나 싶었다. 진찰실 문을 밀치고 나오니 아내와 아들아이가 불안한 눈빛으로 바라보고 있었다. 한동안 우리 가족은 그 자리를 떠나지 못하고 멍하니 앉아

있었다. 이제 어쩐다? 병을 고치거나 수술 받는 것은 고사하고 입원 절차부터가 절벽이었다.

우리가 세상 물정을 몰라도 너무 몰랐던 것이다. 일단 사위는 직장으로 출근하고 아내와 두 아이와 함께 방책을 찾아보기로 했다. 우선 응급실에라도 들어가 이제까지 맞던 주사라도 맞아야겠지 싶어 응급실을 찾았다. 그러나 그것 또한 애당초부터 오산이었다. 이미 응급실은 복도까지 두 줄로 대기환자들로 가득 차 있었던 것이다. 보조침대며 접의자에 앉아 주사를 맞거나 가족들의 간호를 받고 있었다. 그마저도 차례가 안 가는 환자들은 병원 바닥에 소풍용 비닐장판을 깔고 앉아 보조침대의 차례가 오기를 기다리고 있었다. 그곳은 마치 전쟁터나 이재민 수용소를 방불케 했다. 가망이 없는 일이었다.

안내실 간호사에게 물었더니 과별로 순번이 다르긴 하지만 그런 식으로 병실 베드를 기다리려면 1주일이 걸릴지 그 이상이 걸릴지 모른다는 대답이었다. 갈수록 일은 어렵게 꼬이고 있었다. 나는 하는 수 없이 아들아이의 핸드폰을 빌려 대전의 손기섭 교수에게 전화를 걸었다. 손기섭 교수는 충남대학교 의과대학장과 부속병원장을 여러 임기 지낸 분이다. 그동안 우리 가족이 아플 때마다 여러 차례 신세를 졌던 분이기도 하다. 나로선 잊지 못할 분이다. 이번에도 어찌할 수가 없었다. 염치 불구하고 지금 내가 처한 입장을 설명하고 도와주시라는 말을 했다. 손기섭 교수는 알았다고, 병원 쪽에 아는 사람이 있으니 전화를 해보겠다는 말씀을 해주었다.

우리 사정이 딱해 보였던지 안내실 간호사가 인근에 있는 조그만 병원 하나를 소개해주었다. 우선 그 병원으로라도 가서 1주일 정도 입원해 있으면서 서울아산병원의 입원 수속을 밟노라면 침대가 생길지 모른다는 것이었다. 그 길밖에는 다른 길이 없어 보였다. 병원 이름은 혜민병원. 조금 뒤에 응급실 앞으로 혜민병원의 앰뷸런스가 도착했다. 아들아이는 병원에 남아서 입원 수속을 더 알아보기로 하고 아내와 딸아이가 앰뷸런스에 동승했다. 이게 무슨 꼴이람! 참 사람의 처지가 안됐구나, 그야말로 막다른 골목이구나 싶은 생각이 들었다. 누군가 한 사람 이런 때 도와줄 사람이라도 있었으면 얼마나 좋을까? 문득 나는 김남조 선생을 잠시 떠올려보았다.

'김 선생님 같으면 병원의 관리자들과도 통할 수 있을 텐데…….'

그러나 그때 내 수중엔 김 선생 전화번호조차 없었으니 그런 생각은 해보나마나한 것이었다.

앰뷸런스를 타고 혜민병원 응급실 앞에 내렸다. 딸아이가 응급실 담당 의사에게 들고 온 진료일지를 보여주었다. 대충 진료 기록을 뒤적여본 담당 의사는 서울아산병원의 이영주 교수 비슷한 말을 했다.

"아, 이거 국내에서 구할 수 있는 좋은 항생제, 탑 파이브, 다섯 가지를 모두 써보았군요. 이렇게 되면 가망이 없겠는걸요."

첩첩산중이라더니 가는 데마다 걸리고 듣는 말마다 날선 소리, 안 좋은 말뿐이었다. 그래도 어쩔 수 있겠는가. 나는 간호사의 지시에 따라 양복을 환자복으로 갈아입고 침대로 올라가고 있었다. 그때였다! 딸아이의 핸드폰이 울렸다. 몇 마디 통화를 한 딸아이가 환한 얼굴로 말했다.

"아빠, 서울아산병원에 입원실이 났대요. 오빠가 지금 당장 서울아산병원으로 돌아오래요."

이건 또 어쩐 조화 속이란 말인가? 우리는 혜민병원의 앰뷸런스를 타고 다시 서울아산병원으로 돌아왔다. 응급실 앞에서 기다리고 있던 아들아이가 입원 환자용 팔찌를 내밀었다. 비닐로 된 파란색 띠에 '35011316'이란 번호가 새겨져 있었다.

"나 참, 오늘 이거 하나 얻으려고 무지무지하게 고생했네."

아들아이가 한숨을 내쉬며 말했다. 그렇게 얻기 어렵다는 입원실을 어떻게 당일에 얻어냈을까? 대충 들어봐도 사연이 길고 복잡했다. 몇 차례 엎치락뒤치락이 있었던 것 같았다. 일단 대전의 손기섭 교수의 전화가 주효했던 것 같았다. 그 다음으로 아들아이의 끈질긴 노력과 상냥하고 진정어린 태도와 대화가 효과를 얻어낸 것 같았다. 공무원 생활을 몇 년 하더니 문서적 절차나 행정 절차를 잘 알아서 그 틈새를 잘 비집고 들어가 입원실을 얻어낸 것이었다. 대전의 병원에서도 중환자실과 2인 병실에서 아들아이가 나를 살렸는데 또다시 이 아이가 나를 구했구나 싶은 생각이 들었다. 그저 아들아이의 넓은 등판이 한없이 믿음직스럽기만 했다. 조마조마했던 마음이 가라앉으며 차마 눈에서는 눈물조차 나오지 않았다.

그때부터는 일사천리로 입원 수속이 빠르게 진행되었다. 동관 13층의 2인 병실. 처음 아들아이는 1인 병실이라도 좋고 특실이라도 좋으니 어떻게든지 입원실을 마련해달라고 통사정을 했다고 한다. 우리 아버지는 췌장염 환자라서 장기 입원할 수밖에 없는 사람인데 제발 도와달라고 울먹이며 말했다고 한다. 그랬더니 운 좋게도 그 어렵다는 2인 병실의 침대 하나가 허락된 것이었다. 그야말로 아슬아슬한 선에서 신의 손길이 나를 도와주신 것이었다. 병실로 가서 침대에 누웠을 때 나는 혼절하기 일보직전까지 갔다. 내가 서울의 병원으로 옮긴다는 소식을 듣고 아침 일찍부터 와서 기다리던 둘째누이 내외, 막냇누이, 막내처남도 더 이상 도와줄 일이 없어 각기 자기 집으로 돌아가고 면회 왔던 고등학교 동창 두 사람(구남웅 친우, 김영규 친우)은 병실 앞에서 내 얼굴도 보지 못하고 돌아갔다고 들었다.

두 아이들도 각기 자기들 처소로 돌아가고 다시금 아내만 내 옆에 남아 있게 되었다. 번번이 이렇게 마지막까지 남는 사람은 아내 한 사람뿐이었다. 그것은 실로 급박하게 돌아간 하루요, 땀에 절은 하루요, 매우 혼란스럽게 지나간 하루요, 5월인데도 으슬으슬 한기까지 들던 하루였다. 다음날 정신 차려서 보니 내가 든 병실은 한강이 곧바로 내려다보이는 자리에 있는 병실이었다. 그렇게 아내와 나는 서울의 한 병원에서 하룻밤을 맞았던 것이다.

C라인을 뚫던 밤

2인 병실에 들어와 며칠을 보내도록 한번도 담당 의사가 찾아오지를 않았다. 입원한 다음날의 저녁 무렵 수술방 간호사가 찾아와 다음날 아침 일찍 수술 일정이 잡힌 걸로 컴퓨터에 정보가 떴으니 준비를 하라고 이르고 갔으나 그 다음날 그것이 오류였다는 것이 밝혀졌다. 아무리 급해도 사전 검사나 준비과정 하나도 없이 곧장 어찌 수술로 들어갈 수 있겠냐, 생각했던 참이었다. 1분 1초 초조한 시간이 흘러갔다. 수술을 받는다 해도 겁이 나는 일이고 수술을 안 해준다 해도 불안한 노릇이었다. 그건 참 이럴 수도 저럴 수도 없는 심정이었다.

끝내 주치의 이영주 교수는 2인 병실을 찾아주지 않았다. 그 또한 불안한 일이었다. 대신 이 교수가 보낸 레지던트 이정우 닥터만 몇 차례 다녀갔다. 그것도 아주 짧은 시간 바람같이 다녀갔다. 그는 매우 온건하고 상냥해 뵈는 사람으로 상대방의 마음을 안심하도록 만들어주었다. 외과전문의치고는 외모부터가 부드러운 사람이었다. 나는 동글고 원만해 보이는 사람을 보면 감자 같다고 말하는데 그 사람이야말로 그런 인물이었다. 그의 처방에 따라 즉각적으로 몇 가지 조치가 취해졌다. 그건 혈당 체크와 영양제 주사 놓기였다. 영양제는 커다란 비닐 주머니에 든 바나나 색깔의 주사였는데 그걸 끊이지 않고 연속적으로 놓아주었다. 항생제 주사를 놓아줄 줄 알았는데 예상이 빗나갔다. 무언가 치료 방법이 다르다 싶은 생각이 들게 하는 대목이었다.

서울아산병원은 간호사들의 수준이 높고 그들의 사명감이 뛰어난 병원이다. 환자의 상태를 철저히 파악하여 거기에 합당한 관리를 아주 타이트하게 했다. 한 치의 오차도 없어 보였다. 환자의 심리상태를 세심하게 보살펴주었고 아주 친절하고 부드럽고 인간적으로 대해주었다. 정말로 백의의 천사가 있다면 이런 사람들이 아닐까 싶은 생각이 들 정도였다. 나는 김이영 수간호사, 마경아 책임간호사를 비롯한 여러 간호사들의 정성어린 간호를 받기 시작했다. 2인 병실은 매우 답답하고 불편한 공간이었다. 입원 당시 6인 병실을 미리 신청했으므로 자연스럽게 6인 병실로 옮겨졌다. 나흘째 되는 날이었다. 동관 13층 34병실. 내가 새롭게 들어간 6인 병실은 동쪽 방향으로 산이 보이고 거리 풍경이 보이는 병실이었다. 강물만 보이는 2인 병실보다는 조망眺望이 덜 단조로워 좋았다. 그리고 서울아산병원의 또 하나의 특징은 같은 병실 안에서는 한번 배정 받은 침대를 옮기지 못한다는 것이었다. 그건 거의 철칙처럼 지켜지고 있었다. 그렇게 해서 그 6인 병실의 2번 침대가 퇴원할 때까지의 내 침대가 돼 주었다.

6인 병실로 옮겨 처음 맞이한 밤 시간에 이정우 닥터가 나를 찾았다. C라인(중심정맥카테타 삽입을 목적으로 한 Central Line)을 뚫는다(자기들 말로는 '잡는다')는 것이었다. C라인은 수술을 받기 전에 심장 쪽으로 곧장 들어가는 주사 길을 말한다. 세 개의 구멍을 뚫고 거기에 관을 넣고 또 그 관을 통해 필요한 주사액이나 응급 혈액을 공급하도록 하는 조치였다. 이제 정말 수술을 받는가 보구나 싶은 실감이 들었다. 나는 13병동의 간호사실 처치실로 불려갔다. 이정우 닥터는 나더러 어떻게 알고 이영주 교수를 찾아왔느냐 물었다.

"이영주 교수님이 고명高名하시다기에 교수님한테 수술이라도 받아보려고 왔습니다."

조그만 소리로 대답했다.

"그렇습니까? 수술을 해드리는 건 아주 간단한 일입니다. 그냥 배를 열고 상한 췌장을 떼어내고 장기 내부 구석구석을 씻어내기만 하면 되는 일입니다. 그러나 그 다음이 문제입니다. 분명 합병증이 올 텐데 그렇게 되면 우리로서도 감당하기가 어렵습니다."

이건 또 무슨 이야긴가? 나는 이러자고 할 수도 없고 저러자고 할 수도 없어 잠자코만 있었다. 그건 곁에서 지켜보는 아내도 마찬가지였을 터였다. 이정우 닥터는 다시 입을 열었다.

"여하튼 이 교수님이 C라인을 잡으라 하시니 그렇게 하겠습니다. 그러나 환자분 같은 경우, 췌장염에서 탈출하기가 암을 이기는 것보다 힘들 겁니다."

이정우 닥터는 아무래도 내가 안됐다는 듯 안쓰럽고 부드러운 눈길로 나를 쓰다듬듯 바라보아 주었다.

"선생님, 그저 선생님만 믿겠습니다. 잘 부탁드립니다."

이정우 닥터는 나의 오른쪽 목 부분에 소독약을 여러 번 바르고 C라인을 뚫는 시술을 해주었다. 능란한 솜씨였다. 별로 고통스럽지도 않았다. 그러나 침대에 반듯이 눕혀져 천장을 바라보며 시술을 당하고 있는 내 처지를 생각하고 또 머지않은 날에 대수술을 받을 것을 생각하니 마음이 참으로 좋지 않았다. 그건 불안하다거나 슬프다거나 고통스럽다거나 하는 단일의 감정이 아닌 복잡미묘한 감정이었다. 굳이 말해 보라면 가슴이 아련하게 쓰리고 미어지는 듯한 그런 감정이라고나 할까. 그래서 그랬던가. 두 눈에 가득 고여 있던 눈물이 눈꼬리를 타고 주루룩 흘러내리는 걸 스스로도 느낄 수 있었다.

그런 나를 아내의 얼굴이 마주 굽어 보아주고 있었다. 나는 아내의 걱정스러운 눈길을 피하지 않았다. 위로받고 싶었을 것이다. 나의 눈길이 아내의 눈동자 속으로 깊숙이 빠져 들어가고 있었다. 눈길과 눈길이 휘어감기며 엉켰다.

"당신 커다란 두 눈이 마치 어린 송아지의 그것 같아요. 껌벅껌벅 겁먹은 어린 송아지, 죄 없는 어린 송아지의 눈동자 같아요."

아내의 눈동자 속에도 가득 눈물이 고여 있음을 나도 알아볼 수 있었다. 그 눈물 또한 금방이라도 방울이 되어 내 얼굴로 떨어질 것만 같았다. 그렇게 그 날도 병원에서의 한 밤이 지향 없이 깊어만 가고 있었다.

커다란 두 눈
껌벅껌벅

겁먹은 송아지
죄 없는 송아지

어미 떠난 하늘
구름 바라 서 있는 송아지

아직은 풀잎조차
뜯지 못하는 송아지.

—나태주, 「아내의 말을 받아 적다」 전문

외과에서 내과로

C라인을 뚫은 다음날 아침 이른 시각, 이영주 교수가 처음으로 병실로 회진을 왔다. 초록색 수술복에 하얀 가운을 걸치고 왔다. 초록색 옷은 수술실에서 일하는 외과의사나 간호사들만 입는 전용 복장이다. 환자들은 그 초록색 옷만 보면 지레 겁을 집어먹는다. 긴장을 하게 된다. 초록색은 분명 생명의 색깔인데 병원에서는 때로 그렇게 두려움의 빛깔로 바뀌기도 한다. 이영주 교수는 레지던트 한 사람만 달랑 대동하고 왔다. 단도직입적으로 이영주 교수는 몇 마디 나에 대한 소견을 밝혔다. 그건 전혀 환자 쪽의 입장이나 심정을 헤아리는

것이 아닌 일방통행적인 것이었다. 과연 외과의사다웠다고나 할까.

"환자분은 앉아 있는 시한폭탄과 같습니다. 언제 몸 전체로 세균이 돌아 패혈증이 번질지 모릅니다. 그럴 경우 급하게 수술을 하도록 하겠지만 누구도 자신할 수 없는 상황이 올 수도 있습니다."

이건 또 무슨 해괴한 소리람? '앉아 있는 시한폭탄'이라니? 그 말은 또다시 내 가슴에 비수가 되어 꽂혔다. 며칠 전 외래 진찰실에서 처음 만났을 때에 이어 두 번째의 일이었다. 정신이 멍하고 눈앞이 아찔했다. 침대에 앉아 있는 데도 현기증 같은 것이 일려고 했다. 이 교수는 그 뒤로도 몇 마디 더 말을 보탰을 것이다. 그러나 나는 그 뒤의 말들은 들은 기억이 없다. 귀조차 먹먹해져서 그랬을 것이다. 의사의 얼굴을 똑바로 바라볼 수조차 없었다. 용기가 나지 않았다. 다만 의사의 새하얀 가운과 그 안에 입은 초록색 옷을 바라보고 있었을 뿐이었다.

정말로 올 데까지 왔구나 싶은 느낌이 들었다. 내가 왜 이 지경이 되었나. 아무리 생각해보아도 모를 일이었다. 어디엔가 옴짝달싹하지 못하게 갇혀버렸다는 생각만 오락가락했다. 도저히 출구가 있을 것 같지 않았다. 아무도 구해줄 것 같지가 않았다. 그 어디에도 구원의 불빛은 보이지 않았다. 그날 하루를 어떻게 보냈는지 모르겠다. 저녁 무렵에 병실의 전화기로 전화가 걸려왔다. 대전 을지대학병원의 김찬 교수였다. 김찬 교수는 먼저 입원해 있던 병원에서 김안나 교수와 함께 나의 위기 상황을 슬기롭게 처리해줬던 고마운 의사다. 서울로 병원을 옮긴 뒤에도 환자의 상황이 궁금하여 전화를 걸었겠지 싶었다.

그런데 그게 아니었다. 서울아산병원의 이영주 교수와 통화한 내용에 대해 알려주려고 한 전화였다. 조금 전 통화를 마쳤다고 했다. 우선 나에 대해 잘 부탁한다는 말을 했다는 것이다. 그건 같은 계통에서 일하는 사람끼리의 의례적인 대화였을 것이다. 김 교수는 이 교수에게 자기의 어린 시절 학교 선생님이란 말도 했을 것이다. 그런 다음에 핵심적인 이야기가 나왔다.

"선생님. 제가 이영주 교수에게 이렇게 말했습니다. 나태주란 환자는 참 어려운 환자인 건 확실한데 만약 그 환자가 이 교수님의 형님이거나 아버지였다면 어떻게 하시겠냐고 좀 외람된 질문을 했습니다."

"그랬더니?"

"그랬더니 이 교수도 솔직하게 고민스럽다고 말씀하더군요. 그래서 제가 미안한 일이지만 고민 좀 해주십사, 부탁을 드렸습니다."

"고마워, 김 교수. 이곳에 온 뒤에도 이렇게 걱정해주고 신경써주어서."

그 다음날 아침, 이영주 교수가 다시 병실로 회진을 왔다.

"선생님, 어제 오후 을지대학 김찬 교수의 전화를 받았습니다. 선생님은 어떻게 생각할지 모르지만 하루 24시간을 귀중히 알고 쓰십시오. 선생님 같은 분에겐 그 24시간이 지금 매우 귀중한 시점에 와 있습니다."

이건 또 무슨 위협이란 말인가! 이영주 교수는 이어서 한 마디를 덧붙였다.

"그러나 인간에겐 생명력이란 게 있습니다. 사람마다 그 생명력은 각기 다르게 되어 있습니다. 못이나 바늘 하나 찔려서 생명을 잃는 경우도 있고 팔다리가 부러졌거나 배가 터졌어도 사는 경우가 있습니다. 자신이 갖고 있는 생명력이나 믿어보시기 바랍니다."

그리고는 또 휑하니 병실을 나가버렸다. 이번에도 이쪽의 전후 사정이나 심경 같은 건 전혀 살피지 않겠다는 태도였다. 다만 환자란 호칭이 선생님으로 바뀐 점이 달랐다. 아마도 김찬 교수와의 통화로 내가 학교 선생이란 걸 알았던 모양이다. 그러나 이 교수의 이야기 가운데 뒷부분에 나온 '생명력' 운운하는 대목이 의미심장하게 다가왔다.

오후 시간이었다. 담당 의사인 이정우 닥터가 찾아왔다. 혼자가 아니라 13병동 김이영 수간호사와 함께였다.

"환자 분의 과科를 바꾸는 문제로 왔습니다. 이영주 교수님과 상의했는데 아무래도 외과에서 내과로 과를 바꾸는 것이 좋을 듯합니다."

"그럼 수술은 안 하나요?"

"예, 안 하는 것도 되고 못하는 것도 됩니다. 외과 치료보다는 내과 치료로 바꾸는 것이 유리할 것 같다는 것이 이 교수님 판단입니다. 잘 생각해보시고 수간호사님을 통해 수속을 밟으시기 바랍니다."

이정우 닥터가 다녀간 뒤 나와 아내는 한동안 혼란에 빠졌다. 수술을 받는 게 유일한 희망이라 해서 이 병원까지 찾아왔는데 수술 한 번 받아보지 못하고 죽게 되었구나 싶은 생각에서였다.

그러나 그건 아니었다. 결과적으로 잘된 일이었고 올바른 선택이었다. 겉으로는 냉정하고 살벌하기까지 했던 이영주 교수가 나름대로 고민 과정을 거쳐 의사로서의 양식과 권위를 걸고 결정한 일이었다. 나아가 그 결정은 점차 나를 좋아지는 길로, 밝은 생명의 길로 안내해 준 계기가 되었다. 나중에 김찬 교수로부터 들어본 바에 의하면, 그런 상황에서 이영주 교수같이 현명하게 판단하고 결정하기가 결코 쉽지 않은 일이라고 했다. 일단 자기 앞으로 들어온 환자를 다른 의사에게로 돌리는 것도 여간한 배포와 포용심이 아니면 안 된다고 했다. 그건 의사의 자존심이 걸린 문제라 그렇고 이름난 외과의사로서는 더욱이나 결정하기가 힘든 일이라 상당한 고민이 따랐을 것이란 얘기였다. 또한 전과를 시킬 때 의견서(consulting)를 내는데 담당의사를 지명하는 일도 이영주 교수의 몫이었을 것이라 했다. 사람은 역시 외모나 겉으로 나타난 부분만 가지고 평가하는 것이 어딘가 위험하고 부족하다는 생각이다. 그 날 저녁에 나는 전과轉科 동의서에 사인하고 외과 환자에서 내과 환자로 신분이 바뀌게 되었다.

이성구 교수님

외과에서 내과로 전과하여 나를 받아준 의사는 이성구란 이름의 교수였다. 이성구 교수는 이영주 교수와는 너무나 대조적인 의사였다. 이영주 교수가 외과의사의 전형으로 직선적이었다면 이성구 교수는 또 내과의사의 특성을 가장 잘 지닌 곡선적인 의사였다. 독실한 가톨릭 신자이기도 한 이성구 교수는 우선 심성이 선량하고 친절한 분이었다. 특히 그 눈빛이 선량하기 이를 데 없었다. 커다랗고 맑고 깊은 눈이 안경알 너머에서 껌벅거린다. 그 눈으로 환자의 눈을 찬찬히 그리고 그윽하게 바라보아 준다. 그 눈빛만으로도 환자는 우선적으로 안도감을 갖게 된다.

실상 병원에서 환자들은 모두가 약자들이고 겁먹은 사람들이다. 잘못한 일도 없으면서 잘못한 사람인 것 같고 괜시리 피해자인 것만 같고 또 죄인인 것만 같은 사람들이다. 그런 환자들에게 의사나 간호사의 태도나 대우는 매우 큰 영향을 미치도록 되어 있다. 나같이 정서적인 경향인 인간에겐 더더욱 그러하다. 이성구 교수처럼 조용하고 내면적이면서 사려 깊은 의사를 아직 만나 본 적이 없다. 병원 세계에서 뿐 아니라 일반 사회에서도 그건 그러하다. 이성구 교수는 조용함과 부드러움을 넘어서 명상적이기까지 한 의사였다. 이런 의사를 내가 주치의로 만난 것은 그야말로 행운에 해당되는 일일 것이다. 그러고 보면 처음 외과에서 만났던 이영주 교수한테도 감사하는 마음을 가져야 할 것 같은 생각이 든다. 이런 의사를 만나게 해주었으니까 말이다.

이성구 교수는 회진도 결번이 없었다. 시간이 좀 들쭉날쭉이라 기다리는 일이 좀 신경 쓰여서 그렇지 하루에 한 차례는 꼭 찾아와 환자를 살피고 갔다. 어떤 날은 오후 시간에도 찾아주었다. 찾아와서는 일단 나를 침대에 눕히고 이곳저곳 배를 눌러보거나 청진기를 대본다. 그리고는 담당 레지던트에게 여러 가지 검사 내용을 점검하고 간단한 지시를 내리고 간다. 진찰 기간 할 말이 있으면 꼭 환자의 눈을 들여다보며 이야기해준다. 그 음성이 얼마나 조심스럽고 자그마한지 옆에서 대기하고 있는 아내의 귀에조차 들리지 않을 정도였다. 진찰이 끝나고 나서는 환자의 무릎이나 어깨를 한번 가볍게 쓸어주면서 짤막한 말로 위로를 해준다.

"됐습니다. 잘 지내세요."

아주 짧고 간결한 말이다. 그렇지만 그런 말들은 환자의 마음을 부드럽게 쓰다듬어주고 편안하게 해주는 효과를 발휘하곤 한다.

더욱 감사한 것은 이성구 교수가 의사 중심이 아니라 환자 중심으로 진료를 한다는 것이었다. 그리고 환자의 자생력自生力을 북돋아주는 방향으로 치료를 해준다는 것이었다. 콧줄로 유동식을 주입할 때에도 환자의 의견이나 몸 상태를 충분히 들어보는 동시에 자주 영양사를 보내어 상황을 살피게 했다. 먼저 입원했던 병원에서는 유동식을 주입할 때 1시간 남짓이었는데 이 병원에서는 4시간 정도 시간이 걸렸다. 하루 세 번이니까 12시간을 유동식을 넣는 데 소비했다. 어떤 날은 오전 8시부터 시작하여 밤 11시 가까운 시각에 끝날 때도 있었다. 동시에 오른쪽 목 부분에 뚫었던 C라인을 제거하고 오른쪽 팔에 PICC 라인(말초삽입 중심정맥관), 심장 가까이까지 들어가는 주사 줄을 주입하여 영양제를 지속적으로 놓아주었다. 그리고 왼쪽 팔에는 일반 주사나 항생제를 놓아주었다. 이렇게 되고 보니 나는 주사를 세 개나 달고 사는 사람이 되었다. 얼마나 불편하고 고통스러운지 몰랐다. 유동식을 주입하는 일은 전적으로 간호사들이 하도록 되어 있었으나 아내가 그럴 수 없는 일이라 여겨 자기가 자임自任하고 나셨으므로 아내의 고달픔 또한 대단한 것이었다. 그러나 조금씩 내려갔던 체중이 올라오고 몸의 상태가 호전되기 시작했다. 그야말로 그것은 새로운 치료법의 효과였다.

서울아산병원으로 옮겨온 지 보름쯤 지났을 때 이성구 교수는 나에게 음식을 입으로 먹는 일을 시도해보자고 제안했다. 그러나 내가 주저하는 눈치를 보이자 하루 이틀 계획을 미루었다 해보자고 했다. 불안해하는 환자의 심리상태를 십분 받아들인 처사였다 할 것이다. 드디어 물을 마시는 과정을 거쳐 미음을 먹고, 다음에 죽을 먹게 되었다. 그때까지도 나는 콧줄을 단 채 숟가락에 음식을 떠서 입에 가져다 넣곤 했다. 그럴 때마다 음식을 담은 숟가락이 콧줄에 턱턱 걸리곤 했다. 그래서 음식을 먹을 때마다 한 손으로 콧줄을 들어 올려야만 했다. 그렇게 1주일이 흘러갔다. 이제는 유동식을 주입하는 콧줄이 필요 없게 되었다. 그러나 나는 콧줄을 빼내는 것을 주저하고 있었다. 먼저 번 병원에서 두 번씩이나 식사를 시도하다가 열이 나고 배가 아파 실패한 경험 때문에 그랬을 것이다. 나의 이런 망설임에 이성구 교수는 선선히 동의해주었다. 그러다가 어느 날 아침 회진 시간에 직접 자신의 손으로 콧줄을 제거해 주었다.

"이젠 더 이상 놓아두지 말고 빼도록 하지요. 알아보니 우리 병원엔 이것보다 더 발전한 도구가 있다고 합니다. 필요하게 되면 다시 시술하도록 하지요."

서울아산병원은 3차 진료기관이라 한 환자가 무작정 입원할 수 있는 병원이 아니다. 수술환자일 경우, 위암 수술은 사전 사후 검사와 수술, 사후 처리까지 합쳐 10일 정도, 간암 수술일 경우 보름 정도였다. 그러나 나의 경우는 언제 완치된다는 보장이나 예정이 없었다. 옮긴 병원에서도 장장 2개월 27일을 보냈다. 그러니까 3개월 가까운 기간이었다. 한 환자가 입원할 수 있는 날짜의 한계를 훌쩍 넘기고 있었던 것이다. 그러던 어느 날의 회진 시간이었다. 마침 13병동의 수간호사가 이성구 교수의 회진에 동참해 있었다. 진찰을 마치고 돌아섰던 이 교수가 다시 내 쪽으로 돌아섰다. 그러더니 병실 밖으로 나가려는 수간호사를 불렀다.

"수간호사님, 이 환자분 입원 기간 문제인데요, 간호사실에서 말이 좀 있지요?"

그건 나한테 알아들으라고 하는 말 같았다.

"네, 실은 그렇습니다."

수간호사가 조심스레 말을 받았다.

"그런데요, 수간호사님. 이 환자분이 많이 불안해하니까 잠시 더 두고 보기로 하지요."

그건 또 수간호사에게 알아들으라고 하는 말 같았다. 병실 사정이 복잡하더라도 환자의 치료나 편의를 위해 배려해주자는 담당 의사의 처방이자 제안이기도 했다. 이렇게 해서 같은 자리에서 이성구 교수는 양쪽의 불안과 불만을 한꺼번에 잠재워 해결해주었던 것이다.

이성구 교수가 그런 분이다. 인술도 훌륭하거니와 인품도 좋고 더 나아가 영혼이 맑고 투명한 그런 의사였다. 회진을 마치고 이 교수가 돌아갈 때면 나는 자리에서 벌떡 일어나 이 교수의 뒷모습을 향해 앉은 채로 깊이 허리를 굽혀 인사를 드리곤 했다. 그건 받는 사람이 받든지 말든지 내 쪽에서 드릴 수 있는 최선의 경의의 표시였다. 그럴 때마다 이성구 교수는 반절쯤 몸을 돌리고 몸을 약간 굽혀 내 인사를 받아주곤 했다. 그렇게 이 교수는 섬세한 성품의 인물이었던 것이다. 내가 끝내 병고의 사슬을 끊고 병원에서 나올 수 있었던 것은 이러한 이성구 교수의 전폭적인 지지와 심정적인 배려와 탁월한 인간적 치료방법의 덕택이다. 거기에 가족들의 헌신적인 간호가 있었고 눈에 보이지 않는 신의 보살핌과 은혜가 있었음은 물론이겠다. 그런 의미에서 나는 불운의 처지에서까지 행운의 인간이었다 할 것이다.

울면서 보낸 날들

서울아산병원으로 와 외과에서 내과로 옮기고, 그 과정에서 심각한 말을 많이 듣고 수술도 안 된다 해서 이제는 정말로 죽는 게 아닌가 하는 생각이 들기 시작했다. 낮 시간은 그렁저렁 보낸다 해도 밤 시간은 너무나 지루하고 겁이 나고 길었다. 잠이 오지 않았다. 아니, 잠을 이룰 수가 없었다. 병실에서 소리 내어 기도하는 건 다른 환자들에게 피해가 되기도 하고 싫어하기도 하니까 아내와 나는 병원의 구석진 곳을 찾아다니며 숨어 들어가 기도를 드렸다. 병원엔 우리가 만만하게 찾아가 기도드릴 은밀한 공간이 많지 않았다. 복도 끝 환풍기가 있는 곳, 안 쓰는 엘리베이터 부근이거나 화장실 앞이나 비워놓은 사무실 앞 같은 곳을 찾아내어 그리로 가 무릎을 꿇곤 했다. 밤마다 그렇게 했다. 오직 그 길밖에는 없었다. 딴 방법이 없었다. 이제는 내 편에서 아내에게 기도를 청하기도 했고 나 자신 소리내어 기도를 하기도 했다. 기도를 드릴 때마다 울음이 솟아 나왔다. 가슴 깊은 데서부터 우러나오는 울음이었다. 번번이 얼굴은 콧물 눈물로 범벅이 되곤 했다. 병원 13층에서 내려다보면 서울의 야경이 아름답게 보였다. 한강에 거꾸로 비친 불빛이며 올림픽대교의 불꽃탑이 너무도 아름다워서 더욱 서러운 심정이었다.

침대에 누워서 많은 생각들이 오고 갔다. 그건 생각이라기보다는 후회와 반성 일색이었다. 생각해보니 참으로 잘못한 일, 잘못 산 일들이 너무 많았다. 개인생활, 가정생활, 직장이나 사회생활을 통틀어 별로 잘한 일이 없었다. 우선 가족들에게 잘해주지를 못한 점이 후회스러웠다. 딸아이에게는 그런 대로 괜찮았다. 학교도 좋은 학교를 나왔고 결혼해 좋은 남편 만나 잘 살고 있기 때문에 그래도 덜 걸리는 마음이었다. 그러나 아내와 아들아이한테는 많이 미안한 마음이었다. 신경질을 많이 보여주었던 일, 폭언이나 폭행했던 일, 모질게 대한 일, 돈이 없어 고생시킨 일, 술을 많이 마시고 집에 돌아와 심하게 주정을 했던 일들이 새록새록 떠올라 괴로웠다. 그래도 이제는 아무런 일도 다시는 고쳐 할 수도 없고 과거로 돌아갈 수 없기에 더욱 괴로웠다.

생각해보면 나는 참 오만하고 아집이 강한 인간이었다. 이기적인 성향의 사람이었다. 실속 없이 이 여자 저 여자 오랜 세월을 두고 좋아하고 집적거리며 따라다닌 일도 후회막급이었다. 그 여자들 지금은 어디에 있는가? 나에게 무슨 의미를 주고 있는가? 정신적인 것도 간음이라는데 그런 것도 많이 반성되었다. 더러는 본의 아닌 일로 남의 돈을 갚지 않은 일, 좋게 말해서 갚지 않은 것이지 떼먹은 일도 낱낱이 생각이 떠올라 괴로웠다. 고등학교 다닐 때, 공주시내 봉황서림 주인에게 차비를 빌리고 안 갚은 일, 월남에서 귀국할 때 전우에게 백 달러를 빌리고 안 갚은 일, 청주식당 여자 주인에게 음식 외상값 만 오천 원을 주지 못한 일, 문광사서점 주인이 부도가 나서 야반도주함으로써 자동적으로 수월찮은 액수의 책값을 떼먹은 일 등등. 더러는 본의가 아니었다 하더라도 잘못한 일은 잘못한 일이었다.

결단코 갚으리라. 병원을 나가기만 한다면 무슨 수를 쓰더라도 갚으리라. 할 수만 있다면 내 머릿속, 내 가슴속, 몸속 구석구석에 숨어 있는 죄악의 찌꺼기들을 남김없이 토악질해내고 싶었다. 그런 다음 죽더라도 깨끗한 몸과 맘으로 죽고 싶었다. 그런 마당에 내가 할 수 있는 일은 기도밖에 없었다. 기도라 해도 울면서 울면서 드리는 기도였다.

"주님이시여. 나의 아버지 하나님이시여. 저는 지금 막다른 골목의 담벼락 앞에 서 있고 벼랑 끝에 서 있습니다. 주님께서 밀어내시면 떨어질 수밖에 없고 죽을 수밖에 없습니다. 주님이시여, 아바, 아

바, 아버지시여. 부디 저를 버리지 마시고 밀어내지 마시고 구하여 주옵소서. 주님의 선하고 바르고 아름답고 힘있는 오른팔로 저를 붙잡아 주옵소서. 선택해주옵소서. 부디 버리지 말고 선택해주옵소서."

한번도 주의 깊게 생각해보지 않았던 '선택'이란 용어가 저절로 마음속에서 떠올랐다. 또 이런 기도를 드리기도 했다. 그것은 나 자신의 희망 사항이고 다짐이기도 했다.

"하나님, 저를 선택해주기만 하신다면 이렇게 살겠나이다. 첫째, 신자로서 하나님 보시기에 아름다운 신실한 사람으로 살겠나이다. 둘째, 가족들을 위해서 가족들 옆에서 아내와 아들아이와 딸아이의 좋은 보호자로 살기를 소망합니다. 셋째, 이제부터는 조그만 노인이 되어 자신의 생애를 완성하는 사람이 되고 싶습니다."

어느 날 아내가 나에게 물었다.

"여보, 그렇게 살고 싶어요?"

"그래, 살고 싶어."

"정말로 살고 싶어요?"

"정말 살고 싶어."

"얼마나 살고 싶어요?"

"팔뚝 하나를 잘라내더라도 살고 싶어."

"그럼 그 남은 팔뚝으로 무얼 할 건데요?"

"응, 우리 교회에 나가 청소를 하고 싶어."

아내는 내가 마지막으로 한 말인 교회에 나가 청소를 하고 싶다는 건 지금이니까 그렇지 나의 성격이나 인간 됨됨이나 취향으로 보아 실천 불가능한 일이니 함부로 발설하지 말라고 다짐을 두었다. 아내가 나중에 이때의 일을 이렇게 말해주기도 했다.

"을지병원에서까지만 해도 깨어지고 녹아지고 부서지지 않았어요. 인간적인 오만과 고집스러움이 그대로 남아 있었어요. 여전히 단단하다는 느낌이었어요. 그런데 서울아산병원에 와서는 모든 걸 놓고 오직 자기 생명줄 하나만 붙잡고 있는 것 같았어요."

'기도가 쌓일 만큼 쌓여야 그 바라는 바가 이루어진다'는 말이 있다는데 과연 그런가 싶었다. 간절한 마음, 매달리는 마음으로 아주 많이 기도를 드리며 조금씩 무언가 달라지는 것을 느꼈다. 한번인가는 이런 일도 있었다. 양팔에 주사바늘을 꽂고 콧줄로 유동식을 주입하고 있을 무렵이었다. 아내도 고단했던지 일찌감치 간병인용 보조침대에 누워 잠을 자고 있었다. 한동안 배가 아픈 듯하더니 아래로 무언가 흘러내리는 듯한 기미가 있었다. 대변이라 해도 액체로 찌르르 나오던 때였다. 점점 급해졌다. 그러다간 침대에 앉은 채 볼일을 보아야 할 지경이었다. 아내를 흔들어 깨웠다. 아내는 쉽게 일어나지 않았다. 서둘러 침대에서 내려와 화장실로 갈 준비를 했다. 우선 두 개의 링거용 폴대와 연결된 전기코드를 뽑았다.

그런 다음, 한 손에 하나씩 폴대를 몰면서 화장실 쪽으로 나아갔다. 아내는 잠결에서 헤어나지를 못해 사태를 제대로 파악하지 못하고 있었다. 그런데 이게 어쩐 일인가? 벌써 아래쪽으로 배설물이 흘러나오고 있었다. 나는 급한 김에 다리를 오그리고 한 손으로 환의 바지를 끌어다 막았다. 그러느라 다리를 오그리고 걷는 오리걸음이 되었다. 꽈당! 그건 순간에 일어난 일이었다. 전혀 예상치 못한 사건이었다. 얼결에 왼손으로 병실 바닥을 짚었다. 그러나 이미 나동그라진 뒤였다. 아내가 급히 다가와 일으켜주었다. 머릿속이 한 바퀴 팽, 돌면서 이거 큰일이 나도 크게 났구나 싶은 생각이 들었다. 여기서 뼈라도 하나 부러지거나 으스러지게 된다면 어찌할 것인가. 그러나 아내가 일으켜 주었을 때, 내 몸에는 아무런 이상도 없었다. 다만 왼쪽 팔목에 조그만 피멍이 들고 오른쪽 PICC 라인 주사바늘 자리에 충격이 가해져 피가 조금 밖으로 새어나온 것뿐이었다. 오! 하나님.

병을 얻기 전 주위에서는 나더러 성공한 인생을 산 사람이라는 말을 많이 했다. 직장의 일로나 문단의 일로나 가정의 일로나 그만하면 만족할 만한 수준이다 싶은 의견이었다. 그러나 병원에 납작 엎드려 생각해보니 그게 아니었다. 나의 인생이야말로 완전히 실패한 인생이었다. 인생의 성공과 실패는 자기 자신이 인식하는 것과 타인이 바라보아주는 것에 많은 차이가 있을 수 있다는 것을 알게 되었다. 자기의 영혼 하나 제대로 건지지 못한 인간, 게다가 언제 생명의 불꽃이 꺼질지 모르는 인간, 이런 인간의 인생이 어찌 성공한 것이란 말인가?

병실로 유재영 시인과 윤효 시인이 병문안 왔을 때 유재영 시인은 수척해진 나의 몰골을 바라보다가 팔을 한번 걷어 올려보라는 주문을 했다. 오른쪽 팔의 환의를 걷어 올렸다. 나는 팔뚝이 굵지 않은 사람이다. 오랜 기간 음식을 넘기지 못했으므로 나의 팔뚝은 가느다란 나무막대처럼 되어 있었다. 유재영 시인이 말했다.

"그럼, 그럼. 조선 선비의 팔뚝이 저런 팔뚝이야."

그 말을 듣자 나는 울컥하는 마음이 들었다. 옆에 있는 윤효 시인을 보면서 말했다.

"윤 선생, 인생은 실패야. 누구의 인생이든 실패로 끝나게 되어 있어. 정주영도 결국 죽었으니까 실패한 인생이야."

나는 엉뚱하게도 서울아산병원의 설립자인 정주영 회장의 이름까지 들먹이며 '실패한 인생'에 대해서 강조해서 말하고 있었다. 아마도 자신의 실패한 인생을 그렇게 핑계대고 비교함으로써 위로받고 싶었는지도 모를 일이겠다.

병실에서 아내와 내가 많이 부른 찬송가가 있었다. 그것은 '세상에서 방황할 때'로 시작되는 「주여 이 죄인이」란 복음 찬송가였다. 가사를 제대로 알지 못해 같은 교회 신도인 유계자 씨에게 전화를 걸어 가사를 불러 달라 해서 적은 노래이다. 가사 내용이 은혜로워 부르면서 많은 위로를 받았다. 특히 나에겐 2절의 내용이 가슴에 와 닿았다. 나의 처지와 너무도 닮았다는 생각에서 그랬다. 그 찬송가를 부를 때는 미처 4절까지를 다 부르지 못할 때가 많았다. 번번이 울음이 나와서 그랬다. 얼마나 많은 시간을 울면서 지냈는지 모른다. 얼마나 많은 눈물을 흘렸는지 모른다. 링거 줄을 통해 들어간 수분의 대부분이 땀과 눈물로 흘러나오지 않았을까 싶을 정도였으니까 말이다.

많은 사람 찾아와서 나의 친구 되어도
병든 몸과 상한 마음 위로받지 못했다오
예수여 이 죄인을 불쌍히 여겨주옵소서
의지할 곳 없는 이 몸 위로받기 원합니다

— 안철호 작사, 복음성가, 「주여 이 죄인이」 2절

나는 오늘 산을 그렸다

— 병실에서 쓴 유일한 산문

병상에 누운 지 넉 달째. 처음 입원했던 대전의 병원에서 서울의 한 병원으로 옮겼다. 2차 진료기관에서 3차 진료기관으로 옮긴 것이다. 많이 늦은 느낌은 있지만 그래도 늦은 때가 빠른 때란 말을 믿고 저지른 일이었다. 서울 와 처음에 든 병실은 강물이 내려다보이는 방이었다. 한강. 서울의 강이며 우리의 강. 민족의 한과 기쁨과 역사를 가슴에 안고 침묵으로 흐르는 강. 사흘 밤낮을 꼬박 내려다 본 한강은 크고도 넓고도 넉넉했다. 지금껏 보아온 어떠한 강물보다 너그러운 강물이었다. 맑고도 푸르고 융융한 흐름을 지닌 강물은 푸근한 모성의

품을 연상케 했다.

강물은 우리에게 흐르는 마음을 준다. 출렁이는 마음, 설레는 마음도 준다. 하지만 지금의 나에게는 안정된 마음이 절실하게 필요하다. 고요롭고 그윽하고 평화로운 마음이 요구된다. 나처럼 감성적이다 못해 격정적이기까지 한 사람은 듣고 보는 모든 것들의 영향을 쉽게 받기 때문에 더더욱 그러하다. 강물이 보이는 병실에서 옮겨진 병실은 다행히 동쪽 방향에다가 산줄기가 건너다보이는 방이었다. 아파트 수풀 너머로 보이는 산줄기는 그 선이 그럴 수없이 아름다웠다. 어떤 것은 기와지붕 모양으로 보였고 어떤 것은 초가지붕 모양이기도 했다. 아침마다 산봉우리들은 해를 등에 지고 내게로 다가오곤 했다. 날씨가 맑은 날이면 더욱 아름다운 자태를 자랑하곤 했다. 날마다 아침마다 나는 산을 바라보는 것이 하나의 일과가 되다시피 했고, 또 산을 바라보는 일은 나에게 커다란 위안을 안겨주었다.

저 산을 한번 그려보면 어떨까? 여러 날을 마음속으로만 망설이다가 어느 날 끝내는 연필을 들었다. 양쪽 팔뚝에 링거 줄이 꽂혀 있지만 연필을 꼬나잡은 손가락에 힘이 솟았다. 아름다운 산의 능선만 보면 가만히 있지 못하던 내가 아니던가……. 절로 마음이 뜨거워지고 미치던 내가 아니던가……. 울멍울멍 이어진 산의 능선을 눈빛으로 붙잡아다가 천천히 종이 위에 고정시켜 나갔다.

서울아산병원 134-38병실에서 2007. 6. 15

아, 다 그렸다! 가슴속으로 찌르르 쾌재가 왔다. 대학노트 크기 한 장일 뿐이지만 연필로 바탕그림을 그리고 그 위에 붓펜으로 덧칠을 하다보니 제법 많은 시간이 흘렀다. 근경으로 아파트 마을을 그리고 중경으로 야산을 넣고 그 위에 물결쳐 간 먼 산줄기를 그렸다. 그림을 다 그리고 나니 저녁의 지는 햇빛이 산의 능선을 비추고 있었다. 산줄기는 그 능선만 있는 것이 아니라 봉우리로부터 아래쪽으로 내리닫는 골짜기의 선도 있었다. 거기에는 짙고 엷은 색깔의 음영까지가 있어서 더욱 산을 신비롭게 보이도록 했다. 아, 그렇구나. 지는 햇빛 아래서 바라볼 때 산의 진짜 모습, 그 진가가 나타나는 거구나. 다음번에 산을 그릴 때는 이런 것들도 충분히 참고해야지. 그것은 나에게 하나의 조그만 발견이었고 조용한 기쁨이었다.

병상에 누워있는 사람이 무슨 그림을 그리고 산의 이야기를 들먹이느냐고 핀잔을 하는 사람이 있을지 모른다. 하지만 나는 오늘 산을 그리므로 마음속으로 그 누구도 짐작하지 못할 은밀한 정신의 희열을 맛본다. 마음의 힘을 느낀다. 좋아지겠지. 내일은 오늘보다 더욱 좋아질 거야. 그럼, 그렇구말구. 믿어야지. 분명 그럴 거야. 내가 종이 속에 그려 넣은 산봉우리들은 나이 많고 지혜로운 노인처럼 나를 향해 고개를 끄덕거려 주는 것만 같다. 아, 오늘은 산을 그린 날. 기쁘다. 고맙다. 나는 오늘도 이렇게 살아서 숨 쉬고 있는 한 사람이구나! 이 얼마나 감사한 일일까 보냐.

*손소희 기자의 청탁으로 〈산사랑〉 2007년 여름호에 발표.

새로운 미각

말이니 그러하지 105일만의 일이다. 105일 동안 입으로 아무것도 먹지 못하고 살았다. 계속되는 형벌의 날들이었다. 오히려 먹는 것은 없고 땀과 눈물만 흘리며 견딘 날들이었다. 땀이라도 그냥 땀이 아니다. 진땀이었다. 온몸을 적시며 는개처럼 흘러내리는 땀이었다.

무엇보다 먼저 먹고 싶었던 것은 물이었다. 물을 시원스럽게 한 컵 마시는 것이 소원이었다. 그러나 나는 결코 그럴 수 없는 처지에 놓여 있었다. 하도 오랫동안 목구멍과 식도와 위장을 사용하지 않아서 물 마시는 일조차 함부로 할 수 없는 처지였다. 6월 9일. 물을 먹어보는 것이 좋겠다는 이성구 교수의 권고가 있었다. 아내가 지하층 상점에서 사다가 컵에 따라준 식수를 숟가락으로 떠서 입으로 가져갔다. 두려운 생각이 들었다. 이러다가 또 탈이 나고 열이라도 나면 어쩌나? 영양사가 찾아와 물을 베어 먹고 씹어 먹으라고 일러주었다. 물을 베어 먹고 씹어 먹으라고? 나는 숟가락으로 떠올린 물을 입술로 조금씩 베어다가 여러 차례 씹은 다음 목구멍으로 넘겼다. 그렇게 하기를 5일 동안 계속했다. 그때 나는 비로소 물도 베어 먹어야 하고 씹어 먹어야 한다는 것을 알게 되었다.

6월 14일의 아침식사시간, 미음 한 그릇이 간장과 함께 나에게 제공되었다. 그것은 아주 맑은 미음이었다. 바닥이 들여다보일 정도로 농도가 약한 음식이었다. 역시 조금씩 떠다가 여러 번 씹은 다음 목구멍으로 조심스럽게 넘겼다. 맑은 미음 먹기 이틀, 짙은 미음 먹기 또 이틀. 그런 뒤로는 죽이 나왔다. 다시 죽 먹기 3일. 1주일을 보내고 밥이 나왔다. 나는 밥의 양이 적은 사람이라 반 그릇도 먹지를 못하고 남기곤 했다. 담당 레지던트는 밥의 양을 늘리라고 말했지만 쉽게 늘려지지 않았다. 그렇게 밥을 식도로 넘기는 일이 다행스러웠고 밥을 먹고 나서도 예전에 그랬던 것처럼 열이 나지 않고 배가 아프지 않은 것만 고마웠다.

음식을 먹기 시작하고 입맛이 당겨지면서 내가 가장 많이 찾은 것은 채소 종류와 과일 종류였다. 푸른 잎 무김치와 오이소박이, 과일 종류라도 토마토가 좋다 하여 방울토마토를 아주 많이 먹었다. 한동안 그렇게 채소와 과일을 먹다 혈액검사에서 지적 받은 적도 있다. 그런 음식 속에 들어 있는 전해질 가운데 하나인 칼륨(포타슘) 성분이 몸속에 과다하게 축적되었다는 것이었다. 칼륨은 미네랄의 일종으로 사람의 몸에 필요한 것이요, 이로운 것이지만 적정치를 넘으면 심장마비를 일으키는 원인이 될 수도 있다고 했다. 갑작스레 혈액을 다시 채취하고 새로운 약 처방이 내려지는 등 법석이 있었다. 카리메트. 물에 타서 마시는 과립顆粒인데 그건 칼륨 저하제低下劑였다. 서울아산병원은 환자에게 무슨 변화가 생기면 호들갑스러울 정도로 급히 서둘고 대처하는 것이 특별한 점이요, 또 장점이었다.

오랜 금식에서 풀려나 음식을 먹으면서 나의 입맛이 예전하고 많이 달라졌다는 것을 알게 되었다. 그건 나의 혀가 단맛, 즉 당분을 거부한다는 것이었다. 병원 음식 가운데 설탕이 가미된 반찬 종류가 꽤나 있었다. 그렇게 설탕이 첨가된 음식을 입에서 거부한다는 것이었다. 누구보다도 단 음식을 좋아했던 나였다. 그런데 단 음식을 거부하다니, 이 또한 놀라운 변화라면 놀라운 변화였다. 아무리 먹어보려 해도 느끼한 맛이 입맛에 당기지 않았다. 이런 이야기를 듣더니 아들아이가 말했다. 좀 색다른 의견이긴 하지만 그렇겠구나 싶기도 했다.

"아버지 혀가 그동안 포맷이 되어서 그럴 거예요. 컴퓨터의 소프

트웨어를 포맷하는 것같이 말이에요. 지금까지 적응되어 있던 미각, 쌓였던 미각들을 금식하는 동안 밭갈이하듯 다 지워버려서 그럴 거예요. 그래서 아버지의 혀가 처음 태어났을 때의 어린 아기의 미각으로 돌아간 것일 거예요."

수녀님과 가수

가수 김정식 님

6월 중순부터 식사를 하기 시작하면서 조금씩 몸의 상태가 좋아지고는 있었으나 병원생활이 오래 지속되다 보니 여러 모로 힘든 점이 많았다. 그 가운데서도 아내의 건강이 점점 무너지고 있는 점은 참으로 안타까운 일이었다. 나로선 유일하게 기댈 마지막 언덕인데 그녀의 건강이 바닥이 나고 있는 것이었다. 그도 무리는 아니었을 터. 내처 다섯 달 가까이 계속된 간병인 노릇이었다. 감기, 몸살, 변비, 운동부족, 소화불량, 체중 증가……. 거기다가 불안 초조감에다가 조울증까지 겹쳐 환자인 내가 보기에도 아내는 위태로운 상태였다. 그러면서도 쉽게 병실을 떠나려 하지 않는 아내를 달래어 공주에 있는 집에 내려가 한 차례, 서울 딸네 집에 두 차례 가서 지내다가 돌아오도록 했다. 어떻게 하든지 내가 빨리 병이 나아서 퇴원하는 길만이 완전한 문제 해결인데 그것이 제대로 안 되어 답답하던 날들이 계속되고 있던 어느 날이었다.

병실 전화기로 전화 한 통이 걸려왔다. 아내가 전화를 받았다. 전화의 주인공은 김정식 씨. 김정식 씨는 지난해 여름, 공주에서 처음으로 만난 적이 있는 분인데, 오래 전 대학생 창작가요제에서 금상으로 입상한 가수였다. 이해인 수녀가 공주로 강의를 하러 왔을 때 같이 와서 노래를 불러준 바 있었다. 이해인 수녀도 실은 지난해 여름 맨 처음 만났는데 김정식 씨도 그때 처음으로 알게 되었던 것이다. 전화 내용은 그 김정식 씨가 병문안 겸 나의 병실로 찾아와 노래를 불러주겠노라는 것이었다. 이러한 전후 사정을 잘 알지도 못했거니와 심정적으로 불안정하던 때였는지라 아내는 자세히 전화 내용을 들어보지도 않고 일언지하에 병실에서는 노래 같은 걸 부르면 안 된다고 말해주고 전화를 끊어버렸다.

좀 아쉬운 감이 없지 않았지만 나로서도 어찌할 도리가 없었다. 실상 병실 안에서는 악기 연주나 노래 부르는 일이 금지되어 있었다.

간혹 목사나 신부가 방문하여 신도들과 찬송가를 부르는 일조차 허락되지 않고 있었다. 이런 점은 서울아산병원이 특히 철저하게 관리되고 있었다. 며칠 후 나의 병실로 한 낯선 의사가 찾아왔다. 중년을 좀 넘겼지 싶은 건장한 남자의사였다. 의사는 자기가 서울아산병원의 종양내과에서 일하는 서철원 교수라고 소개했다. 그러면서 이해인 수녀 이야기를 꺼냈다. 청년 시절부터 이해인 수녀의 시를 좋아해 편지를 주고받던 독자인데 그 이해인 수녀로부터 가수 김정식 씨가 나의 병실로 찾아가 노래를 부를 수 있도록 배려해달라는 전화를 받았다는 것이었다. 아마도 아내가 안 된다 하니까 김정식 씨가 이해인 수녀에게, 다시 이해인 수녀가 서철원 교수에게 릴레이식으로 이야기가 전해졌던 모양이다.

서철원 교수는 13병동의 수간호사에게 이런 전후 사정을 밝히고 허락을 받아주겠다고 말하고 돌아갔다. 아닌 게 아니라 서 교수가 다녀간 뒤 얼마 지나지 않아 수간호사가 찾아와 병실에서 노래 부르는 것은 안 되지만 휴게실에서는 노래를 불러도 좋다는 말을 해주었다. 일은 급하게 이루어지고 있었다. 그 날 오후 2시에 김정식 씨가 기타가 든 커다란 가방을 들고 병실로 찾아왔다. 두 번째의 만남이었다. 아내와 나는 김정식 씨를 휴게실로 안내했다. 수간호사가 따라와 휴게실에 미리 와 있던 환자와 보호자들에게 양해를 구해주었다. 뿐더러 간호사나 환자나 보호자 가운데 노래를 들을 만한 사람들에게 노래를 들으러 휴게실로 가보라고 홍보하는 일까지 맡아 주었다.

아내와 내가 휴게실의 가운데 의자에 앉고 김정식 씨가 내 앞자리에 접의자를 가져다 놓고 앉아 기타를 연주하며 노래를 불러주었다. 노래는 모두 세 곡. 「사랑하는 마음 내게 있어도」, 「풀꽃」, 「제비꽃」. 모두가 내가 쓴 시를 김정식 씨가 직접 작곡한 노래들이었다. 김정식 씨는 미성의 가수이다. 나지막하지만 부드럽고 감미로운 그의 목소리가 나의 시를 노래로 바꾸어 들려주고 있었다. 병원에 장기 입원해 있는 환자의 입장으로 노래를, 그것도 직접 작곡한 작곡가의 음성으로 듣는다는 것이 꿈만 같았다. 영광이었다. 한 감격이었다. 내가 앓는 사람이 아니었다면 이런 호사가 어찌 나의 것일 수 있었을까? 이렇게 앓는 사람인 것도 나의 생애 가운데 나름대로 의미가 있고 특별한 삶이겠다 싶은 생각이 들기도 했다.

사랑하는 마음
내게 있어도
사랑한다는 말
차마 건네지 못하고 삽니다
사랑한다는 그 말 끝까지
감당할 수 없기 때문

모진 마음
내게 있어도
모진 말

차마 하지 못하고 삽니다
나도 모진 말 남들한테 들으면
오래오래 잊혀지지 않기 때문

외롭고 슬픈 마음
내게 있어도
외롭고 슬프다는 말
차마 하지 못하고 삽니다
외롭고 슬픈 말 남들한테 들으면
나도 덩달아 외롭고 슬퍼지기 때문

사랑하는 마음을 아끼며
삽니다
모진 마음을 달래며
삽니다
될수록 외롭고 슬픈 마음을
숨기며 삽니다.

— 나태주, 「사랑하는 마음 내게 있어도」 전문

악보를 들여다보며 노래를 따라 부르다 보니 목이 메어왔다. 저절로 눈물이 나왔다. 나는 노래를 끝까지 부르지 못하고 울음을 터뜨리고 말았다. 어깨를 들먹이면서까지 울고 있는 나를 아내가 한 팔로 싸안아 붙잡아주었다. 노래 세 곡이 모두 끝난 뒤 나는 김정식 씨에게 반주를 부탁하여 그동안 줄창 불러왔던 「주여 이 죄인이」 2절을 불렀다. 나 혼자 부르기 힘들어 아내의 손을 이끌어 함께 노래를 불렀다. 역시 많이 울먹이며 부른 노래였다. 울면서 부르긴 했지만 노래를 부르고 나니 마음이 평온해지고 기쁜 마음이 생기는 것 같았다. 그렇게 짧은 시간 신곡 발표회와 위문 공연을 겸한 미니 음악회를 마치고 김정식 씨는 다시금 기타가 든 커다란 가방을 들고 총총히 병원을 떠났다. 그 다음날 공연차 미국에 가야 한다는 것이었다.

이해인 수녀님

김정식 씨가 다녀가고 나서 6일째 되는 날 한낮(2007년 7월 26일), 나는 병원 뜨락에서 풀꽃 그림을 그리고 있었다. 김정식 씨를 병원으로 보내어 노래를 불러준 이해인 수녀에게 풀꽃그림을 그려서 보내주기 위해서였다. 꼬리풀꽃 그림을 그렸다. 그런 뒤, 그림과 함께 보낼 편지 한 장도 붓펜으로 썼다. 그것들을 봉투에 넣어 이해인 수녀에게 보낼 요량으로 병원 지하층에 있는 우체국에 가려고 엘리베이터 앞에 서 있었다. 바로 그때, 핸드폰이 울렸다. 뜻밖으로 이해인 수녀였다. 작년 여름과 마찬가지로 공주 쪽으로 강연하러 가는 길인데 마침 자동차 편이 있어 서울까지 올라가 병원에 잠시 들르겠다는 전갈이었다. 힘들면 아니 찾아줘도 좋다고 말했지만 이미 자동차가 많이 서울 쪽으로 근접하고 있다는 대답이었다.

병원에 온 뒤로 이상한 체험을 몇 차례 했는데 이해인 수녀에 관한 것도 그 가운데 하나였다. 이쪽에서 그 사람을 골똘히 생각하고 있는 동안 저쪽 사람도 나를 생각해주는 일이 일어나는 것이었다. 서울아산병원으로 와 처음 입원하던 날도 같은 시간대에 김남조 선생과 내가 마주 생각한 일이 있었는데 이번에 또 이해인 수녀와 내가 같은 시간대에 상대방을 생각하고 있었던 것이다. 이런 얘기를 나중에 대전의 김백겸 시인에게 들려주었더니 심리학에서도 이런 경우를 '동시성의 원리'로 풀이한다는 이야기를 해주었다. 나는 부치려던 편지를 들고 급하게 병실로 돌아왔다. 그런데 이해인 수녀보다 먼저 찾아온 손님이 있었다. 그것도 한 사람이 아니라 세 사람씩이나. 모두가 나에겐 소중한 의미를 지닌 분들이었다. 한 분은 이준관 시인. 그리고 두 분은 이익로 목사와 사모님. 조금은 당황스러웠다. 이 분들은 차근차근 따로 만나야 되는 분들인데 이렇게 엉켜버리고 말았으니 어떻게 조정해야 좋을지 망설여졌다. 얼마 기다리지 않아 이해인 수녀가 병실로 들어왔다. 이준관 시인도 이익로 목사 내외분도 익히 인쇄매체를 통해서 이해인 수녀를 알고 있었지만 이렇게 직접 만나기는 처음이라 했다.

오락가락 선후를 차리지 못하는 대화가 오고 갔다. 나로선 이해인 수녀가 가수 김정식 씨를 보내어 노래를 불러준 것도 고맙고 직접 병실로 문병 온 것도 감사했다. 작년 여름에 이은 두 번째 만남이었지만 무척 친근한 마음이 들었다. 아마도 시를 같이 쓰는 동료의식에서 그러했을 것이고 해방둥이로서의 또래라는 점에서도 그러했을 것이다. 뿐더러 이미 나온 나의 동화집 『외톨이』, 시선집 『오늘도 그대는 멀리 있다』에 추천의 글을 이해인 수녀가 각각 써주었다는 인연에서도 그러했겠지 싶다.

사진기가 있었으면 이준관 시인, 이해인 수녀시인과 사진이라도 한 장 남겼을 텐데 병실에 묶인 몸이라 그런 마련이 없어 많이 아쉬웠다. 모처럼 좋은 인간 조합을 놓쳤구나 싶었다. 10여 분 정도 머물렸을까. 이해인 수녀가 먼저 자동차 기사가 밖에서 기다리고 있다면서 급히 하직 인사를 했다. 이준관 시인과 내가 엘리베이터 타는 데까지 배웅을 나갔다 왔다. 이해인 시인은 역시 화사한 분이다. 떠나간 뒤 한참 동안 병실에 이해인 수녀가 남긴 새하얀 빛깔이 오래 어른거리는 듯싶었다. 마음의 향기라 그럴까. 깔깔거리며 명랑하게 웃으며 이야기하던 이해인 수녀의 얼굴 표정이며 목소리가 침울한 병실 여기저기에 남아 기웃대는 것만 같았다. 조금 더 있다가 이준관 시인이 돌아가고 이익로 목사 내외분이 맨 나중에 돌아갔다. 이익로 목사가 돌아가기 전 나는 또 기도를 부탁드렸다. 이 목사는 대전의 을지대학병원에 이어 두 번째로 기도를 해주었다. 역시 뜨거운 기도였다. 나는 이익로 목사의 손바닥 아래 엎드려 울면서 기도를 아멘으로 받아들였다.

그날은 이래저래 선후 못 차리게 혼란스러운 날이었고 그런 만큼 또 특별한 날이었다. 여러 사람으로부터 사심 없고 귀중한 축복과 응원을 받은 날이었다. 내가 많이 새로워진 날이기도 했다.

시인을 보러 온 사람
수녀님을 만나고 가고
수녀님을 보러 온 사람
시인을 만나고 갑니다

언제나 웃고 있는 작은 키의 민들레꽃
흰구름을 그리워하는 맑은 눈의 소녀

그러나 나는 참으로 사람다운
한 사람을 만나고
정다운 이웃의 아낙네
살가운 누이를 읽고 갑니다.

— 나태주, 「클라우디아 이해인 수녀」 전문

김남조 선생님

김남조 선생은 오늘날 한국 시단에서 극소수 원로 가운데 한 분이시다. 이 분은 인생으로서나 문학으로서나 모범이시다. 한 시절만 그런 것이 아니라 평생을 두고 그러하시다. 언제나 어린아이 같은 호기심으로 배우고 초등학생같이 정직하게 발언하시는 분이다. 이 분은 진화進化하는 자신을 꿈꾸며 사신다. 끝없는 자기완성을 바라며 사신다. 그러나 이 분의 완성은 오늘에 있지 않고 언제나 내일, 어느 지점쯤에 있게 마련이다. 그리하여 이 분은 스스로 퀸이며 지상에서는 악기요, 천상에는 새로서 존재한다. 오랜 세월 시단의 한 구석에서 숨을 쉬면서 나는 김남조 선생을 뵈어왔다. 멀리서도 뵈었고 가까이서도 뵈어올 때, 나는 그분에게서 강한 모성의 힘을 느껴왔다. 자력磁力 같은 것이라 할까. 그 모성은 개인적인 모성이기도 하지만 개별을 넘어 일반성에 이른 모성이기도 하고 세상을 향한 보다 본질적이고 포괄적인 모성이기도 하다. 더 나아가 이 분의 모성은 우주적인 그것으로 확대되고 발전되기까지 한다.

3월 16일, 서울서 김남조 선생이 면회를 좀 오시겠노란 전갈이 왔다. 어찌 아셨을까? 아마도 김상현 시인이 장례위원회 구성을 두고 서울을 오르내릴 때 한국시인협회 오세영 회장과 협의하는 과정에서 소식이 번져나갔지 싶다. 2인 병실로 들어와 며칠 안 되었을 때에도 서울의 윤효 시인을 통해 여러 가지 의견을 주셨다는 것을 어렴풋하게 들은 기억이 있다. 병원을 서울로 옮기는 게 좋지 않겠느냐는 것이 첫째요, 나태주는 아직 꺾일 때가 아니니 걱정하지 말라는 것이 둘째요, 환자에게 열이 있느냐 없느냐는 물음이 세 번째 말씀이었다. 물론 혼미한 정신 가운데 꿈결 속같이 들은 얘기들이었다.

가능하면 안 오셨으면 하는 생각이었다. 이렇게 험악하게 앓고 있는 모습을 선생께 보이고 싶지 않을 뿐더러 선생께서도 오래 전부터 고관절 부상의 후유증으로 보행이 자유롭지 못한 데다가 최근 몇 년은 휠체어 신세까지 지고 계신 걸 보아왔음으로서다. 허나, 여러 차례 말씀이 있었고 어른이 요구하시는 걸 끝까지 안 된다 막무가낼 일도 아니었다. 몸까지 불편한 어른이 지방의 병원에까지 까마득한 후배시인을 문병오시겠다니 이 얼마나 고맙고 감사한 일이겠는가. 그나저나 선생이 오시면 어떻게 하나? 무엇인가 드리고 싶다는 생각이 불쑥 일었다. 허나, 누워 있는 나로선 아무것도 드릴 것이 없다는 데에 생각이 미쳤다. 그래, 시를 드리자. 시를 써서 드리면 선생이 좋아하실 거야. 나는 아들아이의 눈치를 살피며(아들아이는 내가 그동안 시를 쓰느라 스트레스를 받아 쓰러졌다고 믿고 있었으므로) 몇 편의 시를 써 보았다. 아니, 써보려고 노력해 보았다. 이미지나 느낌이 제대로 응축되지 않아 애를 먹었다. 적당한 언어가 떠오르지 않아 한동안 머뭇거리기도 했다. 오랜 시간 끙끙거리며 제법 여러 편의 시를 썼다. 아니, 시 비슷한 문장을 얽었다고 보아야 옳을 것이다. 그동안 병원에 와서 겪었던 일들을 소재로 삼았다. 실은 그 시들은 정신이 돌아와 처음으로 써본 시였다. 그 시들을 김남조 선생이 오시면 선물로 드릴 수 있다고 생각하니 기분이 좋아졌다.

예고된 대로 김남조 선생은 그 다음날(3월 20일), 10시에서 11시 사이 병원에 오시었다. 병원의 주차장에 도착하셨다는 기별을 받고 아이들이 병원의 환자용 휠체어를 가지고 내려가 모셔왔다. 선생이 오시기 전 나는 접의자 두 개를 빌어다 준비해놓고 아내더러 양말을 달래서 신었다. 조금 뒤, 아들과 딸아이가 선생을 모시고 병실로 들어왔다. 혼자가 아니라 동행이 있었다. 천안에 사시는 김소엽 시인이었다. 나는 침대에서 병실 바닥으로 내려가 선생께 인사를 드렸다.

"선생님, 몸도 불편하신데 이렇게 먼 곳까지 오시게 하여 죄송합니다."

나는 내가 병원에 입원하게 된 것이 모두가 평소 건강관리를 잘못해서 생긴 일이요, 그러므로 해서 주위의 정다운 분들에게 걱정을 끼치게 되어 송구스럽다는 생각을 내내 지니고 있었기 때문에 선생께도 그렇게 말씀드렸던 것이다. 선생은 그 날 끝없는 연민과 걱정으로 나를 보시며 여러 가지 좋은 말씀을 들려주시었다. 많은 말씀도 아니다. 문제는 말씀에 담긴 진정성이다. 정신의 끈을 놓지 말고 끝까지 붙잡고 있어야 한다는 것이 주된 말씀이었다. 선생의 말씀들은 나에게 어떻게 하든지 살아야 하겠다는 마음의 각오와 삶에 대한 강한 용기를 갖도록 하기에 충분했다.

선생이 한없이 고마웠다. 문단의 선배이기보다 육친의 따스한 정 같은 것을 느낄 수 있었다. 평소 어렵게만 느껴지던 선생이 무척 가깝게 느껴지면서 가슴속에 울컥 솟아오르는 마음이 있었다. '아, 김남조 선생님이 나를 위해 여기까지 이렇게 힘들게 오시었구나!' 선생이 의자에서 일어나자 나는 미리 준비해두었던 시 원고를 내밀었다.

"선생님, 이건 제가 정신이 들고 나서 처음으로 써본 시들입니다. 선생님께 드릴 것이 없어 이것을 대신 드렸으면 합니다."

"그래요?"

선생은 놀랍다는 표정으로 종이 뭉치를 받아 드셨다.

"서울 가서 읽어보지요."

김 선생은 조그만 일에도 크게 감동하고 또 세심하게 반응하는 분이시다.

"내 나태주 시인을 한번 안아주고 싶군요."

선생은 가볍게 팔을 벌려 내 어깨를 쓸어주시었다. 나는 깡마른 나무토막 같은 몸을 선생께 잠시 기울였다. 병들어 쓰러진 문단의 후배를 이렇게 살뜰히 생각해 마음 아파하시는 선생의 배려가 너무나 감사했다. 가슴이 뻐근해져왔다.

"어머니, 편히 가시어요."

그건 나도 모르게 불쑥 내 입술에서 자연스럽게 터져 나온 한 마디 말이었다.

선생이 한 손에 지팡이를 짚고 또 한 손을 김소엽 시인에게 맡긴 채 병실을 나가신 뒤, 나는 한동안 병실 바닥에 그냥 서 있었다. 병실 밖에서 김남조 선생의 밝고도 환한 음성이 들려왔다.

"문병 왔다가 이렇게 기분 좋게 돌아가기는 처음인 것 같아요……."

선생의 목소리는 한 줄기 환한 햇살이 되어 어둡고 답답한 병실 안으로 밀려들어왔다.

'내 어떻게 하든지 이 병을 이기고 떨쳐 일어나 선생님을 다시금 찾아 뵈오리라.'

마음속에서는 강한 삶의 의지가 솟아오르고 있었다. 혹시 그 날 왔다가 쓰시었을까? 그 뒤에 나온 선생의 시집 『귀중한 오늘』에 실려 있는 시 한 편이 마음에 와 닿기에 여기 옮겨 적어 본다.

그의 고통에게
절하며 부탁한다
그를 부드럽게 대해 달라고, 아니
착오로 방문했으니
어서 떠나 달라고

세상이 주지 않는 건
세상에 되돌림으로
누구도 다치지 않게 한 사람이라고
그의 생
겨우 온화해지려는 참에
문 닫을 수 없다고

그의 고통
소슬한 절벽 앞에
예배로 탄원한다
해 뜨고 바람 부는 이승의
고락을
하늘 한 순갈인
물방울의 나달 동안

부디

나누게 해 달라고

— 김남조, 「쾌유를 위하여」 전문

그리고 다시, 5월 25일의 일이었다. 입원 두 달하고서도 25일째 되는 날. 대전의 을지대학병원에서는 더 이상은 손을 쓸 수 없노라 하여 마지막 방법으로 수술이라도 받아보자고 서울아산병원으로 올라온 날이었다. 어렵게, 참으로 어렵게 병실 침대를 하나 얻어 입원할 수 있었다. 그 날 온종일 마음 졸이고 이리저리 끌려 다녔으므로 나는 많이 지쳐 있었다. 병실에 들어가자마자 침대에 쓰러져 누워버렸다. 그때 아내의 핸드폰이 울렸다. 놀랍게도 김남조 선생의 전화였다.

"나, 김남조입니다. 오늘은 아침부터 이상한 예감이 들어 나 선생에게 전화를 했습니다. 어떻게 몸은 괜찮습니까?"

아, 어떻게 아셨을까? 그날 내가 너무 힘들고 고단하고 위태롭기까지 했다는 걸 어떻게 아셨을까? 나는 대충 그 날에 있었던 일들을 말씀드리며 끝내 울음을 터뜨리고 말았다. 참으로 나이 드신 분의 직관력과 예견력이 놀라웠다.

"나 선생, 진정하고 내 말 들어요. 서울아산병원은 절대로 사람을 죽게 하여 내보내는 곳이 아닙니다. 병원을 믿고 의사를 믿고 간호사를 믿고 또 좋은 약을 믿으세요. 그리고 기도하세요. 하느님은 나 선생을 버리시지 않고 사랑하신다는 걸 잊지 마세요."

"네, 네, 선생님. 잘 알겠습니다."

그것은 서울로 병원을 옮기고 나서 첫 번째로 받은 전화였다. 내가 그 날 그렇게 애타는 심정으로 김남조 선생을 생각했는데 어쩌면 그 시간에 선생께서도 그렇게 나를 생각해주시었을까? 세상에는 이렇게 사람의 입장에서 이해가 안 가는 일이 가끔은 생기기도 하는가 싶었다. 그 다음날, 선생은 피천득 선생이 돌아가시어 그 빈소에 오시는 길에 들렀다면서 나의 병실로 찾아오시었다. 역시 서울아산병원으로 와 처음으로 찾아온 손님이셨다. 그 날은 당신이 감기에 걸려서 환자에게 옮길지도 모른다며 멀찍이 앉아 잠시 동안 말씀하시다가 가시었다.

한동안 나는 서울아산병원에서도 위태로운 환자였다. 하루 한 시간도 마음 놓을 수 없는 날들이 계속되었다. 6월 중순쯤, 문학사상사에서 내 신작시집을 제작하는 과정에서 김 선생이 시집의 표4의 글을 쓰시기로 하여 몇 차례 통화가 있었다.

"모든 일이 왼쪽으로 갈 것인가, 오른쪽으로 갈 것인가 방향잡기가 중요한데 이제 좋아지는 쪽으로 방향을 바꾸었으니 걱정이 없어요. 세상에는 좋은 약이 많아요. 이제 입으로 먹을 수 있게 되었으니 살아날 수 있다는 가능성이 활짝 열렸다고 볼 수 있지요. 왜관에 있는 분도회 수사님이 만드는 약을 알고 있어요. 온라인으로도 주문이

가능하다 그럽니다. 그리고 홍삼 엑기스도 좋은데 그것도 먹도록 하세요. 나태주 시인은 내가 보기론 평소 잘 웃고 아름다운 시를 쓰고 그런 시인으로 아는데 한편으론 남모르는 숨은 노력이 있는 사람 같아요. 안으로 고행자적 인내가 있는 시인으로 보아왔어요. 시골말로 한다면 강단이 있는 시인이란 얘기지요. 그런데 이번에 표4의 글을 쓰면서 나태주 시인의 시를 읽어보았더니 시를 너무 많이 쓰는 것 같아요. 시의 편수를 줄이도록 하세요. 시가 상당히 순발력이 있어 보여요. 그러나 퇴고 과정에 문제가 있으니 많이 읽어보고 고쳐보도록 하세요. 특히 산문 형식의 시편에서 중간 중간에 삭제해도 좋을 부분이 들어 있는 것 같아 보이더군요."

그날은 6월 16일이었다.

김남조 선생은 무소식이 희소식이라면서 전화를 하고 싶어도 참는다고 그러셨다. 그러면서 내 쪽에서 전화를 드리기를 기다리고 있다고 하셨다. 이런 말씀 하나에도 오래 사신 분의 맑은 지혜 같은 것을 느끼게 했다. 선생은 여차하면 병원 측에 이야기하여 나의 입원 연장이나 진료 과정에 도움을 주시겠다고도 했다. 허나 일단은 자력으로 해결해 볼 일이요, 병원의 의사들이 자존심이 강한 사람들이니 두고 보아달라고 말씀드렸더니 그러마 하시었다. 그럴 때마다 나는 나의 배경에 든든한 보호자 한 분이 버티고 계시다는 안도감을 가졌던 게 사실이다. 퇴원이 가까운 어느 날 선생은 또 이렇게 내게 말씀하시었다.

"나 선생, 이번에 병을 얻어 오랫동안 투병생활도 하고 고생을 많이 하긴 했지만 아주 그런 것들이 무용했다고는 생각지 마세요. 나 선생이 세상에 와서 혼자 힘으로, 인간의 능력으로는 도저히 가 보기 어려운 곳을 가 보았다고 생각하세요. 특별한 여행을 했다고 여기세요. 신이 어쩌면 나 선생을 사랑하셔서 이 곳 저 곳 데리고 다니셨을 거예요. 동행해주셨다는 얘기죠. 그로 해서 그런 시도 쓰고 시집도 새롭게 내게 되었다면 많은 위로가 될 거예요."

병원에서 퇴원하여 집에서 1개월 넘게 정양하면서 아무래도 선생께 인사를 드리러 가야겠다는 생각이 들었다. 그래, 서울의 효창동 선생 댁을 찾아 뵈온 일이 있다. 마침 방송국과 약속이 되었노라며 오전 10시에서 11시 사이에 시간이 있다 하셨다. 나는 먼데 전쟁터나 험한 여행길에서 죽을 고비를 넘어 다시 살아난 아들이 그 모친을 찾아뵙는 심정으로 선생께 인사를 드렸다.

그날 선생께서 들려주신 말씀이 또 내게는 감동적이고 인상적이었다.

"얼마 전 어떤 모임에서 좋은 말씀을 들은 적이 있어요. 여러 가지 말씀이 있었지만 그 중에서 가장 핵심이 되는 말은 이래요. '죽기 전에 죽으면 죽을 때 죽지 않으리라.' 독일에 가서 공부하여 철학박사 학위를 받은 어떤 신부님(이제민 신부)이 들려준 말씀이에요. 자기가 가장 존경하는 철학자가 한 말이라 그래요. 죽기 전에 죽는다는 것은 삶의 과정 속에서 연단 같은 걸 의미할 거예요. 계속적으로 깨치고 인내하는 것을 말하기도 할 거예요. 그러면 육체가 죽을 때 정신과 영혼이 따라서 죽지 않고 불후不朽가 된다는 말씀이지요. 불교에서 말하는 해탈 같은 것도 여기에 해당될 것이에요. 죽을 때 초연하게 죽을 수 있다는 얘기겠지요."

나는 말씀을 들으면서 얼마나 기뻤는지 모른다. '죽기 전에 죽으면 죽을 때 죽지 않는다.' 눈물이 핑 돌 것 같은 말씀이었다. 영혼의 울림이 들어 있는 말씀이었다. 그런 말은 누구한테 들었느냐, 그 말의 최초 제공자가 누구냐 하는 것은 별로 중요하지 않다. 다만 듣는 쪽에서 그 깊이를 깨달아 알아듣고 자기 영혼과 정신 깊숙이 기쁨의 소식으로 알아 생명의 등불로 간직하는 일이 중요하다. 깨달음의 외나무다리로 삼아 건너가면 되는 일이다. 나같이 오래고 호된 질병으로 병원 생활을 해온 사람에겐 더욱 그러하다. 내가 만약 이번에 이런 병고를 치르지 않았다면 김남조 선생께서 이런 말씀을 들려주셨을 때 그렇게 단박에 마음 문을 열고 환하게 그 말씀을 받아들이지 못했을지도 모른다. 이런 점에서는 병고도 하나의 축복이다.

앓고 나서의 하나의 변화는 내가 이런 말에 귀가 밝아졌다는 것이다. 설명 없이 번역 없이 직통으로 그냥 마음속으로 들어온다는 것이다. 이야말로 결핍의 은택이요, 그 소산이다. 내가 충분히 죽을 준비가 되어 있지 않았으므로 신께서 잠시 데리고 가시는 일을 보류한 것이 틀림없다는 생각이 선생의 말씀을 듣는 동안 떠올랐다. 그러고 보면 나의 질병과 환난의 날들은 결코 공짜로 나한테 지나간 것이 아니라 아주 귀한 많은 것들을 선물하고 갔다고 볼 수 있겠다. 이번의 일로 해서 김남조 선생의 영혼의 자리와 좀더 가까워지게 된 것도 하나의 커다란 생의 기쁨이요, 감사라 할 것이다.

소중한 사람

내 생애에 가장 소중한 사람을 들라면 두 사람을 말하겠다. 한 사람은 외할머니고 또 한 사람은 아내이다. 외할머니는 내 인생의 초반부, 어린 시절부터 청년 시절까지 나의 영혼과 육신을 돌보아주신 분이다. 내 마음의 고향 같은 분으로 외할머니는 내게 모성이기도 하고 부성이기도 했다. 실상 서른여덟 살 청상과부의 서럽고도 외로운 외아들처럼 자라난 것이 나의 유년이요, 또 그 이후의 나의 삶의 그늘이었던 것이다.

20대 후반 당시로서는 늦은 나이에 결혼을 하여 나를 인계 받은 사람이 아내이다. 그녀는 시가 무엇인지, 시인이 무엇을 하는 사람인지조차 모르고 나한테 시집을 온 사람이다. 다만 초등학교 선생을 한다니 밥이야 굶겠느냐는 믿음으로 맘 놓고 시집을 왔을 것이다. 웬걸, 집안은 씻은 무처럼 썰렁하니 가난하고 남편이란 사람은 선생의 일보다는 시 쓰는 일에 미친 인간이고 보니 황당하기도 했을 것이다. 게다가 자신의 병고가 겹치고 아이 낳아 기르는 일까지 남들처럼 순탄치 못해 여러 번 옹이가 맺히니 고생이 내내 심했으리라. (어찌 그 모든 곡절을 밝혀서 말할 수 있으랴.) 이 곳 저 곳 남편의 직장을 따라 이사 다니며 궁핍한 삶을 여러 세월 견뎌야만 했다.

살아오면서 아내는 나에게 마음의 언덕과 같은 사람으로 존재했다. 내 삶의 최선의 이해자요 조력자로서의 아내. 때로는 보호자로서의 아내. 그녀는 언제든 '당신 먼저, 남편 먼저'라는 생활신조로 일관되게 나를 지켰다. 내가 낮이라면 그녀는 밤이었고 내가 기쁨이었다면 그녀는 슬픔이기를 자청했다. 현모양처의 전범典範이라고나 할까. 내가 기뻐하고 좋아하는 일이라면 어떠한 경우라도 양보하고 인내하는 데에 인색하지 않았다. 집안의 생활뿐만 아니라 밖의 사람들과 사귀는 일에 있어서까지 일체의 간섭이나 타박이 없었다. 심지어 글 쓰는 아낙들이랑 어울려 다녀도 하루 종일 놀다가 저녁때만 집에 잘 돌아오면 된다고 말해 온 사람이 아내다. 20년도 훨씬 전의 일일 것이다. 처음으로 신장결석 수술을 받았을 때는 내가 결혼하기 전부터 알고 지내던 S 시인에게 연락하여 한나절 동안 나의 병간호를 하도록 부탁하기도 했다. 만에 하나라도 내가 잘못되면 그런 일조차 자기에게는 후회되는 일이 되겠지 싶어서 그랬다는 것이다.

이번에 내가 병이 나 6개월간 아내는 하루도 거르지 않고 내 병상을 지키다시피 했다. 막판에는 몇 차례 주말을 아들아이와 교대하기도 했지만 그건 워낙 자기 몸의 형편이 안 따라 줘서 그런 것이지 결코 자기 뜻으로 그런 것은 아니었다. 남편과 함께가 아니면 결단코 공주의 집으로 돌아가지 않겠노라는 것이 아내의 굳고도 굳은 결의였으니 두 말 할 일이 아니겠다. 생각해보면 그건 사람으로 할 일이 못된다. 환자의 침대 옆에 딸린 쪽침상, 그 보호자용 침상에서 6개월을 버티다니! 초인적인 집념과 노력이 아니면 결코 가능한 일이 아니다. 오로지 주인을 지키는 진도견의 충성과 같았다면 아내의 헌신적인 사랑에 모욕적인 발언이 될 것이다. 이토록 아내가 심지가 굳은 것은 그녀의 성격에서 우러나오는 바이다. 아내는 사교성이라든지 현실 적응력이 더딘 대신 한 번 마음을 주고 결심한 것은 결코 바꾸지 않는 유형의 사람이다. 재사형이기보다는 지사형에 가까운 사람이다.

대전 을지대학병원에서는 나도 정신이 혼미했고 아내 또한 몇 차례 까무러치고 그래서 피차 잘 모르고 지난 일이지만 서울아산병원으로 옮기고 나서 정신을 차리고 보니 내가 죽을지도 모른다는 불안감이 엄습해왔다. 그래, 많이 괴로워했는데 만약에 내가 죽게 된다면 아내 혼자서 세상에 남을 텐데 아직도 과부로 살기에는 젊은 나이로 그 긴 인생의 후반부 남은 날들을 어찌 견딜까 싶었다. 어쩌면 그건 하나의 핑계였는지도 모르는 일이겠다. 세상을 하직한다고 생각할 때 그 어떤 사람보다도(아이들보다도) 걸리는 사람이 아내였다. 이 사람이 내게 이렇게 소중한 사람이었나를 생각할 때 새삼스럽게 가슴이 저리도록 아파왔다. 함께 살면서 잘못했던 일, 옹졸하게 굴었던 일, 고집을 부렸던 일, 고생시켰던 일들만 새록새록 떠올라 괴로웠다. 우리 내외는 여행도 함께 많이 해보지 못한 사람들이다. 교직에서 정년을 맞으면 여행도 맘먹고 해보려고 했는데 그 일조차도 물거품이 되어 꿈이었거니 싶었다. 그래서 우리는 병원에서 지내는 날들도 의미 있는 인생이고 이렇게 우리는 병원으로 장기 여행을 떠나온 사람들이라고 서로를 위로했으나 그런 생각도 무거운 마음을 쉽사리 가볍게 만들어주지는 못했다. 이 여행은 도대체 언제쯤 끝나게 되는 거냐고 서로 되풀이 물었으니까 말이다.

병원생활이 길어지자 아내도 몸의 상태가 기울어갔다. 본래 건강이 시원치 않은 사람인데 점점 몸이 황폐해지고 있었다. 밤이 와 잠을 잘 시간이면 많이 괴로워했다. 잠을 잘 때도 아내의 손을 놓지 못하고 쥐고 있다가 겨우 잠을 이루곤 했다. 손을 놓으면 영영 놓쳐버릴 것만 같은 위기의식에서 그랬다. 팔과 다리가 저리고 아프면 서로 교대하여 주물러주기도 하면서 밤을 지새웠고 발바닥을 또한 서로 쓰다듬어주기도 했다. 그런 밤이면 우리는 나란히 두 마리 털북숭이 짐승의 마음이 되곤 했다. 아, 이 사람을 두고 어찌 나 혼자서만 눈을 감는단 말인가! 그때에서야 나는 이 세상에서 가장 소중한 사람이 아내란 것을 알게 되었다. 그렇게 중요한 사실을 이제사 알게 되다니! 그러나 이제라도 알게 된 것은 이보다 더 늦게 안 것보다 나은 일이요, 아예 그조차 모르고 세상을 뜨는 것보다 훨씬 낫지 않겠는가. 그것은 역시 나름대로 소중한 깨달음의 한 계기가 되었다.

병상에서 출간한 시집

병상 생활 동안 별난 일이 많았지만 그 가운데 한 가지는 새로운 시집을 한 권 냈다는 것이다. 지난해(2006년) 초여름, 시전집을 출간하고 소강상태였고 허탈감에 잠겨 있었다. 새로운 신작시집 이야기가 나온 건 1월말쯤의 일. 〈문학사상〉의 단행본팀장인 정종화 씨를 만나고 나서의 일이었다. 마침 나의 시전집 출간을 기념해주기 위해 문학사상사의 임홍빈 회장과 권영민 주간이 2007년 1월호 〈문학사상〉 표지화로 나를 선정, 박학성 화백의 그림으로 초상화를 그려준 바 있었다. 아무래도 인사차 한번 가보아야겠다는 생각으로 잡지사에 들렀었다. 그때 정 팀장이 새로운 시집 원고가 없느냐 지나가는 말처럼 묻기에 있노라 대답했고 또 내려와 곧장 원고를 정리해 보냈던 것이다.

그런데 내가 병이 나 드러눕게 되고 대전의 을지대학병원으로 김남조 선생이 문병차 다녀가실 때 정신이 돌아와 처음 쓴 시 몇 편을 드린 일이 있었는데 그 원고가 문학사상사로 들어갔던 모양이다. 그 소식을 듣고 내가 신작을 잡지에 발표하기보다는 묶어두는 게 좋겠다 말했고, 병원생활이 길어지면서 병상체험의 시들이 자꾸만 써져 원고가 모이는 대로 정종화 팀장에게 우송한 일이 있었다. 그러면서 먼저 보낸 시집 원고에서 일부를 빼내고 병상 시편들을 한 부분으로 넣자고 제안하기에 이르렀다. 그래, 시집 표지로 사용될 표지화로 거꾸로 된 카네이션 그림을 그려서 보내기도 했다. 그것은 5월 16일의 일. 시집 제목을 꽃을 던지다 로 정했다.

서울로 와서도 몇 차례 시 원고를 우송한 적이 있었다. 이렇게 내 편에서 열성을 보이다 보니 출판사 쪽에서 서둘러 시집을 냈으면 하는 의견을 보내왔다. 이 대목에서 김남조 선생도 나의 투병생활에 도움이 되지 않겠나 싶어 시집을 내주라 옆에서 훈수 말씀을 주셨을 것으로 짐작된다. 드디어 정종화 팀장으로부터 윗선에서 승낙이 떨어졌다는 전갈이 왔다. 그러면서 시집 간지 삽화로 쓸 그림을 몇 개 새롭게 그려보라는 주문이 오기도 했다. 그때만 해도 양팔에 링거 줄이 꽂혀 있던 때라 두 손을 자유롭게 사용하지 못하고 있었다. 그렇지만 나는 즐거운 마음으로 그림을 그렸다. 우선 병실 안에서 화분의 양란을 그렸고 병실 밖 정원으로 나가 사스타데이지와 탐라산수국을, 그리고 아내가 산책길에 꺾어다 준 장미꽃 한 송이도 그려서 보내주었다. 그림을 보내고 났더니 이번에는 시집 제목을 바꾸자는 제안이 왔다. 아무래도 나는 '꽃을 던지다' 그대로가 좋겠는데 출판사의 경영진에서는 그보다 다른 걸로 하자는 주문이라는 것이었다. 이 또한 끝까지 우길 수는 없는 일. 그러면서 표제시가 될 만한 시를 한 편 새롭게 써보라는 주문이 겹쳐졌다. 하는 수 없이 나는 다시 정원으로 나가 오랜 시간 서성이면서 시 한 편을 불러들이는 작업에 들어갔다. 양팔에 링거 줄을 꽂고 인퓨전 펌프를 매단 폴대를 밀고 다니며 그랬으니 사람 꼴이 말이 아니었을 것이다.

지고 가기 힘겨운 슬픔 있거든
꽃들에게 맡기고

부리기도 버거운 아픔 있거든
새들에게 맡긴다

날마다 하루 해는 사람들을 비껴서
강물되어 저만큼 멀어지지만

들판 가득 꽃들은 피어서 붉고
하늘가로 스치는 새들도 본다.

— 나태주, 「꽃이 되어 새가 되어」 전문

그것이 6월 20일 경. 한 차례 교정지가 와 딸아이와 함께 교정을 본 뒤 조금쯤 뜸을 들이고서 책이 빛을 보게 되었다. 시집 해설문은 충북대학교 권정우 교수가 맡았고, 표4의 글은 김남조 선생과 오세영 교수 두 분이 써주었다. 모두 기꺼운 마음으로 써주신 글이었다. 병상에 누워 언제 세상을 하직할지 모르는 사람을 위해 무언가 도움이 될 것 같아 측은한 마음으로 울력해주신 일이었다. 처음에는 안 그랬는데 책이 나온 뒤에 보니 역시 출판사에서 고집해준 대로 『꽃을 던지다』보다는 『꽃이 되어 새가 되어』가 시집 이름으로 훨씬 윗질이라는 느낌도 들었다.

나태주 시인은 현재 중환자실 병실에서 물 한 모금도 삼키기 어려운 병고에 시달리면서 새 시집 『꽃이 되어 새가 되어』를 출간함에 있어 4부인 '병상에 누워'에 싣고 있는 신작시 28편이 특히 충격과 감동을 자아낸다. 신의 불을 훔친 프로메테우스처럼 이 시인도 고통과 의료진의 두 벽에 갇혀 있으면서 그 어떤 초현실의 금고에서 이 작품들을 찾아 움켜쥐었는지 놀랍기만 하다. 생사의 기로에서 창작한 가장 절실한 울음과 기도의 시편들이며 전편이 이를 데 없이 아프고 뜨겁고 정직하게 쓰여 있다.

— 김남조 선생, 표4의 글

아무 거침이 없다. 그 무애無涯로움이여. 무엇이나 보이는 것은 진실이 되고 그것을 음성으로 내뱉으니 시가 되는구나. 솔직하면서도 속뜻이 새겨 있고 담백하면서도 절실한 정한이 거기 스며 있다. 어차피 한 생이란 흐르는 흰 구름인 것을. 보다 높게 보다 맑게 피어오르는 정신의 높이여. 아무 거칠 것이 없다. 생의 가파른 파도를 넘어 하늘 한 구석에 뜬 무지개, 그 서정의 아름다움이여.

— 오세영 교수, 표4의 글

나의 신작시집 출간과 함께 병상에서 겪은 특별한 일은 딸아이 민애가 문단에 등단한 일이었다. 딸아이는 서울대학교 대학원에서 국어국문학 박사과정을 마친 국문학도인데 박사학위 논문 쓰기에 앞서 문학평론가로 등단해야 된다는 주위 어른들의 채근이 오래 전부터 있었던 걸로 알고 있다. 그래서 「김혜순 시인론」과 「문태준 시인론」을 써서 내게 보여준 일이 있었는데 그 원고들을 가지고 〈문학사상〉 신인상 제도에 응모하여 당선된 것이다. 발표는 7월호 잡지에 있었다. 내 신작시집을 내준 곳이 문학사상사인데 부녀간에 겹치기로 혜택을 입은 셈이다. 딸아이는 제 당선소감 말미에 나의 이야기를 언급해주었다. 이 또한 나로서는 기쁨과 용기를 준 일이었다.

그리고 아버지, 결박당한 새처럼 앉았던 병든 내 아버지는 기쁜 소식을 듣고 나서 웃지 않고 울었다. 그의 병에 통할 수 있는 가장 좋은 항생제가 되었기를 바란다. 이제 가시밖에 남지 않은 나의 가시고기 아버지를 내가 업고 날고 싶다.

— 나민애, 「당선 소감」, 〈문학사상〉 2007년 7월호

그것이 나를 일으켰다

병원생활은 일상생활하고는 많이 다르다. 지루하고 따분하다. 기다리는 생활이고 무한정 견뎌야 하는 생활이다. 가능하다면 자기 생애에서 떼어내 버리고 싶은 한 시절이기도 하다. 종국적으로 병이 완쾌되는 것, 퇴원하는 날을 기다리는 것과 의사나 간호사를 기다리고 주사나 약을 기다리는 병원에서의 하루하루, 여러 가지 시술이나 절차를 기다리는 날들의 연속은 지친 사람을 다시 한 번 지치게 만든다. 지극히 수동적이고 소극적인 생활이다. 금단현상도 만만치 않다. 건강했던 날들에 대한 그리움이다. 돌아가고 싶지만 쉽게 돌아갈 수 없는 안타까움이다. 정말로 내가 옛날의 그 자리로 돌아갈 수 있을까 의심해보는 절망감도 따른다.

눈만 뜨면 보이는 건 병든 사람들의 모습이다. 어떤 때는 한 병실의 절반인 세 명의 환자가 당뇨병으로 다리를 절단한 환자일 때도 있었다. 그런 날이면 병실 안의 공기조차 파랗게 질리고 아연 긴장하는 듯싶기도 했다. 한밤을 지새우고 아침이 되면 병실 안은 탁한 공기로 가득 차 숨을 쉬기조차 힘들다. 죽어 가는 사람들이 마셨다 내뱉은 공기라 그럴 것이다. 그런 병실 안에서 벗어나고 싶은데 전혀 벗어날 길이 없다. 그래서 나는 주위 환경에는 아랑곳하지 않고 나만의 방법을 갖기로 했다. 글쓰기와 책읽기, 그리고 그림그리기이다.

환자용 침대의 밥상을 일으켜 세우고 동그마니 앉아서 무엇인가를 끝없이 썼다. 쓸 것이 없으면 이미 쓴 내용을 다시 정리하여 쓰기도 했다. 나는 혼자서 있을 때에도 무언가 일을 해야만 마음이 편안해지는 사람이다. 놀 줄을 모르고 쉴 줄을 모른다 할까. 자는 시간, 밥 먹는 시간을 제하고는 무언가를 끊임없이 꼼지락거리며 살았다. 병원에서라고 다를 까닭이 없었다. 까물대던 정신이 조금씩 깨어난 날은 3월 19일이다. 정신이 돌아오면서 가족들에게 제일 먼저 부탁한 말은 종이와 펜을 달라는 것이었다. 글을 써보고 싶은 욕구가 마음속 깊은 곳으로부터 끓어오르고 있었다. 아이들이 나에게 글을 쓰지 말라 해서 간청하다시피 해서 겨우 종이와 펜을 얻었다. 그날 나는 떨리는 손, 혼미한 정신으로 여러 편의 시를 썼다. 그것은 날짜로 쳐서 19일 만에 써본 글이었다. 우선적으로 마음이 뿌듯하고 기뻤다. 자신이 살아 있는 사람이라는 자각이 생겼다. 실상 가족들은 나의 글쓰기를 별로 탐탁하게 여기지 않았다. 특히 아들아이가 그러했다. 병을 앓는 사람이 병 나을 생각이나 하면서 얌전히 지낼 일이지 글 쓰는 일에 에너지를 소비하는 일은 좋지 않다는 것이 그 아이의 생각이었다.

그러나 내 생각은 달랐다. 글쓰기는 나에게 있어 단순한 글쓰기가 아니다. 그것은 생명의 행위 그 연소 과정이기도 한 일이다. 정말로 글쓰기가 나를 쓰러뜨렸다 하더라도 글쓰기를 통해서 나는 다시금 나를 일으켜 세워야만 했다. 그것이 순리요, 바른 방법이었다. 글쓰기는 에너지의 방출 행위이기도 했지만 반대로 새롭게 에너지를 받아들이는 또 하나의 생명 행위였다. 우리 시골 사람들 이야기에 '지네에 물린 사람은 지네를 잡아 그것을 태워서 먹임으로 지네의 독을 이긴다'는 말이 있다. 말하자면 독으로 독을 이기게 한다는 것인데 이것은 열로써 열을 다스림이요(이열치열以熱治熱), 중국 사람들 식으로 말하라면 이이제이以夷制夷가 되는 것이겠다. '땅에서 넘어진 자 땅을 딛고 일어나라'란 말이 있는데 그 말 또한 그런 범주일 것이다.

첫 번째로 시를 쓰고 난 이후, 나는 아예 대학노트를 구해 달라 해서 거기에 날마다의 기록을 채워나갔다. 특별한 일이나 방문객 이름,

새롭게 쓴 시를 적어나갔다. 병원생활을 마쳤을 때 나의 수중엔 빼곡하게 기록된 세 권의 대학노트가 남겨졌다. 병원 생활의 값진 유산인 셈이다. 거기에는 70편도 넘는 시가 적혀 있었다. 물론 혼미한 상태에서 나온 글이니 질적인 보장이 따르지 못하는 글일 수도 있겠다. 하지만 나로선 귀한 자료요, 지울 수 없는 한 시절 내 인생의 기록인 것이다. 이 시들이 나중에 나온 나의 시집에 들어갔음은 말할 것도 없겠다.

그 다음은 책읽기다. 글이 써지지 않는 날은 책을 읽었다. 처음 생각으론 병원에 머무는 동안 맘먹고 『성경』을 일독하고 싶었으나 뜻대로 되어지지 않았다. 겨우 『신약』의 「4복음서」와 『구약』의 「전도서」를 읽는 데에 그쳤다. 그 밖에 읽은 책이 두 권이 있다. 하나는 괴테의 『이탈리아 여행』이란 책인데 이 책은 병원 지하 1층의 서점에서 구한 것이다. 그때는 수중에 핸드폰이며 지갑이며 카드도 없을 뿐더러 돈조차 없었을 때라서 아내한테 사 달라 졸라서 구한 책이다. 책을 사서 옆구리에 끼고 병실로 돌아오면서 기대에 찼던 마음을 잊을 수 없다. 책을 읽으며 괴테란 인물한테 완전히 굴복 당하고 말았다. 참으로 천재란 이런 사람인 거구나 싶어 적이 놀라고 스스로가 많이 부끄러웠다. 그 다음으로 푸른길출판사 김선기 사장이 문병 오면서 가져다 준 『지리교사들, 남미와 만나다』란 책이었다. 김 사장은 그 밖에도 두 권의 책을 더 가져다주었는데 특히 위의 책이 구미에 당겼고 끝까지 읽을 수 있었다. 병실 안이었기에 낯선 땅으로의 여행

기록은 싱싱한 꿈을 주었다. 상상의 나래를 달아주어 행복했다.

책을 읽으면서 집에 두고 온 몇 권의 책이 많이 그리웠다. 전영애 교수가 번역한 『말테의 수기』, 금장태 교수의 『퇴계의 삶과 철학』, 정민 교수의 『한시 미학 산책』, 『문심조룡文心雕龍』, 『화안畵眼』 등, 사다가 놓고 앞부분만 얼마만큼씩 읽고 책장에 꽂아둔 책들이었다. 더구나 겨우내 머리맡에 놓아두고 잠들기 직전까지 읽었던 『돌아올 수 없는 사막, 타클라마칸』이란 책을 계속 읽고 싶었다. 그 책은 병원에 올 즈음 거의 다 읽고 끝 부분만 몇 페이지 남겨둔 상태였다. 읽던 책을 마저 읽지 못하고 세상을 떠난다 생각하니 그것도 몹시 애달픈 일 중의 하나였다. 어떻게든 집으로 돌아가서 남은 부분을 읽고 싶었다.

그림그리기도 그렇다. 가까이 물감도 없고 별다른 그림 도구가 없으므로 그것은 겨우 복사지에 연필로 그리는 단순한 작업이었다. 대전 을지대학병원에 있을 때 시집 표지로 카네이션을 그린 일이 있었다. 서울아산병원으로 옮겨서는 병실 창밖으로 보이는 풍경을 여러 장 그렸다. 병실 안에서는 화분에 심겨진 양란을 그리고 병원 뜨락의 꽃들을 여러 장 그렸다. 그림그리기는 나에게 집중력을 준다. 고통의 시간, 지루한 시간, 기다림의 시간에 그림그리기에 마음을 모으다 보면 시간이 빨리 흘러갔고 그 시간만은 온갖 번잡과 육신의 고통으로부터 헤어날 수 있어서 좋았다. 그림그리기는 마법을 가지고 있다.

사람을 꿈꾸게 하고 새로운 나라로 데리고 가는 그런 힘을 가지고 있다. 정녕 그것들이 나를 쓰러뜨린 것이 분명하다 해도 끝내는 그것들이 다시금 나를 일으켜 세웠음은 분명한 일이라 하겠다.

아래에 실리는 글은 서울초등문예연구회 회원 세 사람이 병실로 병문안 왔다가 자기네 홈페이지에 올린 글이다. 고마운 마음으로 여기에 싣는다.

그 실은 멀리 갔던 길 / 나태주 시인을 뵙고 와서

글쓴이 : 맑은샘 / 글 쓴 날: 2007. 7. 27

카드를 버리고 안경을 버리고
지갑과 휴대전화도 놓고
물론 구두도 벗고 옷도 벗고 맨몸으로
그 실은 조금은 멀리 갔었다
잔잔한 강물 같다고나 할까
어둠과 고요로움 속으로 쫓아올 수 없을 만큼
멀리 갔었다
코끼리 무리 같은 미루나무 숲 같은 검은 그림자가
지평선 위에 웅얼거렸지만
텀벙텀벙 물소리 같은 것은 나지 않았다
워낭소리 같은 것도 들리지 않았다

다만 고요의 심연이었다
뒤에서 두 아이가 애타게 부르고
아내가 목놓아 불렀지만
아무런 소리도 아랑곳하지 않았다
다만 앞으로 앞으로만 나아가질 뿐
뒤돌아보는 일이 몹시도 힘겨웠다
다만 고요로웠다
이대로 계속해서 가면 되는 일이었다
오직 백 퍼센트의 부정과 불가능에 맞선 일 퍼센트의 기적
신의 보이지 않는 긍정과 선택이 나의 밤에 있었다.

—나태주, 「그 실은 멀리 갔던 길」 전문

대전에서 두 달 서울에서 두 달. 100여 일 동안 링거와 콧줄에 의지해 생명을 연장했던 시인은 이제 중환자실에서 6인용 일반병실로 옮겨와 어린아이처럼 작게 웅크리고 누워계셨습니다. 주무시는가 싶어 가만히 옆에 섰으려니 사모님이 시인을 일으켜 앉히셨습니다. 우리를 알아보시고는 고맙다고 가만 웃으시더니 새 시집 세 권을 내어 이름을 써 주셨습니다.

그냥 줍는 것이다
길거리나 사람들 사이에

버려진 채 빛나는
마음의 보석들.

—나태주, 「시」 전문

자다가 눈을 뜨면 또 시를 쓰시고, 병실 창가에 기대어 창 너머 풍경을 스케치 하시고, 부인과 손잡고 산책 나가 병원 뜨락의 꽃들을 그리시고…… 그렇게 사경을 헤매면서도 쓰신 시들이 이번 시집을 묶고 나서도 서른 편이 쌓였다고 시인의 아내는 안쓰러워하시며 또 그 힘으로 살아계신 거라며 고운 음성으로 나직이 시인의 시를 곁에서 외워주십니다.

〈을랑님이 사 오신 화분을 안고 어린아이처럼 웃으시는 나태주 시인〉

"늘 많이 우시더니 오늘은 많이 웃으시네요, 와 주셔서 고마워요."

"나는 번역가야. 사람들이, 풀꽃들이 못 다한 이야기들을 대신 들려주는 것이지."

당신이 쓰신 시 「편지」(이해인 수녀님이 방금 다녀가셔서 드리려고 쓰셨답니다.)를 낭독해 들려주시고는 을

랑님이 사가지고 간 화분을 만져보시며 그려서 보내주신다고 주소를 불러 달라 하십니다. 아아 환자복의 사진을 찍기는 어렵겠다 하고 두고 온 사진기를 원망하니 폰카로 찍으라 하십니다. 회복 후 사진을 아직 못 찍었다고 하시면서…… 시인의 시강의가 막 시작되었는데 시간이 다 되어 병실에 들어간 우리를 관리인이 8시까지 방문시간이라며 나가라합니다. 1시간의 강의를 다 듣고 나서야(우리가 병문안을 갔던 것이 맞던가요?) 피곤하실 텐데 그만 쉬시라며 병실을 나왔습니다. 퇴원하여 공주로 돌아가시면 시와 그림과 이야기가 있는 공주 산책 이란 책을 쓰실 거랍니다. 점점 더 싱싱해지시는 시인의 모습을 그리며 우리 모두 공주로 다시 가 남은 시 강의를 듣기로 하였습니다. 다음 기약을 위해 모두 기도해 주실 거지요?

·첨부/댓글 5개

오솔길

그 실은 멀리 갔던 길……, 이 시를 읽으면서 문학하시는 분은 병마의 고통까지도 껴안고 아름다움으로 승화시키시는구나, 라는 생각이 문득 듭니다. 시인님의 쾌유를 바라옵고…… 맑은샘도 푹 쉬셔서 더 맑아지시기를…….

답글/ 맑은샘

을랑언니, 화분이랑 사진이랑 고맙습니다.

답글/ 이같또 로따

아, 그 병실에 꽃이 있었네요. 맞는 분도 꽃이지요. 찾는 이도 꽃이

구요. 3월 초하룻날부터 5개월을 병마와 씨름하시더니……, 긴 꿈을 꾸셨구나. 글밭을 힘들게 가꾸셨구나. 다시 금강은 흐르고 시인의 시침도 힘차게 돌아가누나. 그의 시는 그래서 더 깊이 아름답게 울리리라.

답글/ 모령

아직 못다 흘리신 사랑의 눈물 있어 가실 수 없는 분이셨습니다. 어쩜 그토록 맑으실 수 있으신지……, 공주로 달려가 공북루 바람 속에서「 오빠 생각」을 다시 불러 볼 수 있는 날을 소망합니다.

답글/ 을랑

그토록 맑고 고우신데 그래도 병마는 찾아 왔었데요. 심술부리러 왔다가 고운 영혼에 지고 물러났나 봐요. 언제까지나 영원하시길 기원해 봅니다.

— 〈cafe.daum.net/ bacmee〉

병원 뜨락에서

서울아산병원은 병실이나 의료 시설이 잘 되어 있고 의료 수준이나 성의가 뛰어난 병원이다. 뿐더러 환자나 간병인을 위한 여러 가지 부대시설이 그런 대로 잘 갖추어진 병원이다. 병원 요소요소에 여러 가지 편의시설이 마련되어 있음은 물론이다. 그 가운데서도 내가 가장 좋아했고 애용했던 것은 병원의 정원이었다. 정원에는 커다란 인공호수가 만들어져 있고 분수대가 있다. 많은 나무와 꽃들이 심겨져 있다. 그 나무와 꽃들 사이로 여러 갈래의 오솔길이 나 있고 드문드문 나무로 된 벤치도 놓여 있다.

내가 병원의 정원을 찾기 시작한 것은 서울아산병원으로 옮긴 지 한 달 가량 지난 뒤의 일이었다. 아직 주사를 끊지 않았을 때였으니까 링거주사용 약병을 매단 폴대를 밀고 나가곤 했을 것이다. 한 번 나가기 시작했더니 자꾸만 나가지게 되었다. 병원 뜨락에 서 있는 나무들은 종류가 여러 가지였다. 계수나무나 모감주나무 같은 경우는 처음 보는 나무였다. 꽃들은 종류가 더 많았다. 어떤 것은 우리나라의 것들이고 또 어떤 것들은 외래종도 있었다. 아무래도 샤스타데이지, 리아트리스, 물레나물(히드코데), 수크령 같은 것들은 외래종이지 싶었다.

나는 정원에 나가서 산책을 하거나 나무의자에 앉아 있는 시간도 좋아했지만 풀꽃을 그리는 것을 더 좋아했다. 내가 주로 그렸던 풀꽃은 비비추, 꼬리풀, 샤스타데이지, 리아트리스, 물레나물, 그리고 떨기나무로 탐라산수국 같은 꽃이었다. 병실 안은 한여름인데도 온도 조절이 아주 잘 되어 있어 상쾌하고 서늘하기조차 했다. 그러나 한두 차례 밖으로 나가 바깥 공기를 쏘여보니 오히려 바깥 공기가 나에겐 더 좋았다. 비록 습기 차고 후끈한 공기였지만 그 공기 속에는 살아 있음의 기운이 들어 있었다. 폐부 깊숙이 들이마시면 향기롭기조차 했다. 나는 햇빛이 따갑게 비추는 한낮에도 자주 정원으로 나가 연필을 꼬나잡고 풀꽃 그림을 그렸다. 그림 한 장을 그리고 나면 얼마나 마음이 뿌듯하게 기쁜지 몰랐다. 그것은 하나의 성취의 기쁨이요, 보람과 같은 것이었다.

그 시절 나의 그림그리기는 단순한 그림그리기가 아니었다. 그것은 나 스스로 살아 있는 목숨임을 자각하고 확인해보는 생명현상 같은 것이었다. 병원 뜨락에서 풀꽃 그림을 그릴 때 나는 마음속으로 풀꽃들과 대화를 나누고 있었다고 보아야 옳을 것이다. '너도 살아서 기쁘냐? 나도 살아 있어 기쁘다.' 그건 혼자서 소리도 없이 마음속으로 주고받는 대화였지만(실은 독백) 살아 있음에 감사하고 그 생명의 감사를 함께 나누는 은밀한 교감의 시간이었다. 실로 병원생활은 몸만 죽어있는 것이 아니라 마음까지도 죽어있는 시간이다. 지루하고 따분하다. 이렇게 죽어있는 시간을 일으켜 세우고 살려 내는데 그림그리기보다 더 좋은 방책은 달리 없었던 것이다.

병원 뜨락에 쭈그리고 앉아서 그림을 그리다 보면 머리꼭지나 등허리로 곧장 떨어지는 한여름 햇빛이 따가웠고 매미소리 또한 귀에 따가울 정도였지만 그 무엇도 싫지만은 않았다. 처음엔 한두 마리 찌륵 찌르륵 서툴게 발성 연습을 하던 매미들이었다. 며칠 지나다 보니 아주 많은 매미들이 떼를 지어 울기 시작하는 것이었다. 나무마다 매미 소리들이 주렁주렁 열매처럼 열린 것 같았다. 짜르르, 수줍게 우는 놈이 있는가 하면 따르르, 신경질적으로 우는 놈이 있고 왕왕, 서럽게 울음을 퍼질러 놓는 놈도 있고 나중에는 쓰르람 쓰르람, 구성진 목청으로 능청스럽게 우는 놈도 있었다. 매미들은 울음 경쟁이라도 하는 듯싶었다. 귀가 따가울 지경이었다. 번번이 나는 하늘 위로 매미들이 풀어놓는 소리의 강물이 파랗게 번져서 흘러간다고 생각하곤 했다. 나중에는 그림 그리는 것도 좋지만 매미 울음소리를 듣기 위해 병원의 정원을 찾곤 했다.

병원 뜨락에서 또 기억나는 것은 아내와 함께 보낸 시간들이다. 아내와 나는 자주 병원 뜨락으로 나가 산책을 했고 나무 벤치에 앉아 이야기를 나누었다. 이야기래야 날마다 하는 고만고만한 화제들이고 딱히 해답도 없는 문제들이었다. 그래도 그렇게 이야기를 나누고 나면 가슴속이 조금은 후련해지는 것 같았다. 병원 생활이 늘어지면서 아내가 더 힘들어하고 지쳐 있었다. 정원의 벤치에 앉아 있을 때에도 아내는 자주 내 무릎을 베고 눕곤 했다.

"여보, 이렇게 병원에서 보내는 날들도 우리로서는 귀중한 인생의 한 토막이고 나중엔 그리워질지도 몰라요."

내가 말해주면 아내는 긍정도 부정도 하지 않고 그냥 듣고 있기만 했다. 어떤 때는 환자용 휠체어에 아내를 태워 밀고 다니는 날도 있었다. 그렇게 정원을 한바퀴 돌다보면 여기저기 벤치에 앉아 있던 환자나 환자 가족들이 우리 두 사람을 보고 웃어주었다. 환자와 보호자가 거꾸로 되었다 싶어 그랬을 것이다. 그러나 정말로 그 당시 아내는 나보다 심각한 환자였다. 나는 병원의 의사나 간호사들이 보살펴주는 환자였지만 아내는 그 누구도 돌보아주지 않는 환자였던 것이다. 그녀는 그 시절, 숨 쉬는 일조차 힘들어했고 그것을 옆에 바라볼 수밖에 없는 나는 그저 끝없이 민망할 따름이었다.

날마다 오후 7시 10분이면 어김없이 병원의 뜨락에 불이 밝혀지곤 했다. 높이 솟은 가로등의 불이 켜지기도 했지만 정원의 바닥 가까이 설치해 놓은 키 작은 전등에도 불이 켜졌다. 그렇게 불이 켜지면 병원의 뜨락은 또 다른 풍경으로 바뀌곤 했다. 이제까지의 모습이나 분위기와는 달리 꿈속같이 으슥하고 이국 풍경같이 낯선 분위기가 되는 것이었다. 그래도 매미들은 여전히 시끄럽다 싶을 정도로 울음을 계속하고 있었다. 아내와 나는 병실로 들어가는 시간을 최대한 미루면서 벤치에 오래 오래 앉아서 매미 울음에 전신을 맡기곤 했었다. 그럴 때는 서로 주고받는 말도 별로 없었다. 어쩌면 우리의 몸과 맘은 매미 울음소리의 강물에 떠서 멀리까지 아지 못할 곳으로 흘러가고 있었는지도 모를 일이었다. 아무래도 그 시절 우리는 가볍고 가벼운 매미 울음 한 소절이었을 것만 같다.

끝까지 지켜준 사람들

'날이 추워져 다른 나무들이 시든 다음에야 비로소 소나무 잣나무가 여전히 푸르다는 것을 알게 된다(歲寒然後 知松柏之後凋也).'

이것은 공자의 말씀으로 『논어』(자한편子罕篇)에 나오는 글이고 추사 김정희 선생의 이름난 그림, 「세한도歲寒圖」 발문跋文에도 인용된 문장이다. 사람은 보통 때는 그 사람 됨됨이를 잘 알 수 없다. 그 사람이 비로소 곤란한 처지를 당해 보아야 그 사람의 진면목이 드러나게 된다. 어떻게 살았는가, 어떤 사람들과 어울려 살았는가 하는 것을 알게 된다. 그런 때에 진정으로 정확한 인생의 평가표가 나온다는 말이겠다.

이러한 좋은 글귀와 나의 인생을 비교하기는 감히 주저되는 일이긴 하지만 이번에 아팠을 때 진정으로 나를 위해 몸을 던져 애를 써준 분들이 너무나 많기에 한 번 떠올려 보았다. 그것은 고마움을 넘어선 고마움이었다. 산같이 커다란 빚을 졌다는 생각이다. 인생의 중간결산치고는 확실하게 했다는 생각이기도 하다. 소식을 전해 듣고 목 놓아 울었다는 사람이 여럿이고 중환자실로 찾아와 정신이 들었다 나갔다 하는 나를 위해 눈물 뿌린 이웃들이 참 많다. 기도해준 사람은 또 얼마나 많은가. 우선 내가 다니는 공주중앙장로교회의 전체 교인들이 들고 일어나 21일간 날을 정하여 입을 모아 소리 높여 내 이름을 불러 통성으로 기도를 했다고 들었다. 뿐만 아니다. 교회에서 일을 맡은 분들이 여러 차례 찾아와 기도와 찬송과 예배를 아끼지 않았다. 우선, 당회장 전갑재 목사는 중환자실에 있을 때 사모님과 함께 오시어 이렇게 기도해 주시었다.

"아직 할 일이 많이 남았으니 꺼져가는 생명을 살려, 하나님의 영광을 드러내는 아름다운 시를 많이 남기게 하여 주십시오.…… 살아계신 하나님의 기적을 체험하고 이 병실 문을 박차고 나오게 해 주십시오."

혼미한 정신 중에도 나에게는 '살아계신 하나님의 기적을 체험하라'는 말씀이 특별히 육신의 고통을 이길 수 있는 귀중한 영혼의 응원이 되어 주었다. 전갑재 목사는 「하나님의 기적을 체험한 사람」이란 칼럼에서 이렇게 쓰고 있었다.

우리 성도들은 새벽마다 부르짖어 기도했다. 한 영혼에 대한 사랑의 열기는 대단했다. 병원 측에서는 1퍼센트의 희망도 걸지 않는 모양이다. 소식을 접한 시인협회는 발칵 뒤집힌 모양이다. 시인협회에서 장례를 주관하겠다고 하니 기독교식으로 먼저 하고 시인협회에 나중에 맡기겠다는 것까지 가족들과 상의가 되었다. 그러나 기적이 일어났다. 입원한 지 13일 만에 염증수치, 황달수치, 췌장수치, 백혈구수치가 좋아지기 시작한 것이다. 그리고 하루가 지난 후, 주치의 김안나 교수가 찾아와 "선생님 옛날 모습으로 돌아갈 수 있습니다"라고 말했다는 것이다. 아멘, 할렐루야! 무덤 속에서 나사로가 살아나온 것과 같은 기적이다. 며칠 전 다시 심방 갔을 때는 노트에 무언가를 적고 있었고 승강기까지 배웅을 받았다.

—전갑재, 〈공주 아름다운 사람들〉, 2007년 4월호

우리 구역을 담당한 안명환 전도사의 기도와 설교가 또 많은 도움이 되었다. 박금희, 조중선 두 분 권사의 진정 어린 기도가 가슴에 와 닿았다. 같은 교회 신도인 유계자 집사 같은 이는 나한테 두 학기 문학 공부를 했다는 인연으로 찾아올 때마다 내 맨발을 쓸어안고 울면서 기도를 해주었다. 어찌 그 감격과 정성을 잊을 수 있으랴.

맨발 이야기가 나왔으니 생각나는 문병객이 또 있다. 권선옥 시인과 그의 부인이다. 권선옥 시인은 나하고는 오랜 문학의 이웃이다. 구재기 시인이랑 함께 30년도 훨씬 넘는 연륜을 지닌 문학의 지기이다. 내가 중환자실에서 나와 2인 병실에 들어 있을 때, 그러니까 면회가 사절되어 있었을 때, 부인과 함께 면회를 왔던 모양이었다. 내 얼굴도 보지 못하고 돌아가야 한다고 하니 마음이 착잡했을 것이다. 하도 섭섭한 마음이 들어 나의 병실 앞에서 오래 서성이다가 열려진 병실 문으로 안을 기웃이 들여다보았다 한다. 그런데 침대 밖으로 내 맨발 하나가 삐죽이 나와 있더란다. 그래 권선옥 시인과 부인은 '저 발도 이제 마지막으로 보는구나' 싶어 애달픈 마음이 들었다고 한다. 그리고 얼마 뒤 상태가 좋아져 권선옥 시인 부부와 논산의 윤문자 시인, 김선우 이사장이 함께 와 그 이야기를 하면서 감회에 젖은 바가 있었다. 그날 밤 권선옥 시인 부인은 간절한 마음으로 방언기도를 해 주었다.

아무래도 내가 아파서 많이 애를 태운 사람들은 내가 근무하는 학교의 교직원들이었을 것이다. 교장으로 있는 사람이 새 학기 첫날에 병원으로 실려가 죽을락살락하니 그걸 바라보는 심정이 오죽이나 심란했을까. 게다가 병원에 입원한 지 1주일쯤 지나 정말로 죽는다고 하여 장례위원회까지 조직하고 학교 운동장에서 영결식을 갖기로 했을 뿐더러 각자 책임 부서까지 나누어 맡았다니 반은 장사를 치른 마음이었을 것이다. 교직원 가운데서도 가장 마음고생이 심했던 사람은 김동옥 교감이다. 6개월간 교장직무대행을 하면서 교장 없는 학교를 꾸려 갔으니 여간 힘든 날들이 아니었을 것이다. 김 교감은 1주일에도 몇 차례씩 병원을 찾아와 환자의 상태를 살피고 학교의 중요한 일들을 전해주곤 했다. 그는 인성이 참으로 어질고 지혜롭고 참을성이 많은 사람이다. 속내가 깊은 인물이다. 그런 교감이 있었기에 내가 정년 때까지 병석에 누워서도 자리가 유지되었고 정년퇴임도 무사히 맞을 수 있었다고 본다. 나로선 형제보다 더 고마운 사람이 아닐 수 없겠다.

김 교감말고도 학교 교직원들, 나 한 사람 때문에 여러 차례 병원을 찾아오고 걱정하며 마음 써 준 일 어찌 한 두 가지랴. 내가 교직생애 막판에 운이 없어 비록 호된 병고를 치르기는 했지만 학교와 교직원 문제에 관한 한은 운이 매우 좋았다 할 것이다. 여기에 교직원들 한 사람 한 사람 이름을 적을 일은 아니지만 내 마음속에 감사함으로 새겨두고자 한다. 권성진 교사 같은 이는 어느 날 병원을 다녀와 김동옥 교감에게 '저, 절에도 안 다니고 교회에도 안 나가지만 우리 교장 선생님 위해 오늘부터 기도를 해야겠어요'라고 말을 했다는데 그런 마음들이 나를 끝내 세상을 쉽게 버리지 못하게 만들었다고 생각한다.

그리고 문인들과 교원들, 친지들의 도움이 컸다. 한결같은 마음으로 걱정해주고 꺼져 가는 한 사람의 목숨의 등잔에 기름을 보태주고 싫어했다. 공주나 대전, 서울을 비롯한 전국의 문인들과 교원과 친지들. 미국의 문우들. 그리고 먼 기억의 제자들. 〈새여울〉 동인들. 〈금강시마을〉 회원들. 공주문화원 5형제, 한국시인협회 회원들. 충남시인협회 회원들. 이름을 기억하기에 버거울 지경이다. 그 모두를 적기 어려워 충남과 대전 지역 문인이나 교원, 친지들 이름은 가슴에 묻어 간직하기로 하고 멀리서 찾아와 준 몇 분들만 여기에 적어보기로 한다. 대구의 문인수, 이옥진 시인, 목포의 허형만 시인, 광주의 이은봉 시인, 창녕의 배한봉 시인, 서울의 김남조 선생을 비롯해서 오세영, 이건청, 김소엽, 유재영, 이준관, 이명수, 임성조, 박주택, 최영규, 임석순, 윤효, 허근, 조영순, 윤현조, 이은채, 이제인, 정순옥 시인, 송영호 사장, 김창일 편집장, 그리고 김정운 시인, 박명숙 소설가, 문학사상사의 정종화 팀장, 계수나무출판사의 위정현 사장, 푸른길출판사의 김선기 사장, 이교혜 실장, 〈산사랑〉의 손소희 기자, 서울초등문예창작연구회의 박은희, 박정순, 신정화, 한인숙 교사, 월남 파병 동기인 권희명, 이충배 두 친우, 그리고 김정남, 노해연, 이정은 님 같은 지인들, 강릉의 권순인, 심재칠 시인 같은 이들은 위기의 날에 멀리서 온 내게는 잊을 수 없는 이름들이다.

그리고 제자들도 여럿 있었다. 경기도 군남국민학교 제자로 강은진, 강정복, 김경순, 김유호, 송복자, 이광필, 임재삼, 조정옥 등. 충남 마산국민학교 제자들인 박병수, 박연수, 박찬수, 양금숙, 이병구, 이숙이, 최홍락 등. 그리고 경기 전곡국민학교 제자인 김성림. 공주교대 부속국민학교 제자인 이동원, 이석원, 임형진, 최경숙. 서울아산병원 인턴인 오민영, 조정현 닥터. 이들이야말로 내 생애 마지막 날, 어둑어둑해지는 저녁 하늘에 뜬 빛나는 별들이고 향기로운 꽃들이었다. 더러는 꼭 올 만한 인물인데 끝내 찾아오지 않은 사람들에게 유감스런 마음이 있을 수도 있겠으나 나는 그런 사람 이름을 기억하기보다는 나를 위해 두 번 세 번 병실로 어려운 발걸음을 해준 이들을 고마운 마음으로 기억하고 싶다.

다같이 고마운 이름들이지만 그 가운데에서도 애를 많이 쓴 이름들이 있었다. 구재기 시인과 권선옥 시인은 충남 지역의 대표시인으로, 김상현 시인은 장례위원회 집행위원장으로 수고를 많이 했다. 박정란 수필가는 같은 아파트에 사는 이로서 내가 급박한 상황에 이르러 아내가 심하게 흔들리자 곁에서 아내를 붙잡아주고 따스하게 보살펴주며 성의를 다해 위로를 해주었다. 오세영 교수는 한국시인협회 회장으로 심의위원장인 내 장례를 치르는 줄 알고 노심초사했고 이건청 교수는 나의 조시弔詩를 미리 쓰기도 했다고 나중에 들었다. 내가 앓고 있는 동안 기독교 계통의 인사들이 많이 찾아와 기도해 주었는데 이 또한 특별한 일이라 하겠다. 전갑재 목사, 서규광 목사, 안명환 전도사, 이익로 목사, 손종호 목사, 선정주 목사, 김태기 장로 등이다. 그리고 이상철 목사, 양전순 목사, 나명주 장로는 가까운 인척이 되는 분들이기도 하다. 뿐이 아니다. 이해인 수녀나 김정식 가수도 교파를 넘어서 기도해준 분이고 서울의 김재홍 교수는 송영호 씨를 통해 뜨거운 마음의 성원을 아끼지 않았다. 이 같은 친지와 이웃들이 죽어가는 나를 에워싸고 걱정을 하고 기도해 주었다는 사실을 생각하면 지금도 눈물겨워진다. 또한 공주의 유준화 시인 같은 이는 내가 공주를 비우고 살던 6개월 동안 나의 우편물을 받아 간직하고 정리하는 수고를 하기도 했다. 특별한 경우이긴 하지만 우리 학교 졸업생 앨범 관계로 알게 된 공주 시내 한 사진관의 오연홍 사장 같은 이는 두 차례나 동부인하여 병원에 찾아와 나더러 절대로 죽지 않을 테니 걱정 말라고 말해주기도 했다. 자기가 사진관을 오래 해서 사람 얼굴을 많이 보아왔는데 자기가 보기론 나는 그리 쉽게 죽을 얼굴이 아니라는 것이었다. 그냥 듣고 흘릴 말일지라도 넋을 놓고 앓고 있는 사람으로선 너무나 위로가 되는 말이었다. 두고 두고 감사한 일이다.

그렇지만 더더욱 마음을 조렸던 이들은 아무래도 가족들이라 하겠다. 고향에 계신 부모님. 숙부님들. 숙모님들. 두 아우와 세 누이들. 그들의 배우자들. 다같이 절망스러운 마음이 많았을 것이다. 그래도 끝까지 내 곁을 지키고 떠나지 않은 가족은 아내와 두 아이다. 불퇴전不退轉의 의지로 병든 지아비의 침대를 6개월간 지켜준 아내의 공로에 대해선 다시금 언급할 일도 아니니다. 허지만, 특별히 나를 끝까지 지켜준 사람이 몇 있어 여기에 기록하여 그 고마움을 표하고자 한다.

막냇누이(향란)와 막내처제(김승례), 그리고 둘째이모(김동숙)의 보살핌을 잊을 수 없다. 그들은 모두 서울에 사는 분들로서 우리가 서울로 병원을 옮겼을 때, 참으로 막막했을 때, 도움을 준 분들이기에 더욱 그러하다. 막냇누이는 일단 대전의 병원에서 오해가 풀리고 나자 우리가 서울로 옮긴다는 말을 듣고 자청하고 나서서 아내의 병원 생활 식사를 전담하여 해결해주다시피 했다. 그녀는 가족과 형제를 대표하여 1주일에 두 차례씩, 세 차례씩 밥과 반찬을 만들어 제공해 주었다. 그리고 병원의 변화무쌍한 소식들을 티내지 않게 고향의 부모님과 형제들에게 물어 날라다 주는 선한 소식통 역할을 맡았다. 그녀는 내가 조금씩 호전되어 가는 것을 보고 전철을 타고 가면서 고향의 부모님께 전화를 드리곤 했는데 너무나 기분이 좋아 자꾸만 입술 사이로 번져나오는 웃음을 참을 수 없어 전철 안에 있는 다른 승객들의 눈치를 볼 정도였다고 한다. 그만큼 나의 치유되는 과정을 말없이 지켜보며 기뻐했다는 이야기이다. 막냇누이는 독실한 불교신자이다. 우리한테 오기 전 자기가 다니는 절에 찾아가 백팔배를 드린다 했다. 그리고는 그 더운 날씨 속에 걷기도 하고 버스나 전철을 타기도 하면서 무던히도 고생을 했으니 그녀의 물심양면의 지원을 잊을 수 없다.

막냇누이에 이어 막내처제의 공로가 또한 컸다. 자기 언니인 나의 아내를 친정엄마처럼 따르고 존경하는 사람이다. 내가 만약 잘못되었을 때를 가상하여 자기 언니를 모시고 살겠다고까지 말하는 마음씨 착한 사람이다. 동서 되는 이도 선량한 사람이어서 그럴 경우 충분히 도와줄 수 있는 사람이다. 간헐적으로 별식을 만들어 언니에게 가져다주곤 했다. 오랜 병원 생활로 지친 체력을 보완해주어야 한다는 것이었다. 주로 영양이 풍부한 반찬 종류나 우유제품을 여러 차례 가져와 큰 도움을 주었다. 그리고 둘째이모는 어머니의 사촌동생이 되는데 우리의 처지와 형편을 안쓰럽게 여겨, 여러 차례 찬거리를 만들어다 주었다. 당신의 몸도 건강한 편이 못되면서 더운 날씨 속에 고생을 하시었다.

더하여, 공주사범하교 여자 동창들의 도움을 여기 기록하지 않을 수 없다. 구남웅, 신대철, 이환주 교장, 김동현 변호사(실은 큰누이의 남편, 매제)와 같은 남자 동창들의 염려도 컸었지만 몇 분 나를 끝까지 도와준 여자 동창들이 있다. 젊은 시절이었더라면 상상하기조차 어려운 일인데 나이를 먹다 보니 남녀간의 벽이 허물어지고 오로지 인간적인 것만 남아서 그런 스스럼없는 관계가 이루어지지 않았나 싶다. 대전의 병원에 있을 때 두 사람의 여자 동창이 찾아준 일이 있었다. 신옥섭 선생과 윤석애 선생. 동창 커플인 이환주 교장 부부의 안내로였다.

두 사람은 서울에 사는 사람들인데 오래 전 교직에서 물러나 이제는 가정생활만 하는 동창들이다. 서울아산병원으로 옮긴 뒤에도 그들은 나를 찾아주었다. 한두 차례가 아니다. 열 번은 족히 찾아왔을 것이다. 와서는 나의 맨발을 주물러주기도 하고 울면서 찬송가를 불러주기도 하고 간절히 기도를 해주기도 했다. 남자 동창의 맨발을 여자 동창들이 주물러준다는 것은 보통 때 같으면 불가능한 일일 것이다. 그러나 워낙 사태가 심각하고 급박하다 보니 그런 비상수단까지 동원되었을 것이다. 여성들의 모성 본능이 발동하여 안쓰러운 마음으로 그랬을 것이지 싶다.

윤석애 선생은 자기가 살고 있는 집 가까이 몽촌토성이 있고, 거기 공원이 있는데 한창 씀바귀 조그맣고 샛노란 꽃들이 엄청 많이 피어 바람에 물결을 이루며 나부끼는 것이 아주 보기 좋으니 얼른 병이 나아서 함께 산책해 보자고 말해주기도 했다. 그리고 신옥섭 선생은 고등학교 2학년 때 내가 자기네 고향집을 찾아왔던 일을 기억하면서 그 시절 내가 적어주었다는 「진달래」란 시를 베껴다가 도로 나에게 읽어주기도 했다. 모두가 어떻게 하든 나를 위로해주고 기쁘게 해주고 싶어서 한 일들이었을 것이다. 그 두 사람은 올 때마다 빈손으로 오지 않고 무언가 먹을거리를 가지고 오기도 했다. 반찬 종류, 떡 종류, 어떤 때는 죽을 쑤어다 주어 환자인 내가 요긴하게 먹기도 했다. 그리고 홍계숙 선생, 박춘강 선생 같은 여자 동창들도 몇 차례 함께 와주었다. 역시 고마운 일이었다.

서울 문인들 가운데서도 내가 퇴원하는 날까지 신경을 곤두세워 지켜 보아주면서 걱정해준 분들이 많았다. 그 가운데에서 특히 또래 시인인 이준관 시인의 나에 대한 일편단심은 일방으로 받기에 민망할 정도였다. 수시로 전화 걸어 병세를 점검했고 또 여러 가지 도움

말을 아끼지 않았다. 또 뜬금없이 퇴근길에 찾아와 한참씩 내 침대머리를 지켜주다가 돌아가곤 했다. 나는 자기한테 해준 일이 별로 없는데 이준관 시인이 나에게 보여준 마음의 성원은 보통의 것이 아니었다. 정금같이 빛나고 수정같이 투명한 우정의 발로였다고나 할까. 결국 나는 이 같은 분들의 사심 없는 뜨거운 성원과 염려와 사랑과 기도의 힘으로 질긴 질병의 사슬을 끊을 수 있었던 것이다.

을지대학병원에서부터 줄곧 관심을 갖고 돌보아준 김찬 교수 같은 이는 퇴원이 가까운 어느 날, 서울아산병원으로 찾아와 이렇게 말해주었다. 그것은 내 병원생활에 대한 총체적인 평가나 마찬가지인 말이었다.

"처음 선생님의 상황은 매우 좋지 않았습니다. 그러나 주변 환경이 좋았습니다. 약이 좋았고 의사를 잘 만났고 가족들 간호가 지극했고 주위 사람들의 도움이 컸습니다. 환자 본인이 살고자 하는 의지가 강했던 것도 한 도움이었습니다. 이런 모든 것들이 종합적으로 작용하여 불가능한 일을 가능한 일로 바뀌어 놓았습니다. 말하자면 공동선共同善을 이루게 한 것이지요."

올무에 걸렸으나

어느덧 나의 병원 생활이 반년 가까이 지나가고 있었다. 그 동안 퇴원 이야기가 전혀 없었던 것도 아니었다. 식사를 하기 시작하고 주사를 끊고 알약을 입으로 넘기기 시작하면서 웬만하면 퇴원하여 가정에서 자가 치료를 해도 좋지 않겠느냐는 의견이 있었다. 그래서 며칠 후 퇴원을 적극적으로 고려해 보자는 말이 몇 차례 오가기도 했다. 그러나 정작 퇴원하기로 약속한 날이 가까워지면 몸에 미묘한 변화가 일어나는 것이었다. 예를 들면 염증 수치 같은 경우, 8이나 9이던 것이 20에 육박하도록 올라버리고 마는 것이었다. 이렇게 되면 의료진도 긴장하게 되고 퇴원 이야기는 물거품으로 돌아가고 말아버린다. 그런 숨바꼭질 같은 일이 8월 1일 경부터 시작하여 퇴원날인 8월 20일까지 계속되었다. 그건 또 하나의 위기상황이었다. 앞으로 나아갈 수도 뒤로 물러설 수도 없는 질곡桎梏 같은 것이었다. 내가 꼭 올무에 걸린 한 마리 산짐승이 아닌가 생각될 지경이었다.

그러나 아들아이의 의견은 달랐다. 될수록 병원에 오래 머물러 있어야 한다는 것이었다. 그래서 몸의 상태가 어느 정도 확실하게 좋아진 뒤에 퇴원해야 한다는 생각이었다. 언제든 분명 좋아지는 날이 있을 것이란 믿음을 그 아이는 결코 버리지 않고 있었다. 가끔 아들아이는 토요일에 서울의 병원으로 와 나하고 함께 지내다가 일요일 오후나 월요일 아침 시간에 직장이 있는 대전으로 내려가기도 했다. 돌아갈 때는 빨랫감이며 책, 온갖 잡동사니를 넣은 배낭을 지고 갔다. 그 뒷모습이 꼭 야영훈련을 마치고 돌아가는 병사같이만 보여 미안스럽기도 하고 또 믿음직스럽기도 하여 오랫동안 혼자서 병원 뜨락에 서서 바라보곤 했다. 들판에 홀로 서서 쓰러지기 일보 직전인 늙은 나무같이 된 나로서는 믿고 의지하고 도움을 청할 최후의 일인이 아들아이였던 것이다.

어느 토요일, 대전에서 올라온 아들아이는 누런 대봉투 하나를 내밀었다. 꺼내어 보니 A4 복사용지 한 묶음이 들어 있었다. 거기엔 이런 문장들이 가득히 나열되어 있었다. 한 줄로 쓴 것들인데 그 문장들이 되풀이해서 인쇄되어 있었다.

‘나는 나을 수 있다. 나는 낫고 있다. 나는 낫는다. 내가 내 인생의 주인이다. 나는 당당히 병을 이긴다.’

“이게 뭐냐?”

“아버지가 하도 감정적으로 출렁대니까 제가 만들어온 거예요.”

“이걸 어쩌라는 건데?”

“하루에 몇 장씩 시간이 있을 때마다 문장을 소리내어 읽으면서 연필로 밑줄을 그으세요. 그러면 도움이 될 거예요.”

그것은 자성예언의 유도요, 심리치료 방법의 하나 같은 것이기도 했다.

“알았다, 알았어. 내 그렇게 해보도록 하마.”

무슨 일이든 시작이 있으면 끝이 있게 마련이다. 그토록 끈질기게 나를 붙잡고 놓아주지 않던 염증 수치와 백혈구 수치가 눈에 띄게 떨어지고 있었다. 8월 17일, 다시 이성구 교수로부터 퇴원 준비에 대한 지시가 있었다. 몇 차례만 더 혈액 검사를 해보고 결과가 나쁘지 않으면 퇴원해도 좋다는 것이었다. 퇴원이 예정된 20일의 이른 아침. 혈액채취사가 혈액을 채취해 가지고 간 뒤 나는 엎드린 거북이같이 고요한 마음으로 기다리고 있었다. 왠지 크게 긴장되지도 않았다. 10시가 못 되어 서둘러 혈액검사 결과가 나왔다. 백혈구 수치 10,600. 염증 수치 0.96. 안정된 수치였다.

이제는 정말 병원을 벗어날 수 있게 되었다. 퇴원하여 공주의 집으로 돌아가 살 수 있게 되었다. 아무렇지도 않은 일처럼 새날이 밝아오고 하루해가 또 아무 일도 없이 평화롭게 저물고, 그리하여 적막한 저녁이 돌아오는 일상은 얼마나 다행스러운 일이요, 그것 자체가 하나의 행복이 아니겠는가. 그런 일상 속으로 내가 돌아가게 된 것이었다. 나는 오랫동안 인간이 아니었다. 한 사람 환자였다. 파랑색 비닐팔찌에 새겨진 환자번호 '35011316'으로 관리되던 그 무엇이었다. 온갖 약물과 검사와 수치에 의해 조정되는 물질적 존재였다. 그 오랜 굴레를 벗고 해방이 되는 것이었다. 많이도 힘겨워하던 아내에게도 병실을 떠날 수 있는 자유를 선물할 수 있었다. 이제 해방이다, 해방. 아내도 이제 해방이다! 드디어 왼쪽 팔목에 채워진 비닐팔찌를 가위로 잘랐다. 입원하던 날, 아들아이가 그렇게 애타게 노력해서 구해다 채워주었던 바로 그 입원 환자용 비닐팔찌였다.

나는 열 번이라도 나의 침대에게 절을 하고 싶었다. 간호사나 의사들 한 사람 한 사람을 찾아가 그들에게 허리 굽혀 인사를 드리고 싶었다. 아니다. 될수록 빨리 그들 앞에서 도망치고 싶었다. 그 얼마나 다행스럽고 기쁜 일이었던가. 만세, 만세다.

'하나님, 올무에서 풀려날 수 있게 해 주시어 감사합니다. 고맙습니다. 살려주시어 너무나 감사합니다.'

나는 왜 사는가

사람은 무엇으로 사는가? 일찍이 러시아의 문호 톨스토이가 던진 화두다. 과연 우리 인간은 무엇으로 사는가? 그건 삶의 목표를 말함일 테고 삶의 원동력이 어디에 있느냐를 밝히는 대답으로 사람마다 다를 것이다. 돈, 명예, 권력, 사랑, 학문, 종교, 열정, 행복, 사치, 쾌락, 호화, 승진, 사업, 이념……. 그럼 나는 무엇으로 사는가? 왜 사는가? 그건 결코 쉬운 질문이 아니다. 나에게도 젊은 시절에 그런 대로 눈앞에 확실하게 보이는 그 어떤 목표나 삶의 의미가 있을 수 있었을 것이다. 미쳐서 따라다닐 대상이 있었고 취하게 하고 홀리게 하는 그 무엇이 있었을 것이다. 그러나 나이 들어가면서 점점 모든 것들이 흐려지고 무엇인가 해답이 보일 줄 알았는데 결코 그게 아니었다. 점점 오리무중이었다. 오히려 반대였다. 하루하루 헛되이 날이 저물고 이 세상 그냥 무의미하게 왔다가 지구 한 모퉁이 서성거리다 돌아가는 게 아닌가 생각되었다. 인생이 허무하다는 생각, 나의 일생이 이렇게 허무하게 저물고 있다는 자각은 나를 참 쓸쓸하게 비참하게 으슬으슬 춥게 만들어주었다. '인생여백구과극人生如白駒過隙'. 『장자』에 들어 있는 문구다. '인생이란 문틈으로 얼핏 스쳐 빠르게 지나가는 하얀 망아지를 보는 것과 같다.' 대부분의 사람들은 문틈으로 하얀 망아지가 지나갔는지 안 지나갔는지 알지 못하고 사는 사람들이다. 그 다음, 상당히 똑똑한 사람은 무언가 문틈으로 하얀 것이 슬쩍 지나갔음을 자각하는 사람들이다. 일부 빼어난 특별한 사람들만이 분명히 문틈으로 하얀 망아지 한 마리가 빠르게 지나갔음을 알고 사는 사람이다. 그럼 나는 어떤 부류에 속하는 사람이었을까.

나이 들면서, 특히 회갑을 보내면서 수월찮은 정신적 동요가 있었다. 새삼스레 마음의 갈등과 삶에 대한 회의가 일었다. 과연 나는 무엇을 위해 살았나? 왜 살았나? 상당히 아등바등 산 인생이었다. 나름대로 열심히 성공을 자처하며 산 인생이었다. 19세에 교직에 투신하여 교직의 꽃이라 할 교장으로 승진할 수 있었고 시인으로서도 어느 정도 이름을 인정받는 데 성공한 듯싶었다. 이만하면 되지 않겠느냐는 나름대로의 성취감과 자기평가가 없었던 것도 아니었다. 시인 교장. 교장들 사이에서는 내가 시인인 것을 부러워했고, 시인들 사이에서는 내가 교장인 것을 좋게 보아주었다. 참말로 이만하면 되지 않겠느냐는 자긍심 같은 것이 없었던 것도 아니다. 그러나 그게 아니었다. 구체적으로 회갑의 나이를 지내고 교직 정년의 날이 다가오면서 조금씩 불안감이 엄습해왔다. 어렵게 시전집을 꾸려내고 나서는 더욱 그 증상이 심해졌다. 허탈감이랄까. 당혹감이랄까. 이제 나는 어떻게 하지? 거기에 두 손 놓는 망연자실이 있었다.

지금껏 그런 대로 분명한 목표라고 여겼던 것들이 사라져버린 초조감이었다. 시계視界 제로. 아무것도 분명한 게 없었다. 그럼 나의 인생은 하나의 신기루였단 말인가? 그토록 많은 책을 사들고 다녔고 (읽었다는 말이 아니다), 그토록 많은 사람들을 만났고 많은 곳을 떠돌았지만 그 무엇, 그 어떤 장소, 그 누구한테서도 진정한 안식과 위안을 얻을 수 없었음을 뒤늦게 알아차리게 되었다. 여러 차례 새로운 여자를 만나 그리워하고 밤을 새워 애태우기도 했다. 그런 모든 연모戀慕는 나에게 또 무엇이었더란 말인가? 몇 편의 운문과 산문에 그 얼룩이 남아 있을 뿐이다. 이제는 사라져 없어진 그림이었을 뿐이다. 명색이 교회에 다니는 크리스천이라 하면서도 천국에의 꿈과 구원의 확신이 전혀 없었다. 그저 일요일 신자, 크리스마스 신자 정도에 머물고 있었다. 이제 정말 어찌해야만 하나? 살펴보니 나는 결코 교직자로서도 시인으로서도 진정으로 성공한 축이 못되었다. 다만 남들의 눈에 그런 것처럼 보이는 사람이었을 뿐이다. 그토록 많은 시를 썼고 그토록 오랜 세월 젊은 사람들, 어린 사람들 앞에서 선생 노릇을 했으면서도 나의 영혼 하나조차 제대로 알지 못했고 건지지 못했다. 이다음에 죽음의 순간에도 그 일이 제일로 안타깝겠거니 싶었다.

최근에 나는 모든 일에 의욕을 잃고 허우적거리며 살았다. 육체는 무력감에 빠져 있었고 정신은 허무감과 비관론에 머물고 있었다. 무엇이든 회색빛으로 보였다. 날씨만 흐리고 운무현상이 와도 아, 이제 지구가 막판에 이르렀구나, 망하려는구나, 비감스런 감상에 잠겼다. 그건 약한 우울증 증세 같은 것이었는지 모르겠다. 습관적으로 출근하고 사람들을 만나고 글을 쓰면서 개인생활과 사회생활을 유지하고는 있었지만 점점 어디론가 깊이 모를 수렁으로 빠져들고 있음을 느꼈다. 결국 그런 의식상태, 생활태도가 나의 병을 불러오고 키웠다고 본다. 만약 이번에 내가 병원 신세를 지지 않았다면 교직 정년의 시간대를 보내면서 심하게 요동치는 현상을 면치 못했을 것이란 것이 아내의 진단이고 예견이다. 변화된 환경을 제대로 소화해내지 못하고 심한 혼란에 빠졌을 것이란 것이다. 사필귀정事必歸正이란 말이 있듯이 일이 그렇게 돌아간 것도 그럴만한 까닭이 충분히 있었다는 것이다.

앓고 나서, 아니 병원에서 정신을 잃었다가 겨우 정신을 차리고 나서 제일로 하고 싶었던 일은 시를 쓰는 일이었다. 그 다음은 그림을 그려보고 싶었다. 어쩜 그것들은 본능과 같은 것이었는지도 모르겠다. 아내와 아이들, 가족들은 내가 그동안 글을 쓰느라 스트레스를 받아 쓰러졌으니 이제는 시를 쓰지 않아야 된다고 권면해왔다. 그것이 사는 길이라 했다. 주위의 지인들도 나더러 글 쓰는 일을 줄여야 한다는 의견을 보였다. 그러나 내 생각은 전혀 달랐다. 육체적 고통과 정신적 혼돈 속에서도 글을 쓰는 시간만이 나에게 유일한 커다란 위안이었다. 마음의 평화를 주었고 고요한 침잠沈潛을 주었다. 나는 글을 쓸 때 붓펜을 사용하기를 좋아한다. 무언가 정성껏 써야 할 문건文件이 있으면 더욱 붓펜을 선호하는 게 나의 습성이기도 하다. 붓펜은 꽤나 까탈스런 필기도구이다. 끝이 부드러워서 글씨가 마음먹은 대로 써지지 않는다. 지루한 병원생활, 고통과 불면으로 밤을 지새우고 아침을 맞아 붓펜을 손에 쥐었을 때 글씨가 제대로 써지면 아, 오늘 컨디션이 좋구나 생각하고 붓펜을 잡은 손이 부르르 떨리면 아, 오늘 안 좋구나 여겨 하루를 더욱 조심스럽게 살았던 나이다.

혼미한 정신상태에서도 한 편의 시를 얻어 종이에 붓펜으로 한 글자 한 글자 옮겨 적을 때 나는 무한한 기쁨을 맛보곤 한다. 처음엔 뜨악하고 근심스러운 눈길로 바라보던 가족들도 나중엔 못 이기는 척 방관하는 눈치였다. 더 나아가 한 편의 시는 나로 하여금 살아 있는 존재가치를 선물하고 삶의 의미를 주기에 이른다. 시 쓰는 일 하나 때문에도 나는 기어코 살아야 했다. 시는 아직도 내가 살아 있는 생명체라는 자기 확인을 주었다. 이 얼마나 커다란 삶의 원천이며 삶의 힘이겠는가! 시를 쓰는 일이 힘겨워 쓰러졌는데 시를 쓰면서 힘을 얻어 일어서게 되다니! 그건 모순이며 아이러니다. 하지만 그것은 분명한 사실이며 또 진실이다. 시는 나에게 소망이다. 마음의 불꽃이다. 소망은 보이지 않는다. 마음의 불꽃 또한 보이지 않는다. 그러나 사람이 어찌 소망 없이 마음의 불꽃 없이 살아갈 수 있으랴. 나는 여기서 하나의 조그만 발견을 하게 된다. 나름대로 해답을 얻게 된다. 나는 무엇으로 사는가? 나는 왜 사는가? 나는 마음의 기쁨으로 산다. 정신의 희열로 산다. 그 마음의 기쁨, 정신의 희열을 얻기 위해서 나는 사는 것이다. 흔히 우리가 말하는 희망, 사랑, 소망, 그리움, 기다림 같은 것들조차 기쁨이나 정신적 희열의 구체적 실상이거나 그 부분집합에 해당되는 것들인 것이다.

비록 남들에게 무가치한 것처럼 보일지라도 그것이 진정 나에게 마음의 기쁨이 되어주고 정신의 희열이 되어주는 것이라면 충분히 나의 많은 것들을 걸을 수 있는 대상이 된다. 나의 일생을 바칠 만한 가치 있는 것이 된다. 여기에서 엄청난, 남들은 이해할 수 없는 희생이나 봉사가 가능할 수도 있겠다. 사람뿐이 아니다. 모든 생명체는 이 삶의 기쁨, 정신의 희열을 위해서 산다. 그것들을 위해서라면 과감히 자신을 던질 준비가 되어 있다. 왜 사는가? 눈에 보이는 것(육체, 현실, 재화) 그 너머에 가치 있는 것이 분명히 존재한다는 확신으로 산다. 그런 확신은 우리에게 천국이나 극락을 안내하기도 한다. 애국자의 자기희생이라든가 종교적 순교까지도 가능하게 한다. 다시 나는 왜 사는가? 마음의 기쁨을, 정신의 희열을 얻기 위해서 산다. 이런 맥락에서 나의 시 쓰기와 그림그리기의 의미는 주어진다.

이만큼이라도 지금이라도

— 왜 살려주셨나

짧지 않은 기간이었다. 5개월 20일. 반년 가까운 날들을 병원에서 묵고 퇴원했다. 그것도 한 병원이 아니라 두 병원을 거쳤다. 두 병원에서 다같이 의사들은 비관적인 진단을 내놓았다. 을지대학병원에서는 1주일을 넘기지 못할 거라 했고 서울아산병원에서는 암보다 탈출하기가 어려운 병이라 했다. 병명은 급성 췌장염. 쓸개 줄에 생겨난 1.7센티미터의 결석이 빌미가 되어 쓸개 액이 복강으로 흘러내려 그것이 다시 췌장膵臟(이자)을 자극하는 바람에 췌장액까지 흘러나와 췌장염을 일으켰고 또 내장 지방을 녹여 온 뱃속을 비누덩이처럼 어석어석하게(혹은 단단하게) 만들었다고(비누화 현상) 했다. 조그만 집에서 일어난 불이 옆집으로 옮겨 붙고 끝내는 온 마을에 불이 붙은 것처럼 되어버린 꼴이었다. 그러한 내가 다시 살아서 병원을 나온 것은 기적에 가까운 일이었다. 아니, 기적 그 자체였다. 인간의 지식이나 기술, 약이나 기계의 힘만으로 가능했던 일이 아니다. 99퍼센트 인간의 최선 위에 1퍼센트 신의 선택과 보살핌이 분명하게 있었다고 믿는다. 신은 내 몸을 통해서 기적을 시험해주신 것이다. 기적을 보여주신 것이다.

어떻게 나는 살아남을 수 있었을까? 병원에 있는 동안, 병원에서 나와 지내는 동안 곰곰이 생각해 본 날들이 많았다. 첫째는 운이 좋았다고 본다. 의사도 잘 만났고 병원도 잘 만났고 또 나를 위해 염려하고 기도하고 도와준 다른 사람들의 손길이 참 많았다. 엄청난 협동이 있었다. 어쨌든 살리고 보아야 한다는 일념들이 있었다. 한두 사람이 아니다. 많은 문학 친구들, 교단의 동료와 선후배들, 우리 교회의 교인들, 가족들의 눈물겹고 지극한 간호와 간절한 기도와 도움이 있었다. 그 다음으로 내 자신이 꼭 살고 싶어서 노력을 많이 했다. 주변 사람들은 날더러 생명에의 집념과 의지가 강한 사람이라는 말들을 했다. 그럴지도 모른다. 한사코 나는 살고만 싶었다. 중간 중간 포기하고 싶은 때도 있었고 아무래도 불가능한 게 아닌가 절망적인 시절이 없었던 것은 아니지만 나는 끝까지 살아남아야 된다는 다짐을 하면서 마음의 끈을 놓지 않았다. 아니, 놓을 수가 없었다. 이대로 나의 인생을 끝내기는 너무나 억울할 것 같아서였다. 무엇인가 정신적으로 더 좋은 것, 향기로운 것, 더 높은 것을 이루어보고 싶었다. 그것은 막연한 희망이요, 환상일지도 모른다. 그러나 그러한 불분명한 것들이 나를 기어코 살아 있고 싶은 사람으로 만들어주었다.

그럼 왜 신은 나를 살려주셨을까? 무엇보다도 신이 나를 선택해주시고 사랑해주셔서 살려주었다고 생각한다. 신은 일찍이 나를 선택하시고 사랑해주시었다. 아주 오래 전 내가 어린 나이였을 시절부터 그러했다. 그러나 나는 그것을 모르고 살았다. 아니, 외면했다. 그렇지만 신은 인내심을 갖고 나를 기다려주셨다. 그걸 이번에 새삼 알게 되었다. 깨닫게 되었다. 그걸 알게 하시기 위해 일부러 나에게 질병을 주시고 호된 고난의 날들을 주시었다. 왜 그러셨을까? 다시금 나를 고쳐 쓰시기 위해서는 질병과 고난의 과정이 필요했던 것이다. 그리하여 나로 하여금 길고 긴 병원생활을 하게 하시었던 것이다. 그런 뒤, 때맞춰 퇴원할 수 있게 하신 것이다. 되짚어보면 이런 모든 것들이 예정된 하나의 코스가 아니었던가 싶은 생각이 든다. 모두가 계획된 일들이었고 또 그 실행이 아니었던가 하는 생각도 든다.

구체적으로는 지상에서의 삶을 통해서 나에게 어떤 기회를 더 주시기 위해서였다. 나는 종교적으로 구원의 확신이 없었던 사람이다. 인간에게 영혼이 존재한다는 건 인정했지만 우리가 죽은 뒤의 세계, 그 영혼이 어찌 되는지에 대해선 분명한 믿음이나 깨우침이 전혀 없었다. 늘 그것이 궁금하고 답답한 노릇이었다. 이번에 그걸 확연하게 알고 세상을 떠날 수 있게 기회를 주신 것이다. 그 다음으로는 사람들과 화해하고 오라고 기회를 주시지 않았나 싶다. 특히 가족들과의 불화가 더러 있었다. 아들아이와의 관계가 썩 좋은 편이 아니었다. 그 아이 어려서 키우고 가르치면서 갈등이 있었고 그로 인해 나에 대한 원망이 있었다. 알면서도 해결할 방법이 없었다. 그리고 형제 가운데 막냇누이와 사이가 원만하지 못했다. 역시 이러한 매듭들을 풀라고 기회를 주신 것이 분명하다. 그리고 개인적으로 미진했던 문제가 있다면 그걸 완성하고 잘못되어진 문제가 있다면 그것 또한 잘 정리하고 오라고 특별히 삶의 말미를 주시지 않았나 싶다. 참으로 좋으신 하나님, 감사로운 하나님이시다.

그럼 나는 이제 어떻게 살아야 하겠는가? 돌려받은 지상에서의 나머지 날들을 어떻게 써먹어야만 하겠는가? 지나간 것들을 생각해서는 안 된다. 거기에 매여서는 안 된다. 그럴 시간적 여유가 없다. 그건 지극히 어리석은 일이고 아까운 일이다. 현재 내 앞에 와 있는 오늘만 열심히 바라보며 순간순간의 생명에 살아야 한다. 내일에 대해서도 미리 걱정할 일이 아니다. 대명제는 이렇다. 이만큼이라도 남겨주신 것을 감사하고 지금이라도 새롭게 시작할 수 있는 것을 감사해야 한다. 다행스럽게 여겨야 한다. 그건 자신에게 주어진 시간과 공간에 대한 자각으로부터 출발한다. 세상의 아름다운 것들만 보고 예쁜 소리만 듣고 또 좋은 생각만 가져야 한다. 그러기에도 지상의 시간이 부족하다. 아깝다. 그리고 가능한 한 좋은 글, 예쁜 글, 맑고 아름답고 선한 글을 써야 한다. 세상을 찬미하고 따뜻하고 아름다운 시를 쓰는 것, 그것은 애당초 나의 몫이었다. 나의 본분이었다. 이제금 나는 그것을 재확인하는 것이다. 그 심화 단계에 와 있는 자신을 보게 된다. 사람들에 대해서도 나는 그 누구도 원망하는 마음, 미워하는 마음, 싫어하는 마음을 갖지 않기로 했다. 그래서 주변의 모든 남자들을 형제라 부르기로 하고 모든 아는 여성들을 누이라 부르기로 했다. 이제 나에게 세상 사람들은 타인이 아니라 정다운 이웃이요, 혈족이었던 것이다.

신은 참으로 아슬아슬한 선에서 나를 선택해주시고 건져주시었다. 급성 췌장염에서 나를 건져주신 것이다. 이제 남아있는 나의 췌장은 20에서 30 퍼센트 정도. 그런데도 당뇨병을 주시지 않은 것은 얼마나 감사로운 일이신가! 이제 내 차례다. 내가 화답할 차례다. 나에게 주어진 소명召命은 이렇다. 기뻐하라. 사랑하라. 감사하고 찬미하라. 어른처럼이 아니다. 어린아이처럼 즐거워하라. 분별없이 기뻐하라. 내일을 걱정하지 말고 오늘에, 오직 오늘의 순간순간의 삶에 열중하라. 그것은 나를 다시 살리신 신이 주시는 소명이요, 지상명령이다. 기쁨, 사랑, 감사, 찬미. 그것은 아주 오래 전부터 내 시와 인생의 주제였다. 이미 나는 사로잡힌 영혼이었는데 나만 그것을 모르고 살았던 것이다. 이제라도 알게 되어 얼마나 감사하고 기쁜 노릇인가! 감사의 홍수, 그 강물이다.